滄海叢刊

材與不材之間

王邦雄 著

1983

東大圖書公司印行

行政院新聞局登記證局版臺業字第〇一九七號

中華民國七十二年二月初版

材與不材之間

基本定價叁元柒角捌分

著作者 王邦雄

發行人 莊剛彰
出版者 東大圖書有限公司
總經銷 三民書局股份有限公司
印刷所 東大圖書有限公司
臺北市重慶南路一段六十一號二樓
郵政劃撥一〇七一七五號

自序

——兼論文、史、哲不分家

王邦雄

筆者自六五年三月至六七年五月間，爲香港自由報所寫的「自由談」專欄，已結成專集「大塊噫氣」出版。六七年八月始，又應邀在中國佛教月刊革新版另闢一專欄，號曰「暮鼓晨鐘」，每月一篇散文，文白夾雜隨意揮灑，抒情說理混合穿插，對人間縱橫百態，與俗世風雲變幻，站在學術文化的觀點，給與生命價值的評量。其間，某些正面論說的文字，發表在鵝湖月刊的社論與中央日報的副刊上，其他隨筆雜談的稿子，則刊登於各報刊。四年下來，寫成的篇章不算少，幾經細讀檢閱，自覺可堪回味而有流傳價值的，僅得五十篇。

精選的五十篇，自我揣摩，分屬「生命價值篇」、「俗世風雲錄」、「學術文化論」及「人間縱橫談」等四部。第一部分是「生命價值篇」，代表作有：鮮菜美果何處尋，野人獻曝說日光節約時間，素菜館菜素心不素，親情何處落，愛是成全而不是犧牲，談俠義道與俠客行，小人物的狂想曲，討人厭的人小鬼大等；第二部分是「俗世風雲錄」，代表作有：看木蘭隊風靡香江，從棒球熱季說因緣果報，阿里爭霸與卡特落選，鐵窗封殺與計程飛鏢，多氯聯苯與甲醇酒精的塵染無明，少年監獄風雲突起，學童告狀與警官遇刼，「人民廟堂」的狂殺落幕等：以上篇章出自中國佛教月刊的專欄結集。第三部分是「學術文化論」代表作，有：爲什麼要維護儒學道統，從儒學說文化建設，親情道義說五倫，孝道在今天的反省與重整，中國的哲學在那裏，從「花果飄零」到「靈根自植」，「鵝湖」心路六年，「法雖不善，猶愈於無法」析義等：以上篇章主要登在中副；第四部分是「人間縱橫談」，代表作有：中國與委會何去何從，電動玩具與飛彈遊戲，華勒沙與沙卡洛夫，教宗過門不入與博士同國省親，道德批判與宗教承擔，文評書評與學術風氣，談體罰的行廢之爭，是棒球爭霸還是國民外交等：以上篇章散見各報刊。

從上列篇目的分類歸屬，約略可見筆者數年間的用心省察，盡集中在當代社會的人文現象，關懷的是國事天下事，而探討的價值判準，則源自文化傳統的儒道思想體系。人生而有情，而世事無常，是以人生在世，事無常而情亦無盡，浮生偶遇皆屬有緣，然緣有盡，情何能不散，自是傷感懷想不盡。此等人間願無窮的憾事，或多或少總有其無可奈何的悲劇性。故只要有心，隨手拈來，不皆成感人的詩篇妙品麼？惟人活在人世間，此等浮生偶遇而有的情意感興，都是主觀邊事，吾人僅能自家默默承受，僅能自證自了，原沒有什麼大道理好說，也不值得大書特寫，盡爲外人道。

問題在，事是特殊的，也可能是偶然的，而千古之情卻是普徧的，且是必然的。此一普徧必然的根源處，就在人性的真實發露。太史公司馬遷有句千古名言：「究天人之際，通古今之變，成一家之言。」文人的靈光姿采，就在他妙筆生花所描述的生命情境，能通貫古今的時空轉移，所以能卓然自成一家之言；而史家的智照大筆，就在他執守信奉的史識史德，能充盡天人之際的人性真實，所以能通貫古今不移之理。天人之際的性理是永恆的，也是普徧必然的，古今之變的史實是短暫的，也是特殊偶然的，而一家之言的創作，就在從特殊偶然的人間史實，去透顯普徧必然的人性真實。由是文學的一家言，挺立了究天人通古今的恆久莊嚴，他的落筆處是一時的，他所突顯的哲理卻是千秋的。

當代社會的人文現象，就事而言，是偶然特殊的，然吾人可從通貫歷史文化的傳統價值觀，去抉發千古不易的哲理；而此一最後的根源理據，就在天人之際的人性真實。吾人可以如斯說，成一家之言是文學，通古今之變是史學，究天人之際是哲學，文史哲的人文世界本屬一體而不能分家。卽以「史記」爲例，既是史學曠代巨構，也是文學極成名著，而太史公「藏之名山，傳諸其人」的真用心，猶恐是在文史之上的究天人之際吧：由是而言，太史公必不以史學名家或文人巨匠自豪，說所願，想必會以千古哲人自許吧！

文學由特殊偶然的人間機緣，透顯普徧必然的人性真實，此之謂「文以載道」。此「道」，有事實與價值的雙重意義：從事實言，人生僅是特殊的機緣與偶然的遇合；從價值言，生命就有普徧的義理與必然的歸趨。吾人走在人生的路上，總在尋求生命之「道」的實現。由是而言，價值美感，本就不離事實現境，風花雪月自有生機妙趣，而一色一香，亦莫非中道。人的生命存在，藉此而感通無隔，詩篇文章亦藉此而千古長新，一朝風月，不就是萬古長空麼？色香風月僅是橋引媒介，而千古呼應的，則是「斯文未喪」的「道」了。所以，五十篇的題材雖屬人生的機緣遇合，而蘊涵激盪其間的，則是貫通千古的人性眞實了。

對中國人說來，道是「形而上者謂之道」，而生命向上昇揚的「道」，又有儒家的人文之道，與道家的自然之道的區分。事實的人生之路，是有其定限之命的，不管是死生窮達，還是親情牽繫，都是無所逃不可解的。而價值的生命之「道」，就在事實的人生之路中開顯。在命限中昂揚奮起，有抱負有志氣的是儒家，而在困境中超離放開，不執著不造作的是道家。中國讀書人，恆以天下爲己任，旣成器又成道，由下學而上達，誠可謂任重而道遠，此一擔負是一生的，是死而後已。說是擔負，總有負累，負累就會累壞了自己；說是擔負，也總有擔當，擔當就不免會扭曲了他人。故中國讀書人，在「學而優則仕」的生涯中，另外追尋山水田園的樸拙野趣，來化解生命的負累扭曲，以免自困自苦。故身在朝廷，而心在草野，不是告老還鄉，歸隱田園山水；就是朝罷歸來，寄情在山水畫田園詩的意境中，怡然自樂，這是中國人耕讀傳家的兩全之道。人文之道與自然之道渾然天成，一體不分。故有治國平天下的投入擔負，也有山水田園的閒散自得，有擔負而無負累，「緜緜若存」，才可以長久。中國人的生命價值觀，旣肯定人間世的積極奮鬪，又可隨時放開隱退，仕與隱之間，似乎可以來去自如，了無衝突。

筆者自身爲人處世的體會，時而與師友共勉，以莊嚴挺立人間自許，又時而自我謙退，勸慰群生不必執著傷感，此中存有人生的兩難困局，是該創業功成做個有用的人呢？還是做個無所可用的人，優遊而自得呢！莊子山木篇有一則寓言：莊子帶領一群學生，走在山道上，看路旁一棵材質鬆散，形狀糾結的大樹，迎風矗立，工匠路過無人佇足回頭，就當機指點學生：「這棵大樹是因爲不材無用，才能保全自己的啊！」傍晚到了山下，舍於友人家。主人喊來兒子，說烹家中雁（鵝）以饗客。兒子問：「家有兩隻鵝：一隻會叫，一隻不會叫，請問殺那一隻？」主人答：「殺不會叫的那隻。」第二天，離開了友人家，學生不禁困惑的問：「昨日山中木是因爲不材而得全，今朝主人雁却反因無用而喪生，老師設若是你，將何以自處？」莊子笑著說：「我將處在材與不材之間。」此一說法，當然是莊子的幽默話，而不是究竟的回答。不管是材與不材，都是受制於外在的功用，而沒有獨立自主的方向。山中木不材得全，主人雁無用喪生，足見不材無用也不能保證什麼！因爲生命的前程都由外力決定，假如當天，主人凌晨酣睡，突被鵝的叫聲吵醒，那麼被烹以待客的恐怕是會叫的那隻鵝吧！此中原沒有什麼定則可循。吾人超離了世俗有用的標準，也就可以避開無用的迫壓挫折，讓自己活在真實的生命中，不就可以逍遙無待，自在自得了麼？

這四年來的散文結集，有積極挺立儒家生命莊嚴的篇章，也有消極敞開道家生命智慧的文字，前者可謂是「材」，後者可謂是「不材」，吾人在儒家人文之道，與道家自然之道間，本可以來去自如，材與不材之間，也就是所謂遊於方內與方外之間。方內是人文社會，人人求其有用，成器成材，以擔負起人間責任來；方外是自然世界，人人求其無用，無執無爲，以放任於山水田園間。而無用放任的自在，是爲了讓吾人更有餘力去擔負器用的責任。此是莊周自謂將處於材與不材之間的真諦，也是孔夫子願遊於方內與方外之間的大義所在。

這一本散文集卽將由東大圖書公司出版問世，卽以「材與不材之間」爲題，筆者不敢妄自菲薄，故歷數先哲的教言以提撕自己，雖一時不能至，吾心實嚮往之。

材與不材之間 目次

二、俗世風雲錄

三、學術文化論

四、人間縱橫談

一、生命價值篇

鮮菜美菓何處尋

昔日的社會問題，是物質匱乏，營養不良，一遇乾旱，更是難逃饑餓之災，時至今日，由於生產工具與技術的改良更新，不僅物資充足，免於饑餓，甚至已有營養過剩之虞。故養生之道，已由辛勤「營生」，轉爲講究「衞生」了。故一者早覺會的組織與活動，蔚成風氣，且盛極一時，在晨光的自然清涼中，汲取生命的甘泉；並由太極拳的氣韻流行間，以求健身減肥。二者蔬菜水菓的身價突增，不食人間煙火的妙境，雖一時不能至，亦滿心嚮往之，由是素菜館亦利市大開，座無虛席。

問題是，晨光固清涼，自然之氣卻不一定是鮮美的甘泉，菓菜雖膽固醇不生，脂肪層不厚，卻潛藏着它的後遺毒素。以空氣水源汚染過甚，而農藥噴灑洗滌難淨之故。此頗富戲劇性的發展是，高血壓與腦血管阻塞破裂的危害下降了，而癌症在死亡原因的排名卻竄升首位。我們爲了大力掙脫饑餓的災難，爲了快步實現免於匱乏的自由，卻付出了存在空間被汚染，生態平衡被破壞的重大代價，反而向死亡的陰影逼近，得失之間，眞箇是難加判定了。

由工廠排出的化學廢水，雖污染水源傷害人體，然在經濟成長賺取外滙的目標奔競下，被容忍被忽略了；汽車噴出的噪音廢氣，雖污染空氣刺激神經，然在交通阻塞瓶頸未開的困境迫壓下，被掩蓋被遺忘了。這是開發中國家在追求富足的道途上，所面對的無奈與悲哀，對工業科技災害的防範，顯得既無心亦無力，不能一如歐美諸先進國家，能漸進規畫，而不會流於躐等越位的盲目激進中。

筆者來自農業重鎮雲林西螺，每逢寒暑假必回歸家鄉，會見兒時玩伴與就學師友，求得心神的休養生息。在那敞開放鬆的心懷中，呼吸的是鄉野的純樸空氣，遠離了塵囂紛擾，當下感受到的是無牽無掛的自在自得。也不過是三、五天的假期，不爲作詩苦郎太瘦生的體重，在自然風光與鄉土親情的雙重滋養下，就會奇蹟似的增加了兩公斤。

在鄉間，上市的蔬菜水菓，皆是甫自菓菜園摘下拔出，自是新鮮味美，決不是運送多日，外加冷凍處理的都市貨色所能保有的。再說，鄉下市場推出的是非食料速成而土生土長的土鷄與黑毛豬，而大規模集體飼養的食料鷄與白毛豬，皆運銷城市。食料鷄與白毛豬，有鄉下人才能品味得出的怪味，故在鄉下市場爲之滯銷，土鷄與黑毛豬，轉成無價眞品，是自家受用而不上市的。今天，農村經濟大有改善的最佳證明，就在他們不再爲了好價錢，就把耕作所得的精品送上市場。以是之故，新鮮的菓菜與眞味的土鷄土豬，只有在鄉野追尋，城市的人們是無福消受的，僅得通過色香味的加工改造，根本就品嚐不到眞正的自然風味。

此外，吾人亦偶有發現，鄉下農夫的耕作，竟有自家用與銷售品的區分。由於臺灣屬亞熱帶地區，一者雨量大，又勤耕力作，土地已貧瘠，故農作必得大量施肥；二者熱帶易生病蟲害，有待幾度噴灑農藥，才能成全生長，不管是肥料或農藥，都是人體消受不了的化學成品，吾人只要看看田裏青蛙、泥鰍的翻肚死亡，卽知其傷害之烈。過去，惟恐人誤食受害，噴藥地區的四周，皆撐起紅旗以示警，必時歷一週藥性消失之後，始收成上市。今日的農民，舊有的純樸美德，已爲工商社會惟利是圖的習氣所沖散，爲了及時應市，趕上好價錢，噴灑農藥兩三天，也昧着良心推出市場。此當是肝癌猖獗，甚或中國人癌症死亡獨獨偏高的原因。

鄉土老姑媽耳提面命，臨別贈言曰：「我們鄉下人，除非自家栽種，不灑農藥，否則已不敢買蔬菜吃了。你們在都市，更要小心，除了藏身地下，或有外皮保護的蔬菜如蘿蔔、馬鈴薯等，才可食用，層層包起雨露沖洗不到的包心菜、高麗菜，最爲忌諱。」情況嚴重至此，吾人身在臺北，就是深知肉食者鄙的教言，然而，逃開了膽固醇與脂肪層的威脅恐懼，也逃不開化學肥料與農藥的緊迫釘人，更別說全天候陷在水源與空氣污染的籠罩中了。

吾人老見陶聲洋防癌基金會的呼籲，而醫學講座亦屢以癌症的預防與治療爲專題，不知此非醫學院醫科的事，而是農學院病蟲害學系與農業推廣學系的事。惜乎榮總臺大，總沒有「吾不如老農」的覺悟，我想設若此一講座或座談，能敦請鄉下老農來此現身說法，或出席作證，也許較能直探本源，眞正做到防範重於治療的上上之策。走筆至此，吾人不禁慨然直呼：「長鋏歸來乎！食無『菜』！」

六十八年十二月中國佛教月刊

野人獻曝談日光節約時間

由於能源的過度開發，使得阿拉伯的油藏，漸告枯竭，加上伊朗的政變動亂，干擾了石油的生產，產量爲之銳減，遂造成世界石油市場供求不均的嚴重情況。阿拉伯國家又不滿意卡特人爲干預的中東和局，故拒絕美國所提出的增產之請，甚至以減產爲對抗。如是，由搶購而漲價，能源危機於焉形成。最近，美國又發出警告，巴游激烈分子可能刼持油輪或破壞航道，更使得這一緊張情勢，再度升高。此間接的促成了美國內閣在總統授意之下的總辭，能源部長爲之易人，世界第一超級强國的政府結構，已受波及，足見能源危機，不是恐慌敏感，而是有其實質的意義了。

回顧國內，石油是依賴進口的，承受的沖擊與歐日等同。所幸的是，我們的農耕隊，在沙漠中開發出農田綠地，受到政治因素的困擾較少，承擔的僅是漲價的壓力。儘管中油公司已發出節約用油的呼籲，並宣告必要時候將實施配給制度；而臺電當局亦有尖峰時間電力負荷不了的警告，並宣稱若不得已亦有被迫地區輪流停電的可能。然而，到目前爲止，各型的車子仍然東西流動，南北飛馳，家家戶戶仍然燈火通明，冷氣開放。唯一的應急措施，是自七月一日開始，實施日光節約時間。時間撥快了一小時，僅是第一天作息時間的略感不便，對吾人的生活而言，則有返歸自然的眞切反省。

六月下旬，放了暑假，應了球友之邀，每日清晨五時許，即動身到球場打球。六時許，旭日已東升，晨曦斜照著大地。是時，趕路的行人與噴黑烟的車輛，尙未出動；有的是三三兩兩漫步街頭的早起者，他們分別向新公園、植物園、圓山忠烈祠、國父紀念館、青年公園、永和河濱公園等地集結，參加體操、太極拳、羽毛球、游泳、跑步等聯誼健身的活動。在特有的悠閒靜謐中，只覺得一切的生命，已在沉睡中甦醒，且漸漸冒出了生命的向上之機。孟子說人的平旦之氣最爲清明，此時遠離塵囂，俗慮漸消，人之所以爲人的良知自覺，最能操存自持。事實上，何止是人的心志清明，整個自然世界，不也是散發着清新的氣象麼？樹枝頭上的羣鳥齊鳴，小草叢間的露珠多采，迎着晨光，大氣的清涼鮮美，直透心扉，人人表露在臉上的恬適意態，叫人欣悅感動。這是工商社會的人們，失落已久的晨間世界。

我不禁突發奇想，或許能源危機會讓遠離自然的人們，有一番眞切的覺醒吧！人們久已習慣於不是清風明月，也無星光流螢的夜生活，僅僅是困守斗室牌局，沉迷燈紅酒綠的熬夜通宵，不見有文人雅士的秉燭夜遊，僅有蛇行車隊的男女摸黑。此中映顯而出的，又何止是事關能源危機，根本就是良知的牿亡。如斯之心志迷幻，官能痲醉，別說長夜漫漫，噩夢難醒，即使有午夜夢迴之時，人的生命還能有良知不安的一線清明麼？以是之故，所謂的能源危機，不就是叫人們從人間風華，還歸自然樸質，從當代文明，走回原初社會麼？設若吾人仍然過着自古以來「日出而作，日入而息」的生活，生命的躍動與自然的脈搏，同其節拍，自有「其寢不夢，其覺無憂」的自在逍遙，如此所謂的能源危機，在鄉居情趣，田園生活中，豈非可以消失於無形了麼？吾人這一番「野人獻曝」的心意，不知能否爲迷信電熱核能的人士所接受，惟恐難逃迂闊天眞，不識大體的譏刺了。

吾人以爲，所謂日光節約時間的第一義，應是返歸「日出而作，日入而息」的自然作息時間。這是自然本身的律則與軌道。人的生命就在天地一氣之中，走離了自然的律則，必失落了生命的正軌。人類依恃知識的力量，使黑夜不再黑夜，這一縷燈光，開放給人們的，就是工作時間的延長。醫院急診處固然是二十四小時全天候作業，工廠有了夜班，學校也開了夜間部，當然也有夜間球場了。此生活在同一穹蒼下的人們，無異是被兩部畫開，疏散了人間的擁擠。某些學生，有如夜貓，喜好清涼夜讀；有些作家，也獨好在夜間搖筆桿，創作的靈思活泉，在夜色蒼茫中神秘的湧現出來。此外報社的從業人員，更是專業的夜工作者，也就別說那些上夜班的鶯鶯燕燕，與夜間出擊的樑上宵小了。這一作息時間的晝夜顚倒，就是陰陽的顚倒，悖離了自然的休養生息之道，使生命元氣大受傷損。體力透支不說，又加上陰陽失調，生命之氣遂無以緜延暢通。吾人只要看看走過時差線出國競賽的國手，其表現不佳，可能的原因之一就是生理官能仍在睡眠狀態之中吧！

再深入一層反省，「早覺會」的會友們，果眞是心慕晨光，身回自然了麼？多少人是大宴宵夜，再晨起減肥的，他們爲了憂懼膽固醇過多，血管硬化與心臟病發，才加入這一早起的行列。問題是，毫無精神的涵養，心志的自覺，仍缺乏那麼一點生命的靈慧，如是生命的延長，不過是庸俗的積果加劇而已！人生在世，對外界的存在，最好不要有强度的依賴，一個不要名利，富貴於我如浮雲的人，生命才能是眞正的剛强。能源危機對於不能忍受孤獨的人來說，所感受到的壓力，可以說最爲嚴重了。當電影院，歌枱舞榭關閉停業之後，就不知如何自己獨處一個夜晚！吾人以爲，現代社會的最大特徵，就是人對社羣的依賴大增，獨立的生活成爲不可能，堅强的人格也就撐持不住了。即如商業大廈的建築，總是密不通風，僅能依靠中央冷氣系統的調節，其人員上下升降，也得經由電梯的輸送，只要能源一短缺，地區一停電，這種豪華公寓可眞是片刻都不能停留，豈非瞬間即成廢屋，就是作爲倉庫用也不合格。這一方面，鄉間的竹屋，田間的小築，會有大家逃難的顧慮麼？再說，有福消受冷氣的人，對天候自然的變化，就少有適應力了，此一「與物爲春」、「喜怒通四時」的生命自然，也在逐步衰退之中。

今以當前世界經濟能力而論，國民生產毛額排名在前十名者，除了拜地下資源之賜的科威特、沙烏地阿拉伯，與科技强力國家美國、西德而外，均屬北歐國家。瑞士高踞首位，其他尙有丹麥、挪威、瑞典、荷蘭、比利時等，均保有自然風味的鄉情野趣。足見科技建構下的工商社會，不必然要自困於「能死不能活」的畸形怪物中。

既然，石油的蘊藏有限，終有點滴不存的時候，人類面對此一情勢，在另找能源，以資取代之外，是否也當想想，趁着可堪放手，回頭有岸的時候，也該爲下一代，找出一條不依賴能源也能活下去，且活得更貼合天地自然，更爲詩情畫意的路子。當前在高度科技建構之下的人類社會，總有一天會把人逼到非如此不可的窘況，也就是只能前行，而不能後退的自陷泥沼裏。若不能適時回頭，終有逆轉無路的悔恨。過去的人們，是六天人間汚染。第七天上教堂去心靈淨化；今天的人們，是六天俗世浮沉，第七天才回歸自然去滌除塵囂。我想我們總要找到每一天都是在人間俗世，也都能心靈淨化而回歸自然的生活，這才是儒家「三月不違仁」的莊嚴，與莊子由方內通方外，以及禪學「煩惱卽菩提」的妙諦！

吾人這一番感懷，一者是野人獻曝，聊表寸心；二者是書生之見，姑存一說。人在天地自然中，卻走離了天地自然的軌道，人在山水田園中，卻失落了山水田園的情趣。晨間的世界，自然的美妙，太多的人窮其一生也無緣碰觸，有如關禁閉的人，眞的是不知天地之大，自然之美了，所以吾人要來野人獻曝一番；再說，科技推動文明，人世的繁華似錦，璀燦奪目，面對能源的短缺，已到了紅燈亮起，此路不通的時候，是否吾人要另外打開一條可能之路！此爲逆轉，而非倒退，故吾人也說說書生之見，或許可以引發一點卽出世卽入世的反省吧！

六十七年八月中國佛教月刊

素菜館菜素心不素

近幾年來，由於經濟成長所帶來的國民所得大幅增加，生活水準顯著提高，食衣住行的問題，已獲得相當程度的改善，而育樂的問題，卻未能有更上層樓的開發。育樂的活動，是涉及人的精神涵養與休閒生活，自應超越在以物質條件爲主的食衣住行之外，去開拓眞實美善的獨立領域。

然而，在我們急速成長而不免過度膨脹的社會，育樂既不能挺立自己的崇高地位，自然也開不出常道正軌，可用以帶動一切，並消化掉工商社會突增的財富。此其後果，一者是飽暖之餘，而有不正當之色情與豪賭的墮落沉迷，二者是吃的消費所占的比率與日俱增，我們只要看看豪華餐館的四處林立，座無虛席，與公賣局煙酒的暢銷全國，供不應求，即可想見其盛況了。甚至有人估計，僅以臺北市各大飯店全席大餐的殘羹剩菜，即足以養活中南部一個縣的人口而有餘，這是多麼令人想不到的驚人浪費。

惟吃得下去，不見得就能消受得了，由吃大餐所帶來的營養過剩的後遺症，也逐漸暴露出來了。膽固醇太多，脂肪層過厚，影響血液循環，加重了心臟的負荷量，據衞生單位發表的統計數字，腦血管阻塞破裂與心臟功能衰竭，在死亡原因的比例上正不斷的往上竄升，而高踞首位。時勢造英雄，使得醫生這一行業大大開了利市，突然成了天之寵兒。不是來一場談談養生之道的專題演講，就是開一場關心自己健康的座談會，健康月刊推出來了，其他的報刊也闢出專欄，指引腸肥腦滿，飽食終日的人們，如何避開死亡的陷穽。整個社會到處充滿了「我要活下去」的叫聲，至於生活的品質如何提升，生命的究竟歸屬何處，卻沒有人去關心去發問了。

在醫生得寵之外，素食餐廳亦應運而起，以最現代化的企業經營方式，在市中心陸續開張。設備的豪華絕不遜於一般大飯店，情調就顯得低俗很多，中固不中，西亦不西，又乏佛門的清涼空慧。翻開菜單，乍看之下不覺大吃一驚，以爲自己走錯了地方。浮現眼前的盡是一道又一道的大菜花名，諸如油淋乳鴿、紅燒全魚、干燒鮑魚、雙多河鰻、爆發海星、蜜棗火腿、銀芽鱔糊、冰糖甲魚、栗子鷄塊、爆炒腰花．無一不是魯智深才能受用的菜。我們決不懷疑這是道地的素菜，否則也不會有三兩個出家人氣定神閒的在這兒用餐暢敍，偷得浮生半日閒了。菜上桌，仔細一看，作出的形式，與葷菜原樣，可以說唯妙唯肖，從藝術美感的角度說，當然是匠心獨運傑作一件了。我們並不是毫無幽默感，但是對這般故作驚人之「語」的花樣，實在不能欣賞。我想走進素食餐館的客人，內心總存有一點誠敬，一讀菜單，必有被戲弄的感覺。此情此景，豈不是落在口中品味的是素菜，而心中所想的盡是江浙館、廣東館的葷菜麼？推出這種構想的人，可能是少有吃素的願心，想葷昏了頭，才會如此口是心非的吧！可能就是爲了刻意求其形似，以致雕琢過甚，所付出的時間心血太多了，本來成本偏低的素菜，在價錢上比起葷菜，卻只高不低。一方面保住了佛門素菜的身價莊嚴，另一方面也滿足了消費者的虛榮心。反正是一樣的大開宴席，也一樣的花掉大鈔，儘管味道不對，然而五味令人口爽，對僅志在豪華擺濶的人來說，只要大把鈔票推出去，每個人當下也會覺得不虛此行了。除了提供新奇，使競逐五味的人，感到永不寂寞而外，還可以使人避開膽固醇超量的恐懼，逃離脂肪層過剩的負累，從這一點來說，眞正是功德無量。我們看到素菜館開幕邀請佳賓的宣傳文字，謂多上素菜館，就是廣積功德。吃素菜，免殺生，當然算是功德，然菜素心不素，雖放下屠刀，而意根未淨，恐怕是成佛不成，業惑反增一些吧，又那有功德可言！果眞大家廣積功德，素食餐廳的經理董事，自然就經濟成長了。不知利市大開之後，是爲了開壇講經，宣揚佛法；還是爲了賑災濟貧，普渡衆生？若出乎此等慈悲心，還可算得上是功德。問題是，就是救世行願，也不必訴之於鼓動衆生的口腹之欲，此間接助長了社會奢靡浮華的風氣，像這種商業化的計較用心，總不是弘揚佛法的正途。

六十七年九月中國佛教月刊

親情何處落

由經濟發展所牽動之社會變革的進程，可以說日有加劇之勢；隨之而起的，則是源自文化傳統的生命價值觀，也逐步的歸於解體。處在這一新舊過渡的轉型期社會，原有的親情倫常，不覺有兩不着邊的委屈，與無處安頓的悲哀。近日來，社會新聞版屢有新鮮熱門的話題出現，正是這一無奈情勢每下愈況的表露。

首先，是位金馬獎英俊小生跡近戲劇性的婚變。他的夫人是出身富家的名門閨秀，雖不是圈內人，卻秉有家傳的經理才能，正可輔助先生的製片事業，也算是佳偶天成；然而，事業心重，財經大權獨攬，不免冲淡了家室柔情，甚至對先生形成了心理壓力。加上，影星生涯本就要求生命的投入，以激起戲如人生的眞情感，才能自然入戲，演出逼眞。是以在拍片過程中，難免會假戲眞做起來，在戲裏人生取得某些忘情的逃避與補償。未料，這位夫人面對「戲」與「人生」之間的錯綜穿插，依然好強如故，完全當做客觀事業去處理，而未有主觀的懷柔體貼，遂僵持不下，甚至突發奇想，南下作「秀」，以示報復，以至危機加深，殘局難收。此一婚姻變局，吾人不能僅視爲大明星的花邊新聞，而無所反省。試想，爲了客觀事業，竟付出夫妻反目，情斷義絕的重大代價，何止是痛心不值，根本就是不智無明。

其次，亞洲影后甄珍小姐，突在某報第三版的黃金地段，刊登了自我表白的聲明，對她竄紅影壇的辛酸，與婚後息影的苦衷，多所描述。這一回顧，主要是對應某雜誌出現她事親不孝的不實報導，提出强有力的辯解。她在字裏行間，對星媽不關心她的一生幸福，僅把她當做滾滾財源，甚至在未得她的同意之下，將她多年辛苦僅有的私房存款美金五萬元，也變更所有，轉置在自己名下，提出道義上的控訴。這一段「紀事本末」，是甄珍小姐情急之下的片面說詞，自是眞相不顯。至少我們相信，天下不會有編造故事，以誣陷父母的子女。若不是做爲一個人的品格尊嚴，無端受損，已到了抬不起頭來的境地，甄珍小姐當不致有這般違反孝道倫理的反常表現。像這般嚴厲的抗議自白，發生在母女之間，又公諸我們講倫常重孝道的社會，實在具有相當的震撼性。使得吾人對無條件的父母之愛，不得不重加評估，又那裏是甄珍小姐一人的委屈而已！

其三、一位寡居的媽媽，被兩個留美學成的青年才「子」接去新大陸，本來以爲是享幾年老福晚景去的，未料，前來機場接她的，竟不是兒子媳婦，而是素昧平生的一位老年華僑。這一場「兒子要我嫁」的現代劇，在兒子說來，可以是出於孝心善意，對媽媽說來，未免太新潮唐突了。迫得鄉土媽媽，席不暇暖馳書國內，向親友求援。據報載，回程機票款已湊足滙去，想必脫困歸來當無問題。我想，做子女的爲了解除媽媽的老來寂寞，代高堂徵求老伴，並非不可爲；然而，未經老人家首肯，卽採取如此直接的行動，不得不令人懷疑，是靑年才子出國日久，身受西方個人主義社會的熏習雜染，小家庭不願有上一代的干擾，遂把奉養雙親事視爲累贅負擔，而力求擺脫。他們沒有把親娘送進養老院，而代爲安排求偶再婚之路，已經不算是洋化忘本了。此等事例，乍看之下頗覺荒唐，讓我們不能接受；實則，只要我們當前推進的方向不變，在未來個人主義社會中，不管我們喜歡與否，像這種事總是會到來的。問題是，這會是我們辛勤耕耘所追尋所想要的社會型態麼？

其四、「忠仁忠義」坐骨連體嬰的分割成功，不僅是國內醫學界所亟於證明推出的一件大事，也是我們每一個人所關心注目的一件喜事。這兩位難兄難弟的分家，是個幸運的特例，他們搶了個第一，被醫學界視爲締造世界紀錄的因緣，也合乎我們向海外技術宣傳的國策。是以，國內醫學界的精英，首度破例，作一大規模的集結，携手合作，從事一綿延十二小時之久的接力開刀。且大衆傳播媒介也作一馬拉松式的實況轉播，與近乎「起居注」的全幅報導。兩兄弟的脈搏體溫，與飲食排便等情況，固爲社會大衆所耳熟能詳，就是一顰一笑的鏡頭，也在記者的特寫捕捉之中。我想，從沒有一個病人，能有此幸運，等於在整個醫學界的技術結合，與全國同胞的愛心祝福下，得到新生。問題是，這般巧奪天工的傑作，是高成本的奢侈，可一而難再，是以「國恩家慶」兩個胸骨連體嬰，就被冷落擱置了。反正，臺大醫院已「仁」至「義」盡了，國恩家慶且留待他家，自歎生不逢時去了。

在那一串日子裏，最不堪的，當是臺大醫院的住院病患，眼看三千寵愛盡集一「身」，內心必有一番冷暖自知的感觸吧！此外，在開刀前後，幾乎被忽略，甚至被遺忘的，是天下父母心的感受。忠仁忠義的父親，躲躲閃閃，避開記者的追蹤訪問。母愛一職，似已為護士「阿黃」所取代，想必那電視鏡頭一刀一線的切割縫補，仍痛在娘心吧！再說，電視臺將一血淋淋的場面，帶到觀衆的面前，也不見得適宜恰當，因為技術性的觀摩，對專業醫生與醫科學生才有意義，對一般人而言，在純是生理解剖的手術枱上，實在看不到生命的莊嚴，反而會無端興起生命的蒼白之感。我們以為，在那生死交關的重要時刻，爹娘雙親竟不在身邊，對小兄弟而言，是不太公平的。由於長久與父母隔離，小兄弟形同天地的棄兒，各主治醫師及護士小姐，成了他們的再生父母；然而，這畢竟不是十月懷胎，臍帶相連，發自生命根處的父母親情，是永不能被取代補足的。在未來的歲月中，小兄弟復健有成，何能回歸父母的身邊，去向血緣親情認同歸宗，而不產生疏離感；而做父母的，又何能抹去當初逐出家門的記憶，而坦然接納心安理得？我想，分割成功僅是技術性的，此後的親情該往何處落，就成了社會問題了。以是之故，忠仁忠義的分割成功，到底是喜事一件，還是悲劇一場，就令人煞費思量了。

當代人生，既失落了宗教精神之天，又不能安立於機械物質之地；既面對人際關係的糾結破裂，又體驗了父子親情的委屈痛楚。從物質器用說，我們似乎擁有了一切，從精神感應說，又似乎什麼也沒有。最風華也最孤獨，最富有也最貧乏，這是我們建構現代化社會，在講人權法治，講理性科技之外，值得深思的一個問題。

六十八年十一月四日臺灣時報副刊

愛不是犧牲•而是成全

近數月來，由於某些心理輔導中心，揭露出諸多遇人不淑，或淪落風塵的坎坷滄桑，加上各地民衆服務站，憂心青年男女的無緣相識，亦承擔了代爲徵婚或穿針引線的工作。未料，竟有弱者女人僅求爲父還債，卽不惜以身相許的諾言；而天下男士的反應，亦出奇的熱烈，甚至有不計既往，願與失足成恨的女郞，結爲連理的豪氣。此中，除了變相廣告的別有用心與視爲餘興節目的排遣寂寞而外，雖自有其道德勇氣的擔當，然不免傾向幼稚盲目的奔競，與不必要的英雄心理。

吾人以爲，在大衆傳播媒體的速寫與傳眞的報導下，的確已大大縮短了人與人之間的距離，天下爲一家、中國爲一人，不再是可望而不可及的神話玄想了。藉着電視電臺無遠弗屆的橋樑引渡，每一獨立的個體，皆能與普天之下的生命存在，有其休戚與共的感通相知。然而，人我之間滙歸一體的感通相知，不能是掛空的理念，仍得落在日常生活的相與之中，才有其眞實的內容，而這是有待於生命歷程的携手並進，日積月累，始能獲致有成。此一階梯一撤消，必轉成無根的美感，可偶與浮現一時，決難持久保有的。

人生在世，一者有通向他人生命的感情渴望，二者亦有承擔不幸的道德愛心。僅有前者是飄忽難定的，後者一挺立才能貞定有常。人的感情，若得不到道德心的貞定，必隨緣飄流，一無定所；反之，人的道德生命，若不能有感情的存在潤澤，必是乾乾枯枯，少有情味。吾人以爲，愛不會是犧牲，而是成全，以愛必在雙方的主體挺立中，才能成立體現，若自我已犧牲了，兩失其一，不再有交流共感，又那裏有愛？故嚴格說來，犧牲自我是對人間之愛，缺乏堅定眞誠的信念，而墮入一毀壞的衝動中。以犧牲固是毀壞自我，亦是傷害對方。人恒以犧牲自我，試圖在瀕臨破裂的人際關係，取得自苦爲極之高人一等的心理自慰與補償，並造成對方的心理壓迫，無形中剝奪了他人自我承擔的權利，既一切已代爲解勞分憂，則他人活着在生命價值上，豈非已完全落空了麼？此毋寧是一種自私心態的表現。

由是言之，以身相許求以代父還債，甚或墮落風塵求以成全一家，皆是盲目幼稚的犧牲，蓋身受其養的人，必背起心不得安的十字架，及何以報償的感情包袱，此生是難有自安自足，自在自得的時候了。是即使出乎父母的主意或暗示，亦難逃陷父母於不義之罪。故吾人對於弱女子滿懷委屈又極其悲壯的下海，或貨腰或賣身，此對人性尊嚴已自加否定，又怎能視爲孝行？至於將親生女兒典押出去，將自家夫人推入火坑，此無異是販賣人口，已恩斷義絕，既無親，又無情，若再衡之以愛，不免文不對題了。

天下父母心，茹苦含辛，哺育子女長大，誠爲人間最根深，最無條件的愛。是這分父母之愛，讓宇宙生生不息，故無異是天地之愛，造物之妙盡在乎是。問題是，就由於父母之愛的源源流注，默默付出，當子女長成飛離身邊，或自成一家之時，卽有失落的悵惘，若子女悖逆己意自作決斷，更有全盤落空心血盡付東流的怨怒。於是開始數說「哀哀父母，生我劬勞」的恩情，有如算帳討債似的，令子女果眞有「身不由己」的反感。無條件的愛變成有條件的責求，根深的愛轉爲相對的利害衡量，傷害父子親情者，莫此爲甚。此種自我犧牲的心態，是爲愛的否定，而非愛的成全。更要命的，此一債權與債務的雙方約定，對子女而言，根本就沒有拒絕簽約蓋章的機會。是以逼得過分，惟有跳開自身的存在，將生命還諸天地了。

依吾人反省，生兒育女的本身就是目的，而不可視爲終養天年的投資。試想，一個小家庭夫妻倆再怎麼恩恩愛愛，總覺得冷冷清清，欠缺什麼似的。子女一出來，爲這個家帶來了新生的希望。在生氣歡笑聲中，忙則忙矣，然生命也在忙碌中有了意義。是以，子女給與父母的，由某一義言之，實較父母所能給與子女的還多。以子女純任天眞，而父母則冷暖自知之故。若識得此義，又何至於感傷自憐，又讓子女不自在難做人呢？

而當代的新女性，外則職業婦女，內則家庭主婦，此一內外兼顧，忙裏忙外的角色功能，對女性而言，是一大突破。惟若在柴米油鹽中，擺出一付犧牲者的高姿態，令天下遠庖廚的君子，不僅食之無味，且難以消化。此中所激盪而出的，不是愛的成全，而是情的疏離。反之，大男人養家活口，一走回家門，卽拉長面孔，唯我獨尊起來，亦屬同調。

由是而推之於天下的教師和政治的領導者，以及各行各業的從業者，甚或軍警公職人員，每一個人都本其德性心，找尋適合自己才氣的職位，盡自己應有的本分，成就自身生命的價値，沒有人自我犧牲，也沒有人貴於他人。儒家由內聖而推向外王，也由外王而成就內聖，成己所以成物，成物所以成己，沒有人犧牲，也沒有人虧欠，一切都是自了，一切都是當下完成。

當然，不住涅槃而重入人間的高僧，是有「我不入地獄，誰入地獄」的悲願慈心；惟其普渡衆生，亦不能承擔他人的業惑果報。僅是傳燈引渡，令其觀空自證，此亦是成全，而了無犧牲之義。

近代社會，已非小國寡民，老死不相往來的社會，人際關係空前複雜，人我相互依存，若老以犧牲者自居，而責求他人還報，不僅自心難平，且無端將枷鎖套在他人身上。人際關係的破裂，此爲大端，故云愛是成全，而不是犧牲。人人不想當烈士，人人不背起十字架，則各了各的業，各破各的惑，各成各的果，各還各的報，不執着愛，而愛在其中，不求成全，才是眞成全。

由於人人各忙各的，使得今日之生活過於單調沉悶，惟人們總不會忘記去挑起一些新奇的刺激，好讓自己可以找到活下去的理由。當人們發覺物我溝通人我相知，已幾近不可能的時候，爲他人犧牲，不失爲一條簡捷之路。問題是，他人承受得了麼？是道德事業，只能是儒家仁人君子盡己之忠與推己之恕的成全，而不能是墨家俠客志士自苦爲極與打抱不平的犧牲；且愛情與婚姻，不能視爲道德事業的節目，蓋不論是氣魄承擔，或慈悲爲懷，總是救人未成，而已身陷其中了。

談俠義道與俠客行

——跳機風波與幫會武打

影劇界與歌壇的明星，總是搶盡了人間社會的鋒頭，他們的社交生活，與感情動向，一直是記者捕捉特寫的鏡頭。即使是衣著扮相，也會惹起影迷歌迷的交相注目，不必故作驚人之語，也會引發了社會大衆的一陣騷動。活在今天的人們，有如置身在一架大機器的運轉當中，不大能突顯像小螺絲釘般的生命才情，緊張匆忙而又苦悶寂寥，只好把自家的愛與感受，向出現在螢光幕或銀幕上的影歌星，作一價値的認同，與感情的依託。從他或她的浪漫情懷與才藝風采裏，來滿足與補償當代人生的貧乏空虛，故某些風靡一時的嬌娃鐵漢，會有大衆情人或學生情人的稱號，因爲緊張中顯苦悶，匆忙下不免寂寥的人，僅能通過自己認同的明星形相，去詮釋生命，參與社會，此一如舊時的占星學，相應於人間的每一個人，天上都有一顆他所歸屬的本命星，吾人夜觀天象，本命星座黯淡無光時，正是自己運命多難之時，本命星隕落時，也就是自己氣數該盡的時候了，故貓王、披頭四死亡，就有歌迷不想活下去，而竟以身殉。由是言之，所謂的明星，對

「飄飄何所似，天地一沙鷗」的人們說來，儼然有柏拉圖天上「理型」與亞里斯多德生命「形式」的雙重意義，此中有距離的美感，也有移情作用。

明星位列天上，在夜空中閃耀，對人間的影歌迷來說，正散發着指引存在方向的形上作用，是影歌星在名利雙收之際，對自己的俊秀風流，當善自珍惜，對來自觀衆的喝采崇拜，也當心存感激之意，因爲明星本來是被捧上天的，若生活腐化，放縱狂妄，而毀壞了自己被塑造的銀幕形相，迫使存在觀衆心目中的完美偶像，也隨之破滅，那時身價跌停板，舊日的聲光風華，立如過眼雲烟，轉瞬幻化成空。不僅自身星海浮沉，不堪回首，也有負衆多寵愛集於一身的觀衆情意了，一念自省豈不深覺有憾！

這一個月來，前有劉家昌導演的美國跳機事件，由柯俊雄演出「揹國旗的人」，已受到國內輿論界的聲討；後有王羽自導自演的武打砍殺事件，幕前硬漢在幕後被江湖兄弟圍殺受創，正由治安單位全面追緝中。柯俊雄的演技，非一般風花雪月的小生可比，自屬影帝一流，然古龍挨刀案的一波甫平在先，卻又另起一波跳機於後，影帝此番滿懷懺悔贖罪的心情，試圖以行動來扭轉觀衆的評價，未料，此一心願也告落空，反而因輿論的圍剿痛責，在未及回國爲自己辯護之時，已被新聞局判以禁演半年的處罰。如今身在海外，徒呼負負，頗有壯志被冷落，心意被曲解的悲憤不平。劉家昌返回國內，在機場的記者包圍中，聲言跳機是他一手策畫，以對抗美國在臺協會對簽發護照的無理刁難，在各方逼問下，並神情激動慷慨陳詞，顯現好漢敢作敢當的擔當氣魄。

由於少數國人的不爭氣，想盡辦法飛往美國，並作長期居留的打算，使得我們的純正學者與愛國藝人，也無端受累，老被美國佬懷疑，以爲是投靠美國死賴不走之輩，此一非禮對待，吾人自應在平等互惠的原則下，要求改善，並呼籲全體國人自尊自愛，別盡作二等國民之擧。雖說愛國的人，不能有違法的特權，也不能損傷國家的尊嚴，然劉、柯組合，畢竟不同於一般的跳機者，他們訴諸於「江湖」的非法行動，背後自有一腔熱血，吾人怎能無視於他們的滿腹委屈，僅以跳機一端，就把他們判死而不留餘地？反正，他們既不是以國家代表的身分出國，他們走在江湖道上，自有一套因應變局的權宜模式，吾人何必苛責，又何忍苛責呢？

再說，柯俊雄與王羽的社交生涯，老是離不開新北投的酒家，也與幫會恩怨牽扯不清，甚至武俠作家古龍也不免。我們不知，是他們喜歡充當老大，主動拉引鷄鳴狗盜之徒，與侯生朱亥之輩，以壯黨同伐異的聲色，還是影劇暴利巨富，幫會兄弟也來分一杯羹？若屬後者，則是被動無奈，尚情有可愿，不幸的是，依吾人的推想，恐是以前者的可能性爲大。如是在影劇界打天下，無異向黑社會進軍，若不能一身縱橫黑白（銀幕之白）兩道，大概功德不算圓滿吧！英雄的身邊總少不了美人，好漢的歇腳處總離不開酒家，而醇酒迷亂，美人爭鋒，此所以豪傑如春中信陵，也不免在醇酒美人堆中埋藏了自己。另風聞女明星的崛起歌壇或躍身影壇，更要犧牲色相，或奉獻或應酬，才能平步青雲，登上星座，此中辛酸豈是圈外人所能體會的？問題是，進身之路如此，又怎能得到社會大衆普徧的尊重，要不是美感生於距離，情意出乎轉移，傳統中「優」的地位，又能提高多少呢？

在好來塢，享譽影壇歷久不衰的巨星馬龍白蘭度與珍芳達，都能堅守他們人道主義的原則立場，並付之於感人的行動，爲了少數民族的利益，可以棄金像獎如敝屣，而保羅紐曼出任美國駐聯合國的全權代表，雷根更由加州州長再入主白宮，展開其世界權力的政治生涯。他們的才情由藝術的象牙塔，移入人間世的十字街頭，距離的美感，也在眞實的生命中落實下來，這才是身爲影藝明星的功德圓滿。柯俊雄與王羽，誠然不想僅停留在做好一個演員的層次，他們兩位可能也想在拍戲之外，能進一步擴充自己的精神領域，問題是，老與幫會的兄弟混在一起，在江湖恩怨的糾纏中，自己都擺不平，那能有更上層樓的突破？我們寄望影劇明星，別作俠客之行，還是多向保羅紐曼與雷根的行誼去認同看齊吧！

再說，所謂的俠客行，在當代的中國社會，已沉落不見了。俠客的行誼來自墨家的傳統，墨家的徒衆，表現於外的是義無反顧，慷慨悲歌的壯烈之行，然其生命的內在卻是「摩頂放踵，利天下爲之」的兼愛情懷，這一羣「生無歌，死無服」以自苦爲極的江湖好漢，在墨家「鉅子」的權威領導下，以嚴正的紀律，組成鋼鐵般的隊伍，有如聯合國的部隊，奔走在列國之間，以援助弱小，維繫和平爲職志。然墨家徒衆在亂世誠然是一支救世軍，而在天下太平時，俠客私劍，不免與國法衝突，甚至直接對抗，是以不能見容於當道，其兼愛理想與政治現實，終歸破裂，遂自我放逐，在江湖草野中流浪。此後，孟子將孔子的道德之仁，與墨家的生命熱血，加以結合，卽是所謂的「養氣」工夫。墨家徒衆化整爲零，遁入江湖道，由是兼修道家離形去知的坐忘工夫，才能縱浪大化，一往獨行。所謂的俠客俠義，於是而有儒家的道德良心，有墨家的氣勢悲壯，也有道家的虛靜自在。他們隱身草野，超然於現實利害之外，不爲名利所動，不向權勢屈服，純以道義爲依歸，故謂之俠義。同時，他們長在江湖流浪，不知歸程何處，有如人間作客，沒有自己，沒有家，也沒有未來，故謂之俠客。義由儒家來，客由道家來，而視死如歸從容就義則是墨者本色。吾人反觀今日的幫會，既無「義」之道，又無「客」之行，俠義道與俠客行，兩皆失落，徒以其不怕死之氣，破壞社會治安，其與「俠」遠矣！

跳機風波，主角尚浪跡天涯，有家千里不得歸，已處分定案，而幫會武打，主角身困病榻，在特殊看護下，凶案卻一時難結。此事實眞相與國法治安的問題，非吾人探討的重心所在。吾人此番評論，惟在贈語柯王兩位，此後走在江湖道上，首在堅守俠義之道，次在力持俠客之行，不然的話，既守不住，又放不開，義道與客行，兩皆無成，又如何成就其大，身而爲俠，不過是打打混混的小人物而已！

劉家昌先生，多才多藝，膽識過人，由「日落北京城」到「揹國旗的人」，由「梅花」到「中華民國」，以作曲導演，走入反共行列，激勵了民心士氣，對國家的貢獻甚大，柯俊雄先生由「黃埔軍魂」而「梅花」，再由「英烈千秋」而「揹國旗的人」，其演出逼眞，氣壯山河，有助於愛國形象的塑造。吾人在批判責難之餘，當就事論事，切莫以理殺人，總要爲「揹國旗的人」，留有餘地。否則，大家窮打落水的英雄，將置是非於何地，大是大非豈非蕩然無存了麼？王羽先生，在銀幕上的俠客形象之外，吾人也盼望他的幕後生命，能有俠義道，秉作俠客行，不然的話，既挨刀又挨罵，不覺愧對自己，生命有憾乎！

七十年一月中國佛教月刊

小人物的狂想曲

——看侯家兄弟的瘋狂大手筆

兩個來自嘉義六脚鄉的兄弟檔，自十八日開始，由北而南，由西而東，演出了一週連續搶刼、殺人、挾持、竊盜、毀損等罪行的逃亡流竄生涯。其凶狠殘暴的瘋狂作爲，已到了令人難以置信的地步。此等無理性的犯罪，是沒有任何理由的，一路上逢車便搶，遇人則殺，爲搶而搶，爲殺而殺，不必搶也搶，不該殺也殺，吾人無以名之，姑且强爲之名曰自殺行動。

兄弟檔的老大侯世賢，打從十三歲起，就離鄉背井，北來闖天下。既乏學識，又無一技之長，僅能棲身在都市的屋簷下，求生苟活。他混跡在酒家舞廳的歡場裏當小弟，寄身在不上流的影片中充小丑，反正江湖流浪十五年，沒有一天不看別人的臉色，天下還沒打出來，尊嚴卻早就賠光磨損了。他厭倦了食人唾餘的日子，也痛恨自己的卑顏無能。有車階級的大亨，有錢有女人，有身分有地位，是給小費賞飯吃的老闆，他固然滿懷强烈的敵意；而工廠的男女工人，是出身寒微又無教養的小人物，無異是自己的化身，他也存有莫名的恨意。是以，他專搶汽車裏的大戶經理，也撞倒機車上的荒野騎士。

再說，他出身鄉土，農村的道德觀，已內在於他的生命人格中，對都市生活的聲色犬馬，與奢侈浮華，他一定有相當程度的抗拒與不滿。兩兄弟搶了汽車，正意味着他對都市罪惡的批判，他們以汽車撞倒機車，說是看不慣那終日在路上蛇行呼嘯的一羣，正象徵他對都市垃圾的厭棄。他本身無力打進有車的階級圈，又不願沉落在無車的行列中。所以，他搶了都市之「狼」，也撞了都市之「鼠」，他自己則是一隻逐狼滅鼠的老虎。他似乎是當代中國的唐吉訶德，在四出追殺衝撞的聲威中，在接受跪地求饒的光耀中，他儼然就是一個主持正義，消除罪惡的大俠客。他批判了自己，當下也超越了自己。他可能沉醉在「提刀而立，爲之四顧，爲之躊躇滿志」的成就感中，相當彌補了十五年來失落自我的缺憾。

侯世賢沒受什麼教育，小時候失去母愛，自己也有一度婚姻失敗的紀錄。目前他有妻室有子女，父親健在，弟弟也在臺北工作，生活並未瀕臨絕境，在這樣的家世下，心情應該是相當的穩定。未料，在臺東被捕後他說：「我覺得社會對我不公平。」又說：「我沒有虧欠人什麼！」這些話都是似是而非的，人生誰無挫折感，誰又無低潮困境，社會對我不公平，他無故殺人，對無辜不幸的人說來，難道是公平的麼？我沒有虧欠人什麼，人家又何嘗虧欠他什麼，搶刼錢財，還要傷人，跪地求饒，也不放過，這那裏是對社會的抗議，根本就是對社會的宣戰，莊子云：「盜亦有道！」凶暴如他，那裏還有人性，眞是人作禽獸行。

他幾天之內，犯案纍纍，據警方約略統計：搶刼殺人案十七件，殺人案五件，竊盜二件，毀損二件，在逃亡行程中，還犯有這種天文數字的滔天大罪，在國內說來，已屬空前的大手筆。這種一不做，二不休，殺一人要償命，不如多殺幾人的心態，是很冷酷而不可原諒的。他並不是活不下去，他也無精神耗弱與人格分裂症的迹象，他今年已廿八歲了，人格上可以獨立自主，形軀身手也沒殘缺，具有謀生的能力。我們要問他為什麼，想證明什麼？我想沒有人能以任何理由，為他的瘋狂恐怖罪行開脫辯護。

最叫人想不通的是，他自己向整個社會宣戰，是毫無任何倖免的機會可說的，他就是飛車逃亡，也逃不過，這幾乎是可以預知確定的自殺行動，何以他要拉自己未滿二十歲，還有他自己前程的弟弟做為他的戰友。他心中無老父的存在，無妻兒的責任，也無兄弟的提携之情，只有同歸於盡的絕滅情緒，最可憐的是他的弟弟侯世宗，他有安定的工作，也有已賦同居的未婚妻，只因為哥哥徵召他，而兄弟手足同命的價值觀，又不是他所能抗拒的。我們看他們兄弟倆穿同一花色，同一樣式的衣服，就可以看出弟弟對哥哥心存一分崇拜之情，也難怪，連生命都豁出去的人，又敢作敢為，是有那麼一點為人所不能為的豪氣。

他們兩兄弟的女人，據報載在接受訪問時，臉上無哀戚之情，或許她們早已適應「落花人獨立」的日子，或許她們早已打消「仰望而終身」的念頭。不過，她們又平靜而堅定的表示，要等待男人的無事歸來。當然，目前兩兄弟猶未判刑，然而是否歸來，就沒有人敢斷定了。或許弟弟還有可能，作哥哥的恐怕要獨力去承擔那一去不復返的罪刑了。

設若他的砍殺追逐，只爲了揚名立萬，那他是成功了。隱姓埋名了十五年，今一朝成名，他細讀各大報之餘，自己一定相當感動，這小子總算闖出萬兒來了，也算是不虛此行了。

兩個鄉下孩子，北上打天下，竟打出這樣慘烈的結局，眞叫人感傷莫名。工商社會與都市文明，並不是根植農村的樸質青年所能適應的，都市的土地本來是不宜播種生根的，只適合炒地皮的飄浮無定，這種無根浮萍的生涯，不知毀了多少鄉土青年的純樸生命。以是之故，把鄉下青年擠上都市，不一定是社會之福，農村與都市之間，是兩個世界，不是一般人所能大步跨過的。故這一段小人物的狂想曲，是侯家兄弟的悲劇，也是整個社會的不幸。

吾人在現代化過程中，這是相當有代表性而可資反省的個案。我們不想誇大它的嚴重性，也不能無動於衷，依中國傳統的道德觀，我們有相當反工業文明的傾向，因爲工商社會帶來貧富懸殊，都市文明造成道德墮落。爲什麼一個個鄉下的好青年，到都市都變了，這就是事實，也是嚴重的問題。假如，我們無力消解工業文明拖帶出來的變革罪惡，那麼我們只有準備承受不只是瘋狂追殺的後果了。

六十九年五月中國佛教月刊

冷眼看人間騙局

嘗聞金光黨猖獗一時，既不偷，又不搶，却能走徧天涯，無往而不利。彼等之所恃，不在口舌之利，才智之高，足以巧立騙局，而在天下人心，不免會起貪求之念，總會掉落在他們簡易素樸的預設陷穽中。

說是金光黨，實則只是兩個街頭小混混的組合，一演一唱來個雙簧，市場一角或郵局門前就是他們上演的舞臺：一個是故作癡呆狀的「路易」，雙手緊抱一小塊布包，兩眼朝天，一臉傻笑，另一個則是賊頭賊腦的「馬丁」，開始曖昧的擠到某一臨時被物色的演員身旁，神秘兮兮的搭話道：「朋友，這個笨瓜白癡，身上帶了一大把鈔票，却不知如何花去，我們倆一起把它騙上手好不好？」說了開場白，一齣歡喜劇也就拉開了序幕。賊頭「馬丁」說想帶「路易」去玩女人，以騙取笨伯「路易」布包裏的新臺幣。爲了取信釋疑，總在陌生客猶疑未定之時，「馬丁」不會忘了要「路易」適時的解開布包的片面，故作驚慌的露「白」了一下，不過也僅限於驚鴻一瞥，總不能讓你瞧個仔細，而漏了底。這時，「路易」會在布包上打個保險的千千結，以示隆重徵信。「馬丁」一看時機成熟，爲了表示合作共享的誠意，那個藏有巨款的布包非得請你暫留原地保管不可，等「馬丁」老大擺脫「路易」老弟之後，回頭再行平分。惟附帶條件是：以你身上所有值錢的細軟或現款抵押作保，以免你挾款私逃。你閣下在利令智昏之下，心裏盤算只要獻出身上所有，不過轉眼工夫，卽可成爲「巨款」的主人，於是手錶項鍊都一一解下，自動跳落在「馬丁」的掌中。這一對諸星，遂由緩步，快步，最後是跑步而去，自然就此鴻飛冥冥，閣下正人君子，苦等未至，心裏嘀咕，頭腦一轉突覺不對，趕忙打開神秘布包一看，不由叫聲苦也，但見上下各一張百元大鈔，以壯行色，其中則流行歌本數册，供閣下一路上尙可唱曲哭調回家。這一場鬧劇至此，始告幕終人散。這位臨時演員，在眞相大白之後，頓覺美夢成空，楞在當場，必有哭笑不得的感受。

自己因一念之貪而破財失金，臉上自然掛不住，不好向家人或老闆直說，只好虛構謊報，說是額頭被摸了一手，或肩膀被拍了兩拳，卽告昏昏沉沉，隨神秘客而去，再不明不白的把首飾或錢鈔拱手獻給他人。類似這種神話——說了自己也不相信——就此傳開了，因爲新聞記者也如斯說。

事實上，吾人僅要冷靜思考一下，賊頭賊腦的「馬丁」，旣有心詐騙沒頭沒腦的「路易」，是則一人足矣，何勞閣下充當現成的主計室主任，專司保管贓款之責呢？何況平空多出一人分紅，豈非大大失算嗎？此爲預設的騙局，已可想見，奈何「咎莫大於欲得」，一念之貪乍現，

「浮雲蔽白日」，人當下失去了道德的良知與理性的清明，是以此等江湖的下三濫，未見有多大道行，却老見彼等故技重演，四處行騙。

我想，「馬丁」與「路易」若對人性存有好奇之想，或對人生存有幽默感的話，一定會折回現場，藏身一旁，充當觀衆的觀賞這由自己一手導演的最後一幕戲，會是如何收場？而這位被魔鬼引誘的犯罪者，經過了一番折騰，發現自己已由犯罪者轉成受害者之後，應有如釋重負之感，受害是一懲罰，良心因而得安，此時想必有大哭或大笑一場的衝動，或許因而對人生的諸多執迷業惑，會有所徹悟解脫吧！

再看，在感情場上，有自稱是某權貴在美國的私生子者，有印行博士頭銜或醫生名號者，他們總能在弱者女人的面前，旣擺濶又吃香，騙財騙色自不在話下。相對的，也有一位徐娘半老的女人，憑其幾分姿色，也能讓求偶心切的幾十條單身漢，爲之暈頭轉向，紛紛栽在她的婚姻幻境中，一生儲蓄或養老基金，宣告轉眼成空。現代男女的愛情戲，總是不離男女邂逅，有了卿卿我我的一段情，旋賦同居之好的模式，俟懷孕有喜，要求補行嘉禮之時，才赫然發現白馬王子竟是有婦的使君，此一後果不是神秘的墮胎，就是產下私生子兩途，反正都是人間不幸，都是社會問題。甚至，由婦女會、民衆服務站，或青商會、扶輪社等公開舉辦的未婚男女的野宴郊遊，竟有已婚的大男人，混身其中，也跟着人家一對一起來。看來未來男女社交的聯誼活動，總要照會警察局或憲兵隊，一一檢驗身分證，鑑定其未婚身分無誤之後，才能入場。否則，爲曠男怨女拉紅線不成，反而爲無聊男子製作了餘與玩樂的節目，那就於心有愧笑話一場了。

我們以爲，連人間最眞實的愛與情，都可以虛情假意的僞造假冒一番，甚至當作詐騙圖利的工具，是爲對人生最大的不眞誠。實則，男女雙方的交往，或一者眞一者假，似乎假者正玩弄眞者的感情，究其實，眞者當下已眞，就算對方純是假戲，而自己却是眞做，這一段情誼對他來說，仍是眞實的存在。而假者既自知是假，仍得虛與委蛇，勉强自己去演戲，等於玩弄了自己。此儒家說盡己之謂忠，忠之根本義，就在盡己之心，忠於自己的生命，若存心不實，則一切皆假，人已不人，無異是否定了自己的存在。就如同一江湖浪人，詐騙一稚齡學童，浪人假話連篇，機心險詐，學童却眞實以對，浪漫天眞，是則，何者才是受騙者，恐怕是頗費思量，一時難定呢！

人未能放開自己，待人以誠，生命虛欠，心靈空白無依，老是向外去買辦或套滙一段感情，來塡補精神的貧乏，似乎情人的數字不直線上升的話，就顯不出自己特有的分量。視男女情愛的追逐捕捉，爲人間的遊戲，到最後猶恐情到眞處眞亦假，那一天不幸眞情流露時，連自己都不能相信自己，也不能肯定自己了。是人生在世，對他人不尊重，就等於不尊重自己，對感情不眞誠，也等於對生命不眞誠。是則，人間騙局，吾人冷眼旁觀，「吾誰欺，欺天乎！」又何嘗能欺人，不過自欺耳！

討人厭的人小鬼大

這一個月來，出現了三則頗不尋常的「小」社會新聞，或許大多數的人，會因其小，而不放在心上，甚至僅茶餘飯後，一笑置之而已！依吾人看來，新聞人物年齡雖小，然出的點子與生的紕漏，可相當不小。我們由小見大，當眞是笑不出來，不禁要爲他們的人小鬼大，窮緊張半天，或杞人憂天一番了。

先是臺北縣境一個六年級的小女孩，年僅十二歲，却被父母親意外的發現她懷孕了，窮究追問之下，才知道問題就出在父母親每天晚上都出外照顧生意去了，三個小兒女不敢呆在家中，只好托顧鄰居，孩子們疲累之餘，就在鄰家床上將就睡了。十二歲的女學童，與鄰家二十歲的雇工，也能因長久相處，由好感而生情，她在日記上寫下一筆：「我大概愛上他了！」這眞是一團欲理還亂，且極不可愛的糾紛。熱帶南國再早熟，十二歲學童就談戀愛，當眞是形同兒戲，十二歲女孩就懷身孕，更是不可思議。難怪她的父母親，會如斯震怒，不願妥協，堅持要控告那個二十歲的大伙子，畢竟，她還是一個小孩子！依我們想：一個十二歲的小女孩懂得什麼叫做愛情，一個血氣方剛的工人懂得什麼叫做責任，還不是摸索自電視教育的淺薄印象，與社會歪風的錯誤認同所造成。將來不管結局如何，對小女孩說來，總是一場無知可悲的傷害，對大伙子說來，也是一場糊裏糊塗的憾事。

其次，是臺中地區三個十一歲的國小學童，發現摩托車騎士的後座箱內藏有巨款，竟結夥尾隨窺探，等機車騎士在一家商店門前熄火停車，走進裏面辦事時，由其中兩人把風，另一人下手，竊走了三萬二千元，三人散開後，再相約到學校的厠所附近，結集分贓，儼然是一個小型的竊盜集團。後來，被循線追踪而告破獲，僅討回一萬六千元的公道，其餘已不知散落何方。我想總不至於像另一個青少年，私懷家中存款，南下高雄下榻大飯店，花天酒地數天，錢財散盡再與盡而歸的故事重演吧！畢竟他們是十一、二，而不是十六、七，是燈紅酒綠不起來的。

另有永和市的一個九歲大的小男生，在上學途中，不知何故突發奇想，强行摟抱一個小女生，竟要求表演影劇才有的「面對面」的親熱鏡頭。似這等乳臭未乾的小兒，却也向大人學樣，我們實在哭笑不得，既不是天眞無邪的討人歡喜，也不是少年老成的孺子可教，說他們不學好而墮落嗎？也沒有嚴重到那個地步，反正就是討厭得叫人尷尬受不了。

國中生鬧事，甚至動刀殺人的消息，也偶有所聞，惡少幫派已侵入各國中校園活動，足見情況嚴重到什麼程度。此犯罪年齡有逐年下降的趨勢，江湖習氣汚染了純淨的生命，由高中生而國中生，再由國中生而小學童了。若我們束手無策，無所更新，則每況愈下，以後還會有幼稚園托兒所的新花樣，那個時候，人越小而鬼越大，我們別說想笑，恐怕想哭，也哭不出來了。

我們這樣說，絕不是誇大渲染，以當前各電視臺的兒童節目，皆是小飛俠、鐵金剛等來自日本繪製的科幻卡通片，情節雖生動而極盡荒謬之能事，鼓動人間不能有的英雄形象，造成唯力是恃，強者生存的錯覺，而不知社會治安國家法律爲何物。另有頑皮豹、太空鼠、大力水手的美國製卡通片，不是有飛天下地的神通，就是全身被壓扁或骨節散落一地，尙有重整復活的奇蹟。在這般密集的浸潤薰陶之下，使孩子們對生命自然與人間社會的認識對應，會產生誤導偏差的現象。是以曾有少年出家修道、與練輕功摔成重傷的不幸事件，始作俑者，能是誰。此除了滿足幻想，笑鬧有餘外，對學童的人格成長，實未有正面的教育功能。

從小學到國中，他們的課外讀物，不是來自學校的圖書館，而是從坊間商店租來。擺列其間的，盡是粗製濫造的連環圖書，荒誕不經的武俠小說，與低劣粗俗的社會濫情泛愛小說。而國中程度的工廠作業員，除了上理髮店去無聊窮混之外，就是出入此等租書總滙之中。其走動見聞範圍，既是侷限於色情暴力圈，不無明盲動者可眞是相當不易了。等而上之的，觀賞影劇，也不出暴力武打與唯美畸情兩路，反正都非健全社會的正常軌道，其汚染人心之害，正在無形中進行與擴大加深中。

除此而外，當前的家庭生活，不免爲家計奔波所打散，也多少爲消遣應酬所冷落。家本是濃郁親情的交會地，也是道德倫常的培養所，如今大白天一家大小，上班上學，家成眞空狀態，家庭主婦不是張家長李家短的四處串門子，就是三缺一的奔赴四健會去了。傍晚時分，各路人馬疲累而歸，連講話聊天的興致都提不起來。飯後各就各位，守在電視機前被導播製作人惡作劇消磨一晚。沒有抒發這一天的心得感受，也沒有訴說這一天的委屈痛楚，夫婦之間沒有體貼溝通，父子之間也沒有親切關注。再不就是各人鑽進屬於自己的書房，各人回到自己孤絕的小天地，去找尋自己心中的夢。甚至，晚上孩子們外出惡補，父母親也應邀酬酢，深夜始倦極歸來，見面都不容易。如是，家好似是客舍，人來來去去總如天涯過客的定不下來，若一有感情離亂，或生活小節起了風波，那家就成了「枷」了。在冷漠淡薄，生命不得憩息的無奈之外，又多了一層逃出門去的反抗衝動。就因爲家不再是家，子女在親情的滋潤，與倫常的陶冶，兩皆落空，僅能滿懷落寞，在外頭流浪，不管是不良幫會也好，電動玩具也好，總是可以混一段受不了的冷清寂寥。

試看，父母兩不在家，三兩個小兒女恐懼退縮於漫漫長夜中，別說愛心親情了，那分驚慌無助，豈是任何物質所能消解的，猶記一位學生的話：永遠忘不了兒時父母不在身邊的孤單渴望。天下父母心，面對子女身受病痛，總有何不病轉我身，痛由我受的心願，何以對子女比諸生理官能的病變，更爲痛切的心情苦悶，反而不加聞問，無所關心？總要到十二歲的女兒懷孕了，十一歲的兒子淪爲竊盜了，九歲的兒子成了小色情迷了，才知道憤怒痛悔，不過已悔之莫及。

學童稚眞，正是無入而不自得的思無邪階段，所謂童言無忌，就是說他們眞實生命的流露，是自然超乎禮敎流俗之外的。未料，今天的學童，却失落了本有的純眞意態，想法作爲不僅使人尷尬討厭，甚至叫人氣憤難忍了。我想這是本世紀以來，相當代表性的社會病態之一了。

六十九年四月中國佛教月刊

青少年街頭形相速寫

在青少年犯罪急劇增長的今天，十七、八歲的勞工，在酒酣耳熱之餘，可以當下豪情大發，臨時起意，一夜之間結夥搶刼四、五次。此一餘興節目的成果，有時不過數瓶老酒，幾盤滷味而已。彼輩跳樑小兒，卻樂此不疲，毫無愧色。吾人試想，除了少數有某些憂患意識的自覺而外，這一羣來自鄉下血氣方剛的青年，在機械般的生活之外，既無上夜校求上進的心，又乏高尙的娛樂活動，可作爲精神心志的依托。由是，「魔拖車」蛇行與「速死坑」人迷的刺激顚倒，遂成爲突顯其生命，逃離其苦悶的兩行。再不就是搞什麼「鑰匙晚會」之類，有如男女混合雙打的抽獎遊戲，此一性的開放顚倒，又多一重賭的新奇刺激。舍此而外，試問還有什麼他們能做而又覺得有意義的事？對於名士風雅事，既無能爲力，很可悲的，遂由荒唐無聊，而墮於暴力犯罪了。

未料，此一歪風，已吹進了國中的校園。當今社會由於經濟型態轉變，職業婦女增加，家庭經濟成長，而子女管教不良，甚多的爲人父母者，以充裕的金錢來彌補對子女愛的虧欠。於是，十四、五歲的青少年，一者營養過剩，四肢發達，卻頭腦簡單，沒有教養；二者錢財在身，可以呼朋結友，四處揮霍，再加上國中教育只管得了死心塌地背標準本的升學班，對於拒絕聯考的牽牛班卽形同虛設。學校的育樂活動，限於設備與場地的不足，僅屬於少數校隊球員的專利，就是代表隊的運動員亦僅磨練其特技，而未培養其運動的精神與風度，以是之故，跆拳道、拳擊、柔道的段數升高，反成逞強滋事的本錢。他們平日但見工人車隊的示威遊行，耳濡目染受了薰習，生命也就隨識流轉，不見清淨了。反正，這個社會是個大染缸，影劇電視，固是標榜打殺凶暴的中國功夫，而大街小巷，亦不乏有閉路電視的西洋鏡頭。由是乎背着書包上冰果密室，竟日觀賞實況錄影者有之；三、五成羣在向晚時分，調戲路過之成年婦女者有之（甚至身爲女教師者也會碰上這種事，叫人不知從何說起）；爲了上酒家開開眼界，求以增長見識，而淪爲竊盜者有之。想必亦有窮途末路之日，在吸食強力膠之餘，也可能升級跟進，與工人的結夥搶刼，蛇行迷死之行，並駕齊驅去了。

吾人再看看高中學生，還好有個大專聯考，拉住他們寂寞憤激的心，否則，其血氣之剛有甚於國中生，若要浪跡江湖，其墮落之速，沉迷之深，自是僅有過之而決無不及。這三年苦讀下來，其精力時間差堪磨盡。就算是一場噩夢好了，除非「混」字輩的人物，至少尚能相安無事。然而一上了大學，升學的符咒一解開，有的是順承高中啃書的老路，再求國外深造，有的又是逆轉國中牽牛班的舊風，又閉路無明去了。他們也不管自家生命是否一張白板，却夜以繼日自摸去了。吾人乍見兩部「魔拖車」噴射而出，撞成一團，在白色的救護車呼嘯遠去，善後現場却灑落了一地的東西南北，不知他們的前程，究在何方？大學生的賭字當頭，淪爲竊盜搶刼之徒已不是重大新聞了。

不管是國中的青少年，或是高中大專的青年，即無不良紀錄者，亦有怯於行善而勇於爲惡的現象。他們在公車上，讓座給老幼婦孺，會覺得不好意思，而表現出一副靦腆相；然却有大聲擾嚷，語出輕薄的勇氣。即高職國中之女生，可能也是「太」字號之輩，更是三字經琅琅上口。這一切都顯得沒有教養的淺薄囂張。在大學學園，就是上課時間，學生也能在講堂走道上高歌一曲，甚至隔樓喊話寒暄，如此之驕狂野態，令人幾有置身在流動攤販羣集的拍賣場之感，果眞應了他們的一句口頭禪：「沒有水準」。

今天，國民所得大幅度增加，給了大家相當程度的財富，然却沒有透過教育的訓練，賦與他們善用工商所得以提高生活品質的人文涵養，由是老見暴發戶的面目可憎，成爲低級趣味的下流之資了。即如音樂、藝術、文學、哲學等藝文的活動，若在國中，高中以至大專的成長階段，不培養其欣賞與創作的興味與能力，則走進社會，就僅有接受流行歌曲與打殺影劇的胃口了。

工人的本能無明，國中生的塵緣染汚，與高中大專學生的貪瞋痴迷，在在皆暴露出吾國教育功能的日趨僵化，各級學校皆成了升學預備班，對於道德的操守，生命的理想，與情志的排遣等屬於人生最根本的修養，完全不加措意。以是之故，一走出校門，即隨俗浮沉，同流合汚，挺不住自己的風格，開不出精神的通路，既無特立獨行的氣力，當然因果循環，跳不開生死輪廻的圈圈了。

由是言之，我們的新生一代，怯於行善而勇於為惡，這眞是整個人生價值觀的大錯亂，以墮落犯罪為豪傑，以頹廢迷醉為高士，以循規蹈矩為行儒，以自強奮力為可恥，這才是當前國家社會的大危機。吾故曰：求以扭轉陋俗，力挽頹風，不從教育園地播種耕耘，是無根的；不走淨化心靈，涵養情操的修持之路，也是不可能的。問題是，我們又如何把儒、釋、道三家的超越精神引進各級學校之中，與所謂的「生活教育」與「民族精神教育」打成一片，而滙為一體？否則，心知與生命終究是破裂的，根本無助於存在困惑的消解。如是，豈非痴迷染汚依舊，而轉識成智無路了麼？

六十八年六月中國佛教月刊

能源危機乎？愛心衰竭乎？

這兩、三年來，產油國家已聯結在一起，掌握了能源的權力，面對世界變局，適時且再三的調整了油價，且上漲的幅度，已由尙能自我抑制而顧全大局的百分之五，躍升至惟恐天下不亂而充滿報復快意的百分之五十，卒造成全球性的經濟萎縮，且在心理恐慌之下，各工業先進國家，競相搶購石油，並擺出低姿態，以討好產油國，普徧形成所謂能源危機的空氣。眞是三十年風水輪流轉，屬於駱駝之鄉的阿拉伯沙漠地區，突然成爲推動當代機械文明前進的活力源泉。

此一經濟風暴，肇因於以阿之間的長期對抗，與美國錯誤的外交政策所引起。阿拉伯國家由於宗敎信仰的限制，很難走出傳統，步上現代化。彼等旣無力對抗强權外交，惟有以石油爲武器，或禁運，或漲價，以圖牽制各國對以阿之爭所懷抱之偏袒猶太人的態度。欠缺歷史傳統與政治智慧的美國人，誤以爲只要以埃簽訂了和約，即可化解阿拉伯集團與猶太民族之間的尖銳衝突，而有助於世界能源地區的和平。未料，以色列總理比金，背負了一千多年猶太人海外流浪的歷史敎訓，還有因巴游之恐怖活動而越積越深的世代怨怒，故謀求和平而又猶疑難決，巴勒斯坦人的命運，遂未能有適當的安排。僅是在美國的穿梭外交與脅迫外交之下，作了退出西奈屯墾區的讓步，而在和約上簽字。埃及總統沙達特，表現出其豁然大度的道德勇氣，首度訪問以色列，打開了和談之門，固爲自己贏得了諾貝爾和平獎，却引起了阿拉伯集團的激憤不平。他畢竟未與比金聯袂出席頒獎大典，就是因爲他自覺愧對阿人，心有未安之故吧！

以阿和約的簽訂，埃及失去了阿拉伯深厚油源的援助，且被排擠在泛阿集團之外，而卡特也失去了沙烏地阿拉伯之抑制油價上漲的支持，遂引發產油國家對油價的任意哄抬。卡特「以不平平」的外交失策，種下了「其平也不平」的爭端禍源，也間接導演了伊朗的內亂，而巴勒維王朝的海外流亡，與石油工人的全面罷工，導致世界油產量的遽降，在供輸失去平衡之下，更助長了石油漲價的氣焰。由是，油價一季一漲，固擾亂穩定的世界經濟，阿拉伯國家也改變了一貫親美的外交政策，轉而向蘇俄開放了長久閉鎖的大門。美蘇兩個超級强國，均相對投入了龐大的艦隊，一時之間阿拉伯海灣通向印度洋的風雲突起，美國並宣稱已成立十一萬的特種部隊，隨時機動支援以維護阿拉伯油田的安全，更讓這一緊張的情勢繼續升高。

在阿拉伯海灣風雲初起之際，中南半島的難民，獻上人頭黃金，始得搭乘漁船木筏，出海漂流。他們似乎是一羣天地的棄兒，四處碰壁，回頭無岸，僅能在外海飄盪，孤苦無助的面對渺茫不可知的命運，除了無語問蒼天之外，試問他們還能做些什麼？香港政府將逃港難胞遣返大陸，馬來西亞政府將中南半島難民驅回海上，同樣是不人道的謀殺行動。尤其後者，已引起許多國家的關切和譴責。問題是，人生有幸與不幸，英國商船在海上救起的百多難民，可以得到英國法律的保護，而七、八萬的大量難民，却不是任何國家所能消受得了的，只好聽任他們在生死海上緣起生滅了。卽以日本强大的經濟能力而言，已公開表明僅願接受五百名難民，此與美國所要求的一萬名，實在相去太遠。目前，美國國會議員已有美國對越南難民負有責任，而不能坐視旁觀的呼籲。是以，此一問題的癥結，仍是越共棉共滅絕種族的暴行。若全球各國，無以制裁此一迫害人權的暴力，而僅以收容難民爲已足，恐怕不是高明治本之策。越共棉共的難民輸出，堪稱是對自由世界的一場新冷戰，只因他們可以自承是眞小人，而自由世界却不能做一個拒絕難民登岸的僞君子。是越共棉共的此一「絕」策，無異是以鄰爲壑，讓左右鄰邦無端受累。以馬來西亞爲例，七、八萬的難民，光是糧食供應，就會把它開發中的經濟拖垮，更別說造成國內的混亂與矛盾了。

如今，歐洲共同市場的九國領袖會議，已提出節約石油消費以緩和能源危機之議，緊追其後的美英德法日加的世界高峯會議，亦彼此要求，限制石油的輸入量。此中，美國的石油輸入量，年增長率爲百分之四十三，爲各國所指責垢病：一者造成石油市場的供不應求而一再上漲的態勢，二者由於美元的大量流出，迫使美元貶值，使得全球經濟大受牽累，也成爲產油國家要求調整油價的正當理由。這一惡性循環已一時難了，何況產油國家根本就有心以油價上漲作爲政治鬪爭的武器！綜觀上述，不論能源短缺危機與難民海上漂流，其始作俑者，都是美國，尤其美國大量輸入石油，聽任美元貶值，更是居心險惡的作法，反正受害的是強勢貨幣國家，而石油已源源而來，打入其地下儲存室矣。

這個世界，只要有巴游的突襲，有以軍的報復，不管全球各國在科技與經建上，有如何突破性的進展，對人類的未來而言，都是海市蜃樓，虛妄不實的。這個世界，只要有中南半島的難民，在海上漂流，不管美蘇的限武談判，有如何進一步的協議，也不管卡特與布里茲涅夫之間的擁抱親吻，看起來有如何的動人，對本世紀的人類歷史而言，仍是一缺憾一汚點。由是言之，當代人類的大病痛，那裏是能源危機而起，實在是源於愛心的枯竭了。

六十八年七月中國佛教月刊

品德是財富愛心是力量

月來，國際新聞焦點在阿根廷出兵攻占福克蘭羣島的事件。英國派遣龐大的艦隊遠征，開往福克蘭海域，聲言阿根廷的軍隊無條件退出福克蘭羣島，雙方才有談判和解的餘地；阿根廷也大軍增援福克蘭羣島設防，並在海灣布雷，宣稱除非英國承認阿根廷對福克蘭羣島的主權，否則決不撤兵。雙方均擺出不惜一戰的姿態，英國爲了維護日不落國的歷史榮耀，有如過河卒子，只能前進而不能後退；阿根廷在民族主義的精神自覺之下，收復舊有國土，已成爲阿根廷人民不容已的使命擔當。如今，一封鎖海域，一海灣布雷，雙方艦隊一觸卽發，阿根廷的經濟力量薄弱，外債纍纍，英國國內失業率偏高，一開戰補給線過長，雙方都經不起一戰的損傷，剩下來的就是美國國務卿海格的居間調停了。就目前情勢而論，歐洲共同市場已對阿根廷採取武器禁運及經濟制裁的行動，而蘇俄的糧食依賴阿根廷的進口，已公開聲稱支持阿根廷，並派出戰機與潛艇監視英國艦隊的動向，美國則警告蘇俄不得介入雙方的軍事衝突。

我們本身也是近代西方海外殖民的受害者，對阿根廷的處境當能同情，對阿國的挺身出戰也理應表示支持；而眼看大不列顛國協的日落閉幕，對我們說來，也有說不出的快意。問題是，阿根廷在未經談判之先，即訴諸軍事武力，自居理屈之境，以致遭受到來自聯合國大會的譴責及要求撤軍的壓力，英國反而得到國際間更多的同情與支持。今天除了寄望雙方的自我約束與美國的穿梭之外，可以說別無他途。但願海格有如季辛吉調停以埃之間的衝突一般，能打開雙方可以妥協的管道，化解一場兵災戰禍於無形。否則，何止英、阿首當其衝，全球各國恐亦將間接受害！

再反看國內社會的新聞焦點，由於電動玩具的熱潮，已在全面禁絕的霹靂行動之下，漸歸冷却平息，取而代之的，則是省立臺北醫院陳姓外科主任的索賄不遂，延誤開刀因而致人於死的瀆職案件，以及暴徒單「槍」匹馬闖入土地銀行古亭分行刼走五百多萬大鈔現款，並開槍射殺銀行林姓副理的犯罪案件。所謂一葉落而知秋，這兩個事件所象徵的意義，絕對超過十六個受刑人先後從土城看守所、軍法處看守所及新竹少年監獄集體越獄逃亡的案件。因爲後者是獄政管理問題，可以在加强戒備與制度改革之後消解或緩和，前者則是牽涉到整個道德精神淪亡失落的問題。醫生索賄，誤盡天下蒼生，强徒搶刼，破壞治安法紀，醫而無德，盜而無道，這是人格品德最大的貶値沉落。

醫生是醫護病人的生命，而生命對醫院說來，該是首要的關懷，一切醫術醫德都從這裏開始，不能再以其他條件來規定生命的救治工作。過去嘗聞病人未繳保證金，不管病情是否危急，竟爲醫院拒收的情事，已引起普徧的批評與關切，今省立臺北醫院則由醫生直接向病人索賄，家屬一時張羅籌措不及，而病勢已惡化無救了。且不僅該外科主任索賄，其他外科主治醫師亦向病人暗示，先得活動打通上頭關節，才能排出開刀時間表，否則遙遙無期空自等待而已！如是而言，醫院豈非等同於勒索敲詐，甚至謀財害命的集團了嗎？此一情況，徧及全國各大醫院，僅未如是之惡劣猖獗，或一時未被揭發而已！

病人主動向醫生送禮，表達感激之意，這是人之常情，我們誰也不能反對，但病人送禮也當在治癒出院以後，否則卽有行賄之嫌，因爲對其他未送禮的病人說來，顯然是不公平的。更何況是由醫生開價，向病人追索呢！俗云君子不乘人之危，又云盜亦有道，醫生一落爲盜，再落爲無道，可眞是令人痛心之極，也讓人憂懼不已！甚至有的醫生有如狂人一般，病無論大小，一律送入開刀房處理，好像是功夫演練，如是財源卽滾滾而來。今一般世俗望子成龍，總以醫學院爲第一志願，不爲救人淑世，只爲發財致富，反正醫院的帳單不能討價還價，且用藥還有回扣可得，故學醫的人莫不以億萬身價自許。實則，公家醫院主治醫師其待遇有如大學敎授一般的淸高，與當初入學註册的預期大相逕庭，於是只要技術過人一等，熬成熱門人物，加上病人競求名醫；在供求失調之下，醫生明星卽可待價而沽，如是窮人實在有生不起病之歎，而富有的人爲了爭取更多的保障，就是醫生不開價，也得自行「束脩」以上，尊醫爲師，以免被編入「放牛班」，只得自生自滅去了。

此次蒙面暴徒首開持槍搶刼銀行的惡例，且眞槍實彈的做案，比起搶刼運鈔車在罪行上已升級，而開槍殺人更是惡性重大。昔日竊賊，猶有樑上君子之風，今日竊賊已無來去自如的眞實功夫，加上家家戶戶的貴重細軟已避難至銀行保險箱深鎖，或疏散到女主人隨身攜帶的皮包裏流動，家中有如空城，偷不成用搶，於是小偷竊賊紛紛轉業爲飛車搶徒。由搶巷道裏的婦女，進而搶走出銀行的領款人，再進一步搶銀行運鈔車，終極則登堂入室，直闖銀行金庫，可以囊括而去。案情節節升高，惜乎銀行本身未意識到暴徒逐步逼近的危機，在警衞空檔疏於防範之下，遂爲惡客所乘，且從容逸去。目前雖有錄影帶的資料，可作爲查案的依據，並懸賞二百萬，籲請全國同胞共同來追緝凶犯，怪客再神秘隱藏，終有破案的時候。倘若此案不破，恐心存僥倖者跟進，那就造成治安法紀的嚴重傷害了。

回想在數年之前，我們猶以乾淨的民風與治安的社會自豪，沒想到隨着工商業的成長，我們的社會已掉落在一如日本、美國、香港的頹廢罪惡中，似乎傳統的禮俗道德，已失去了維繫世道人心的教化功能。我們在經濟國力不如美日，而國防負擔猶且過之的情況下，對第二代的照顧教養，顯然有心餘力絀之感，故風氣敗壞的速度與犯罪年齡的下降，已有超過美日之勢，這是素以儒家倫理見重於世的我們，該當眞切反省的時候了。醫生索賄無德，搶徒直闖銀行，前者代表知識分子品格的墮落，後者顯現世俗民風的破敗。當代人逐步的擁有前所未有的技術與財富，然品德修養並未能齊頭並進，且宗教信仰與禮俗教化的功能，又日趨後退之中，由是財富害事，而技術傷人。今後各級學校教育，能只訓練知識人，而不教養品德人嗎？社會價值觀能只停留在經濟成長，而疏忽文化成長嗎？這麼多年來，我們爲了追求財富，付出太大的代價，今天我們已自食富而不教的惡果了。

再以福克蘭羣島事件，做一反省。英阿之間的軍事對壘，若不能循外交談判的途徑，謀求解決，眼看着一百多年來未與他國作戰的阿根廷，就要嘗到兵臨城下，國破家亡的痛苦了，而國威已如西下夕陽的大英帝國，也要加速其落日餘暉的沉落了。足見人間文明與社會繁華，在航空母艦、火神轟炸機與核能潛艇的競逐對抗之下，都是短暫的假象，隨時都會消逝無踪的。只有道德品格與宗教神聖，才是眞實的，才能保有一切既有的存在。當代人具備了超人的力量，核子能可以毀滅世界，試管實驗可以有造化嬰兒之功，然未有超人的心胸修養，如佛的慈悲，儒的仁德，耶教的博愛，是則憂懼人類前程毫無保障，也就不是所謂杞人憂天的悲觀論調了。

所以我們要說：面對當代社會，引導當代人生，品德才是最尊貴的財富，愛心才是最可靠的力量，品德是無形的財富，愛心是無形的力量，這是人類最高貴的情操，也是世界最後的希望。

七十一年四月中國佛教月刊

金價飛升與人品下降

工商社會，利字當頭，廣告宣傳何止是虛情假意，簡直就是造謠生非；產業競爭，有如作戰，或潛藏臥底，或僞造假冒，眞是權謀機變，無所不用其極。有人炒地皮，有人炒股票，在大戶的做手操縱下，有如武俠片的刀光劍影，皆是虛妄假象，而中下層薪給收入者，有勞工有公教，却一窩蜂競逐僥倖，投機奔競，價格哄抬而節節上升，到了某一極點則直線下降，此其後果是一生積蓄盡被席捲而去，眞箇是一網打盡，照單全收了。最不堪的是被愚弄之後的自責與自棄。前些年棲身香港的中國人，他們的荷包所有與銀行存款，就在股票市場中，被少數的英國商人捲走一空了。

這一年來，由於石油價格一再上揚，美元貶值而金價飛升，造成全球性有價無市的搶購風潮，貨幣信用大受傷損。這一股炒黃金熱，尙在加速增長中。黃金固是美飾珍品，然就其經濟意義而言，僅是代表一價值定位，以庫存黃金與貨幣發行的比例，客觀的反映出幣值來，並由是對物價升降作一自然的調節。吾人看石油漲風雖令人驚心懾魄，然而尙未到了失去控制的漫天喊價，而黃金的買賣却如脫繮的野馬，急速奔騰飛升，足見金價的跳躍成長，決不是貨幣貶值物價上升的直接反應，而直是巨賈大戶的投機操縱，與市井小民的心理恐慌，游資爲時潮牽引所造成的。在黃金、貨幣與股票的市場，對世界情勢的動變，有最敏銳的感應，如美伊對抗，與俄國進兵阿富汗，都會有如世界末日般的惶惶不可終日。而這一感應帶，多少是在捕風捉影中由自我想像，加上誇大渲染而成。究其原因，當然是對當前人類的處境，包括國際間政治與經濟的動向，缺乏信心所致。

吾人再深入反省，何以人們對人類的前程——主要是由各國政局的穩定性與經濟成長率來衡量觀測——會如此缺乏信心而不抱樂觀呢？其根源所在，就在人品的下降。放眼當世，政治家沒有政治道德，資本家沒有社會責任，人不成爲人，國不成爲國，人沒有品格，國際間沒有道義，掌握政治權力與商業地盤的人，盡是政客與奸商，使得人們對一切政治與經濟的決策措施，不再寄予信任。如美國外交，首在標擧符合美國利益，今天是盟友，明日可以背棄，甚或出賣，因利害關係是相對而立，沒有定準的，只有順任時局而浮動，以是之故，可以突然從越南戰局撤退，也可以片面撕毀中美共同防禦條約，再如巴勒維國王的天涯茫茫無家可歸，如朴正熙總統的遇刺身死，此是江湖幫會才做得出來的事，而美國人竟輕而易擧的做到了。試想，美國既扮演民主陣營的龍頭老大，却只作符合自己利益的事，而不爲盟邦戰友主持正義——這是每一個黑社會的頭頭起碼應該做到的事。就說是爲了美國自身的利益來說，古巴近在咫尺，與俄國聯結，境內裝備核子彈頭，成爲俄國的打手助拳，如此打擊美國的尊嚴，美國亦徒呼奈何，而伊朗政府刼持人質，宣稱進行審判，公然藐視美國的國格，美國亦束手無策。是美國管不了自家門前的小流氓，也制不住柯梅尼的强人行徑，又如何擔當世界警察的職務？美國人的作風，有時勇於出賣盟邦，大膽得離奇，有時却怯於保衞自己，卑微得難解，實在叫人不敢恭維。

就由於美國的國無定向，經常會做出爲德不卒，甚或落荒而逃的事，所以在以經濟封鎖制裁伊朗，對俄國採取糧食禁運與抵制奧運的對抗時，包括西歐與日本在內的戰友，並無熱烈的反應，與充分的支持，足見美國的聲望，已一如美元，貶值得沒有人願意給予信任與保留了。先別說歐日冷淡，就是美國本土來看，國會議員也站出來起鬨反對，譏評卡特無端禍延農民，是個「危機總統」，農民也大爲抱怨，自以爲是無辜的受害者。足見他們連自己的總統，爲了支援友邦所作的報復俄國的行動，都不願支持。試問，美國朝野如是的自私表現，又怎能贏得全球各國的信任與支持？我們也不必感傷美國人背棄我們，因爲他們連美國人自身的利益，都不能犧牲一點自己的利益而支持總統的決策，何況是在西太平洋一角的我們！難怪印度總理甘地夫人一上臺，立即轉向親俄的路線，因爲在眞小人與僞君子之間，有時黑道人物比白道人物，更能够在危機關頭挺身而出，不會盡作嫁禍他人逃之夭夭的窩囊事。由是言之，美國的行徑逼近俄國，甚至比諸俄國更無情無義，才是當前人類的大問題。

再看國內，政治上的選擧，常有過分的攻擊衝動與不滿意識表現出來，也有反常的猜測動機與自我防衛的猜忌行爲，也就是參加競選的各方，彼此不能信任，相互蔑視對方的品格，甚至判定對方爲小人集團或不法分子，在勝敗之間，不能有一如英國賈拉漢與柴契爾夫人在大選後發表談話所表露的溫文有禮與君子風度。而經濟上的貿易，常有僞造詐欺，轉移脫逃的情事發生，甚至官商聯手，國庫受損，最不堪的僞造詐欺的主角，竟是一般的市井小民與公教人員，而被害的對象，竟是他們的同事、親友與配偶。他們似乎不在意十目所視的人格貶抑，與十手所指的鄙夷責難，他願意承受三數年的鐵窗歲月，只爲了那些已安全轉移或秘密珍藏的大批財富。胃口大的大人，手段高的大戶，早已飛離國門，到舊金山、落杉磯落脚置產，充當寓公，過他的逍遙日子去了。至於國內親友是否受累，已是寂寞身後事了。

現代人的生命，眞是越來越不値錢了，人的尊嚴也越來越被廉價出售了。海上漂流的難民可以被泰國海盜四度洗刼一空，而馬來西亞的正規海軍，其所作所爲亦類同於海盜的行徑，姦殺擄掠，甚至集體謀殺。設在馬來西亞與印尼的難民營，形同集中營的管理，來自聯合國的救難糧食與濟急藥品，皆被剋扣榨取（請看本刊上期「一封越南難民的信」）；這那裏是人的世界，那裏還有人的品格，全球各地的科技成就，工商富盛，與宗教慈善，對這羣天地的棄兒來說，實在是距離太遠，根本就沒有實質的意義。

今天黃金價格飛升猛漲，歐洲市場每英兩又逼近八百美元，而國內每臺兩也破了三萬元大關（想想過去才二千四百元）；而人已不相信人，僅以競求黃金，來富麗掩飾自己，人的品格大爲貶值，已不如黃金的可愛貴重了。又何止是人等同於物，根本就是人不如物了。由是而言，拜金主義正是人品下降的產物，人而無品才是金價飛升的根本原因，是今日人類的大問題，不是石油與黃金的起落問題，而是人的品德問題了。

六十九年一月中國佛教月刊

二、俗世風雲錄

二、登山風景錄

看木蘭隊風靡香江

我國木蘭女子足球隊，此次飛往香港，為第四屆亞洲盃女子足球賽進行衞冕。先是一比零小勝日本，繼則十比零大勝印尼，再以一比零的最佳比數勝了地主香港隊，並以三比零擊敗了不甘雌伏的泰國隊，而進入決賽，最後的冠亞軍爭奪戰，不再保留的以五比零的懸殊比數，踢垮了贏了印度隊的泰國隊。木蘭隊衞冕成功，連續三年奪得錦標，永久保有這一座象徵榮耀的勝利獎盃。

我們身在國內，而心馳海外，通過電視臺錄影轉播的畫面，看到了決賽進行的整個過程。有兩萬的香港同胞，羣集球場，為中華木蘭隊聲援打氣，這在香港是首度出現的熱烈場面，他們對國家民族的愛，隨着周台英、曹鳳英的臨門一脚及應聲入網，而激盪開來，瀰漫全場，失落已久的民族光采，在木蘭隊英雄式的繞場一周，接受全場觀衆歡呼的當兒，從每一張臉上煥發開放的激動昂揚，又重新拾了回來。

木蘭隊在開賽不到一分鐘，就神奇的射進一球，這樣的快速美妙，眞是風靡了全場，多麼叫人永難忘懷的鏡頭，身在臺北觀賞實況的我們，也不覺就大叫起來。木蘭女足，是超級强隊，攻守均佳，偶爾兵臨城下，均被賦閒在家的後衞門將，輕撥化解，絕大多數的時間，球都在前場轉來轉去，幾天下來，保持未失一球的紀錄，這樣的威勢，何止風靡香港，想來與賽各隊都被折服了吧！

依個人的感受，木蘭隊表現最突出的，不在健美的體魄與巧妙的脚法，而在優美的風度與活躍的神采。在亞洲各國的女將中，中華兒女表現了特有的品質，在健美飛快中，不失女性的柔和秀氣，這一獨特的風格，在與其他各國球隊競技角逐的時候，對顯了出來。我們並沒有訓練出像東洋魔女隊的運動機器來，若運動只求健力强大，而失去美感靈覺，則其餘不足觀也已！

不管在什麼場合，參與什麼活動，中國人都要能表現出做爲一個中國人的特有品質，不要西化東化的，學歐美學不來，學東瀛也不相應，如中華女籃苦學韓國，驃悍未成，而靈秀之氣已失，球場競技不能僅有刺激回應的反射動作，否則就是每投必中，緊迫盯人，風采何存，美姿安在？我們自有幾千年人文傳統的滋潤薰陶，何必盡作「東」施效顰之狀？

這一場活躍神妙的球賽，呈現在香港同胞的面前，也震撼了每一個中國人的心，任何政治的宣傳與思想的統戰，都不會有這般深入人心的感動。中共的桌球隊也嘗在香港露面，他們的球技高居世界第一流的水準，然而球員的神色總是失落了什麼，缺少了年輕人的生命熱力與活潑喜悅，政治控制與思想壓力，似乎無所不在，也無遠弗屆，球隊被遙控，有如特工隊，那來自臺海另一邊的中華兒女，隱隱約約的透露了風霜凝重的表情，看了直叫人興起了不忍悲憫之情。

據報載，閉幕式之後的臨別晚宴，大家歡聚一堂，主辦單位選出了明星球員與足球小姐，明星球員多數出自我們木蘭隊，而足球小姐則由木蘭隊隊長劉玉珠獨得后冕，名單揭曉之際，木蘭隊前鋒雙英——周台英與曹鳳英——竟當場痛哭失聲，並即離開會場，經勸解回頭，又不願與隊友同座歸隊，劉玉珠眼看雙英失態自苦，自己也悲傷落淚，歡笑的氣氛爲之凍結，大家難過尷尬。消息越洋傳來，吾心不覺有戚戚焉，這顯然是缺乏風度的反常表現，十八、九歲的大女孩，大半時間在球場奔馳用功，人文涵養當然欠缺。他們來自不同的母隊，國脚是由各隊徵集選拔而來，在國內長期積累的對抗意識，也拖帶出來，互別苗頭的念頭，總是潛存未去，問題是如何化解消除？不然的話，終有貽笑大方，爲德不卒的情景出現。他們代表國家出賽時，國家意識很强，團隊精神也能充盡發揮，然而當勝利底定時，頒發個人獎，對手却是自己的隊友，潛在的英雄主義立卽冒了上來，運動場上本來就是崇拜明星的，周台英在各場比賽中進球十個，搶盡鋒頭，爲各隊之冠，曹鳳英球技與美貌集於一身，相當引人注目，她們自己先有了預期，以爲榮譽后冕非自己莫屬，大女孩的心思是藏不了委屈不平之感的，她們感情的表現也是直接而沒有曲折的，此中最大的問題是，足球小姐的頭銜，可能是趣味性的餘興節目，看那一位小姐討人喜歡，廣得人緣，木蘭雙英誤以爲是最高榮譽的名號，是以就放不開，會有不公平的怨懟。我們或許可以感到遺憾，責難聲討則大可不必，不要忘了她們是少棒、青少棒、與青棒之外，我們所能擁有的唯一的國際冠軍。

木蘭雙英的淚灑晚宴會場，是美中不足的意外。這喚醒了我們，在體能球技之外，要強化培養心志風度了。在健動強力與美感靈慧之外，最根本而究極的應是德操的涵養了。有了德操，健動強力才能有更上一層樓的突破，美感靈慧也才能顯發它的光輝，德操是實現價值的根源。有了德操，可以成就一切，沒有德操，會毀壞一切，健動強力固保不住，美感靈慧也通透不出來。問題是，我們的教練在健動強力的基本訓練上，傾盡全力猶恐力有未逮，難與韓日歐美一較短長，那有餘暇顧及美感靈慧的境界修養呢？若再往上說個德操，豈非天方夜譚了麼？

木蘭隊的成長，正反映出我國經濟建設的成長；木蘭隊的出頭，也是我們的國家終將出頭的先兆；而木蘭隊的美中不足，也正相應我們工商社會的病態缺憾。由未開發的農業社會，進入開發中的工商社會，只求健動強力的埋頭苦幹，著眼在數量物質的增富成長，誰管美感靈慧，誰問品質精神呢！然而，由低度開發進至高度開發，屬於暴發戶的惡形惡狀與膚淺鄙陋，首當消除，不能僅求財富增長，而當進一步的消化我們的財富，引入文學、藝術、音樂、哲理等高度的精神領域中，直接支持我們的人文涵養與文化建設的進程開展。若一有消化不良的情況，過剩日增的財富，會成為我們的負擔，轉生色情暴力，腐蝕我們的社會，墮落了我們的生命。是消除水源與空氣的污染，維護我們的生存環境，發展高度技術的精密工業，固是走向高度開發國家的必要條件，然而還要能消除人心污染，與社會狂暴之氣，並進一步尋求生活的美感，啓發生命的靈慧，才能爬登已開發國家的最高境界。問題是，倘若沒有德行操守的根本涵養，美感靈慧也是海市蜃樓，終究是空幻無根的。這是很弔詭的，所謂的現代化或西化，根本都應落在自家的人文傳統，以德行操守爲主導首要的本土文化，才是中國走入任何現代而仍是中國的本質所在。是我們所謂德操，是美感靈慧的根源，也是健動强力的發動。我們寄望木蘭隊能百尺竿頭，更上一層，也期待我們每一個中國人，都能自我期許，追尋健動强力，美感靈慧與德行操守的美好人生，如是我們何止風靡香江，還能感化香江，提升香江呢！

七十年六月中國佛教月刊

從棒球熱季說因緣果報

這眞是一個棒球的熱季，由全國選拔，而遠東區先鋒戰，再進軍世界大賽，在擧國上下的關注聲中，透過電視傳播網，將每一過關斬將的鏡頭，呈現在國內觀衆的眼前。如今，三冠王的榮譽獎杯，又捧了回來。仍是英雄式的歡迎，仍是萬人空巷的場面，同樣的，這一熱潮也很快的就會烟消雲散，而回歸到原有的平靜。今值曲終人散，正是吾人作一冷靜反省的時候了。

據近期報載，昔日巨人少棒隊投手許金木，正就讀五專，在風靡全國的聲浪過後，生活已由絢爛而歸於平淡，在衆多球迷當中，他有了一位知己未婚妻。記者專訪時，他表示不想談少棒賽事，言下似有往事不堪回首而不勝唏噓之意。

而早期叱咤風雲的紅葉少棒隊投手胡武漢（原名江萬行），他們一棒打開了吾國棒運的璀璨前程，那一頁傳奇故事，說不上永垂青史，至少也叫這一代的中國人，永懷難忘了。他已結婚生子，一家八口的生活重擔，使廿三歲的魔手英雄，看起來有如三十歲的莊稼漢。他接受訪問時說：沒想到打球會落得這般下場！

今年屏東少棒隊主將功臣潘朝明，在掛帥遠征期間，其父突告病逝。家人惟恐他哀痛分心而臨場表現不佳，故未將此一噩耗馳告。一返抵國門，才有跪倒父親靈前的斷腸鏡頭。如今，各界的關愛之情，與修建其家園的慰問金，正源源而來。想來，他的凌厲球路與及時安打，總是獲得了應有的福報。另外，某一位有心人，也慨然的捐出二十萬元，給打出民族自信心的紅葉隊教練邱慶成的子女，足見溫情依舊滿人間了。

吾人冷眼旁觀，當各路好漢（漢家子弟之謂）凱旋歸國的時刻，這羣已被遺忘的舊日英豪，內心會作何感想？那分只見新人笑的蒼凉之感，豈不是令人黯然而神傷麼？這大概是胡武漢所以如斯悲苦自憐，與許金木所以這般往事不堪的原因吧！

吾人以爲，胡武漢實無須自苦，許金木又何妨敞開心懷話當年？依佛學觀點，這個大千世界，芸芸衆生，都是因緣和合而有，此之謂緣起性空，以其無自性，故不能妄趨我執與法執。人生的歷程，亦落在歷史條件的因緣和合中，即如胡武漢、許金木的棒球事業，亦來自整個社會之政治、經濟與教育諸外緣的力量結集，而不僅其個人堅苦卓絕的內因而已！且自家內因亦有待社會外緣才能引發有成，是則胡、許兩位青年後進，切不可挾爲國投球揮棒之恩，而圖社會大衆以關愛自身之報。有此一念，無意間已落在貪瞋癡之中了，若再自苦悲憐，更是不自覺的並此因緣和合的有，亦歸於斷滅不存了。

由是言之，宇宙生命與人生旅程，雖緣起性空而不可妄執；然若以其終究是空，而傷感逃離，那就是頑空斷滅空了。是則胡、許兩位青年朋友，只要問心無愧，大可安於眼前之所有。因爲此等現於自身的因緣果報，是無所逃於天地之間的。此當是華嚴的事事無礙，天臺的緣理不斷與禪宗的煩惱卽菩提之義諦，人活此世，不有此一覺，是不知人生的究竟了。

三國演義自序云：「滾滾長江東逝水，浪花淘盡英雄，是非成敗轉頭空，青山依舊在，幾度夕陽紅。」這是文人的感懷，也是人生的眞相，轉告兩位舊日英豪，千古風流人物，在大江東去之中，仍爲浪花淘盡，吾人又何須情難堪，何須自傷感！

六十七年九月中國佛教月刊

阿里爭霸與卡特落選

不管怎麼說，在英雄崇拜的美國，阿里爭霸未成，與卡特大選落敗，總是令人傷感而失望的事。最讓人受不了的是，拳王阿里與卡特總統，會敗得那麼慘，垮得那麼徹底，這一切完全是出乎人們的意料之外，不由得心頭平添了幾許說不出的惆悵蒼涼。

前些日子，本世紀世界拳壇的風雲人物阿里，第四度復出，試圖爲他半生的傳奇生涯，再寫下新的一頁，未料，壯志難酬，被當今拳王賀姆斯輕易擊敗，不僅爭霸未成，且徒然賠上了自己塑造了二十一年的英雄形相。在觀衆的心目中阿里的形相已歸於破滅，賀姆斯取代了他留下的空位。

吾人看阿里二十一年的職業拳擊生涯，在六十場的比賽中，僅有三次敗績，且是以比分落後，而敗給了名將諾頓、佛雷塞與史平克斯等三人。惟日後他都能東山再起，奪回拳王寶座，眞可以說是戰績顯赫，所向無敵了。尤其他蝴蝶步的飛舞美感，與左鉤拳的閃電重擊，已長留拳壇，成爲他的獨門商標。此番他向拳壇的後進新秀賀姆斯下了戰書，也無異向自身三十八歲的超齡體能挑戰。全球人士，都迫不及待的想看看這一場拳王爭霸戰的勝利誰屬。大家雖未明說，心裏莫不盼望阿里能突破體能的限定，奇蹟似的闖過第四關，再躍登拳王的寶座。

沒想到，戰況一開始，果眞出現了奇蹟，這位超級巨星似乎改由他的替身出場似的，昔日的蝴蝶舞步不見了，過往的左鈎拳消失了，完全是另外一個人，以另外一種姿態出現，只見他步伐遲緩呆滯，出拳無力難伸。前三回賀姆斯仍爲阿里舊日的威名所震懾，以爲他的反常軟弱，是阿里的戰術陷穽，不敢躁進出擊，到了第四回合之後，賀姆斯始識破阿里的虛矯僞飾，逐步放開手，長驅直入痛擊阿里，此後一直到第十回合，英雄阿里已形同捱打的靶子，別說還擊了，他能倚在繩圈一角，站立不倒已屬托天大幸了。第十一回合，他的教練亮出免戰牌，阿里被裁決，視同技術擊倒，比賽就此草草落幕。

這一場號稱世紀大戰的職業拳賽，竟是在毫無還手之力下鳴金收兵，眞叫人洩氣到了極點，幾千萬觀賞電視實況轉播的人，想必都心中有憾，因爲與自己設想的緊張刺激，實在相距太遠；而現場觀衆更是愣住當場，傷感淹沒了一切，沒有人喊叫退票。阿里的時代已然過去，江湖上依舊是後浪推前浪，一代新人換舊人了。

在江湖草野另一邊的廟堂朝廷，也緊接着推出了轟動全球的大選場面，那是一場民主黨與共和黨，卡特與雷根的政壇爭霸戰。早在兩黨黨內的提名之爭，與各州初選的勝負，已成爲世界各國注目的焦點。一路領先的雷根，以西部武打英雄的面貌獲得提名，固然具有相當的震撼性，而卡特的險勝愛德華參議員，也是驚險萬狀的。雷根聲勢浩大，已成氣候；而卡特身在白宮，也穩健篤定：雙方在民意測驗中，互有升降，有時微落，有時超前，眞是勢均力敵，各有千秋。雷根講實力，卡特講人權，雷根抨擊卡特的經濟失策，導致失業率由百分之十三，增長惡化至百分之二十，卡特則評斷雷根的核武爭競，必把美國逼至毀滅大戰的邊緣。我們冷眼看卡特的幾年政績：人權外交，困擾友邦的內政，伊朗人質的長期滯陷，與拯救人質的行動挫敗，使美國的聲望大幅下降。此顯現美國對應緊急變局的能力，遠不如以色列、西德、與英國的果敢靈活。而蘇俄的進兵阿富汗，與波蘭的爆發罷工浪潮，也暴露美國無力干預或支持的弱點。由是雷根鐵腕硬漢的宣言，才得以打進思變已久的美國人心，而卡特以現任總統的威望，竟陷入了苦戰困局中。

在大選之先，沒有人敢預測何者可以獲勝，咸認是一場必至最後一刻始能揭曉的馬拉松賽跑，全球各國均預先安排作現在進行式的電視實況轉播，以爲有一場精采好戲可看。未料，票箱一開，雷根贏得了四十四州，卡特僅領先了六州，雷根以四百八十七張選舉人票對四十九張的絕對優勢，壓倒了卡特，有如狂風掃落葉似的，開票不到一半，卡特已提前宣告失敗，他成了最早承認失敗的總統。

阿里誠然是本世紀最偉大頑强的拳擊手，他的內在充滿了種族歧視之下的反抗意識，他以拳王的頭銜，證明自己是個屹立不倒的英雄，並提高了黑人的地位，他並進一步的自改名號爲穆罕默德·阿里，此已然注入了宗教信仰的狂熱生命。回教的精神，本來就有豪傑强者的霸道性格，一手持可蘭經，一手持利劍，而持利劍是爲了傳播可蘭經。阿里的拳擊，也是爲了他的種族膚色與宗教信仰而揮動進擊。問題是，此終非宗教信仰的正途，以是之故，會有柯梅尼反西方的排外浪潮，與兩伊之戰的纏鬪難解。阿里在生理超齡之後，竟試圖憑藉醫治甲狀腺的藥物，以激起衰退的體能。未料藥劑過量，適得其反，結果反應呆滯，無力出擊，呈現一面倒的捱打局面，令人不忍卒睹，一場龍爭虎鬪，竟成阿里拳擊生涯的絕望告別式。雖然，阿里在記者會中發出豪語：「我還會再回來！」他尙有老兵不死的餘勇，然由借重藥物的掙扎，已顯現他的心有餘而力不足的無奈，徒然留下英雄日暮的悲涼而已！說實在的，此後的世界拳壇已然易主，應該是屬於賀姆斯的天下了，眞是自古名將，一如紅顏，又何忍人間見白頭！

卡特總統入主白宮，也有相當傳奇性的味道。他本是南方喬治亞州的花生農夫，以其樸質無華的新形象，崛起政壇，在美國政治道德最敗壞的時候，他打出了人權與道德的招牌，結果由黨內提名到全國大選，以不可思議的清新風格，一路打進白宮。未料，人權打亂了與友邦的盟約，道德束縛了自身的手脚，使美國失去了應變的能力，也失去了友邦的信任，不僅無力對抗蘇俄的擴張，也無力保護自己，此無異幫雷根打垮了自己。尤其最後的電視辯論，僅能攻擊雷根的好戰意圖，仍提不出可以改變選民對他觀感的新構想，反而把本來還算相近的聲望，直降至大選時的相差懸殊。這是美國本土與世界各國的觀察家，包括卡特與雷根本人，所料想不到的發展。

阿里爭霸未成，卡特總統很人情味的給了他「和平使者」的封號，以補償老英雄的落寞空虛；而卡特自身的大選落敗，除了以放下重擔，心情反而輕鬆自解而外，就僅能回家鄉小鎮寫回憶錄去了。他們兩位成爲世界性的風雲人物，都相當具有傳奇性，他們同樣的突起暴落，他們都不是很好的演員，把一場精采好戲演砸了，他們自已傷感倒也罷了，最難堪的恐怕是等待看熱鬧的觀衆了。這一冷場結局，突然而來，迫使每一個人連抗議的興致也提不起來了，更遑論抒發感懷深入評論了！

六十九年十一月中國佛教月刊

鐵窗封殺與計程飛鏢

臺灣治安良好，是拉引觀光客與外資的最大本錢；而計程車的滿街飛馳，也是有口皆碑的獨特服務。惟近年來，人心漸趨浮華，社會風氣漸告敗壞。眞箇是盜賊猖獗，宵小橫行，使免於恐懼的自由人權，大受傷損，甚至生命財產的安全，也失去應有的保障。假如繁榮與富足，是要與墮落暴行，同胎並生的話，那麼把高度開發，當作是我們的單線目標，就有問題了。

近日報載，臺北一戶富有人家，家寓二樓，裝璜豪華，半夜無明火起，一家五口在冷氣房中醒覺，梯口過路已被火網封住，僅能齊奔窗口，高喊救命，奈何防盜鐵窗牢牢禁閉，裏頭的人固然突圍不出，外面的人一時也衝破不進，就爲了一窗之隔，迫使守在樓下窗外的救難人員，竟有心無力的看着他們在烈火濃煙倒下去。這場人間慘劇，唯一可以告慰我們的是，全家無一生還，沒有那一個人獨自留下，孤零零的去承受家破人亡的苦痛。

警方清理善後之餘，發表談話，要求市民不要玩命，爲了防盜，把自家的生路用鐵窗封死，這樣付出的代價未免太大了。我們以爲，警方此說幾近風涼話，是不明因果的顚倒見。殊不知就因爲警方未盡治安之責，讓家家戶戶屢受盜賊的騷擾威脅，才出此下策，否則，誰願意重重禁閉自己！再說，火災終是意外，並不是隨時引發，到處蔓延的，而盜賊的侵犯却不是意外，是隨時可以冒出來，無所不在的。他們白天來，晚上也來，人不在就當竊賊，人在就當强盜，有得偸就滿載而歸，沒得偸就大事破壞，翻箱倒櫃之餘，還割裂沙發，水浸棉被，管叫你客廳成浴室，臥室如玩具房，雖經幾天的復健，也不得安息。住家不被看上是幸運，否則，還是以日不防盜夜不閉戶的開放式爲佳，好讓不速之客能長驅直入，間關無阻，不然的話，他們有備而來，道具齊全，有如拆除大隊，無堅不摧，若重重深鎖，必門破牆毀，面目全非而後已！故傳聞有下班返家，門開處但見滿屋空空如也，不由得興起不知是誰家的驚恐憤怒。現在的竊盜已不落單獨行，而是趨向企業化的公司經營，總是貨卡開來，來個登堂入室名實相副的大搬家。現代的公寓生活，既密集又疏離，雖鷄犬之聲相聞，却民至老死不相往來，反正工商社會流動性大，搬進遷出，已屬日常活動之一，儘管彼此門當戶對，誰也不管那一家遷出了，或那一家搬進了？

我們以爲，盜賊猖獗，宵小橫行，恐怕是工商社會都市文明的副產品。舊日的農業社會，人人落地生根，不會在人海中流浪，沒有陌生人混入活動的餘地，鄰居人家莫不守望相助，盜賊一經發現，必羣起圍捕，且先體罰一番，再扭送警方處理，偸搶之徒必視爲畏途，不敢輕蹈險地。今天的都市生活，雖比鄰相望，從不開門寒暄，鄰家有什麼聲響動靜，也不出來問一聲，甚至眼見小偸的大搬家正在進行，也不報警，更別說圍捕抓人了。現代人生活太緊張太忙碌了，自己的家居生活，不想被闖入打擾，人情味自然淡了，結果家家封閉，宵小之徒就在人際關係的疏離中活躍起來，以各個擊破的方式，在公寓建築中縱橫去來，如入無人之境。

竊盜不屬重大刑案，你滿懷氣苦十萬火急的去報案，刑警先生總是姍姍來遲，問兩句登記在案，然後就是例行公事的歸檔存查了。他會職業性的安慰兩句，說這個地區每天都有十幾起竊案。言下之意，似乎是既有那麼多的不幸人家，你閣下也就不必那麼傷感氣憤了。是以，竊案很少有破案的，這也是警方心存厚道，不絕人生路的意思。就因爲警方的網開一面，竊盜之徒就可以無後顧之憂，放開心懷去做樑上君子了。除非他老兄賊星該敗，在身入寶山之後，一時志得意滿，有賓至如歸之感，再開開冰箱又酒菜俱全，不免浪漫性情大發，身入廚下，洗手作羹湯，小酌一番，舉杯自敬，對影成三人，由是醉臥沙場，當東方既白之時已身在牢籠中矣。或者，他老兄不守道上規矩，不再兩手空空，而是扁鑽在手，由偷竊而搶刼，甚至見色起意，再由搶刼而强暴，此一罪行升級，超出警方所能容忍的安全界線之外，在八號分機的追索之下，是很難逃開幾年的鐵窗生涯。

就因由竊而搶，由搶而暴，是以失竊人家在損失錢財之下，還得感謝上蒼，總算是破財消災，大小平安。說是小偷怕屋主發覺，我看屋主更怕小偷呢！抓小偷既不可能，唯一之路就是不讓小偷進來，至少是不讓小偷輕易進來。我們走徧市區郊野，不管是公寓，還是大樓，在本來就像鴿籠一般的建築裏，又套上鐵門兩道，鐵窗四圍的，只差沒有鐵絲網通電，與狼犬守門而已！

如是，家家有如牢籠，破壞景觀不說，火災地震突起，就有被封殺的困局。像此次全家葬身火窟的慘劇，並非首見，奈何治安單位僅以勿架設鐵窗閉鎖自己勸告市民，而不能治盜賊以間接致人於死之罪，誠屬遺憾，且令人相當洩氣。

我們以爲，把大半警力投注在酒家、舞廳、賭場、茶室，或理療院、理髮廳等特種營業場所，並不是合理的，在此進出留連的人，雖有色情販賣，妨害風化，或滋事生非的可能，然畢竟是少數，且雙方既出於自由意願，此其災難危害想必不會太大。我們不知，何以警方情有獨鍾，老是繞着此等是非之地團團轉，而不去大街小巷的公寓住家地帶巡查。警力重在保民安民，此民當指大多數的良民，而不是少數的賭徒酒鬼舞棍色情狂之流。殊不知竊盜的存在，整個改變了我們生活的方式，我們上班，他們上門，我們遠行，他們大搬家，我們睡眠，他們出擊，是以，一家人不敢外出渡假，夜晚逛街，還得室內燈火齊明，收音機與電視機的音響存續着，電話也得撥個零表示講話中。試看，在全套電器設備全開之下，又如何能節約能源？此僅精神緊張，心情不安的損傷消耗，已無可計數，何況整個生活常軌與情趣，都被破壞無餘？警方怎能等閒視之，又憑什麼說是安和樂利！

當然，警方也有苦衷牢騷，小偷送入法院，以其缺乏直接有效的證據，皆不處刑輕罰了事，使警方自覺沒趣，不再徒勞白忙一場。猶記昔日，竊盜落網，先灌水打屁股，再背書「我是小偷」四個大字，遊街示衆，爲鄉親鄰人所不恥，所以竊盜絕迹。今天的小偷，却樂此不疲，在牢房監獄中出入，有如住進補習學校，與道上朋友聯誼敘舊，交換心得新知，切磋專技特長，出來之時，段數已竄進一層，又多了幾個患難之交，走在江湖道上，就不再落單勢孤了，是雖列身樑上，亦儼然有君子何憂何懼之慨！

再看，高雄市警局無意中破獲了計程車車後裝備有廿四支彈簧飛鏢，其威力能貫穿五寸厚的木頭，當然可置人於死地，準備大撈幾票，大幹一場。這種新聞一上報，不由得叫人心慌慌起來，此等謀財害命的陰謀設計，直如江洋大盜的行徑，雖牛刀未及小試，不知後果如何，然吾人亦不難想像，他老兄座下一按鈕，二十四支飛鏢，分三梯次接連射出，甫從銀行提款出來的大戶身上，豈非有如刺蝟一般麼？客戶何辜，要受此萬箭穿身的酷刑？此人若不是心理病態的幻想狂者，就是陰險狠毒的陰謀家。據報載，此一消息一披露，隔天的計程車生意大減，足見人心所受震撼之一斑了。如今，藉計程車犯罪的案例非常之多，或搶刼，或强暴，尤其年輕小姐一上車，有如身入牢籠，失去了自由，門窗開關概由司機把持，一載往荒郊野地，卽面對不可抗力的多重傷害。計程車的犯罪，是當前社會治安的大危機，因為我們的經濟發展尚未起飛到人人有車的地步，且以石油漲價的能源危機而言，就是進入高度開發國家之林，也不該把交通推上人人有車的路上去。是以，公車過度擁擠，或在公車散班停駛的時節，人人非得投進計程車不可。想想車後可能埋伏有廿四支彈簧飛鏢的裝置，豈不是太可怕了麼？

計程車滿街飛馳，固然是方便市民，然而計程車的從業者，龍蛇混雜，不良分子藏身其中，或江湖逃亡，或伺機作案，以其四出流動，是警方所難以掌握的。如此，無異是縱放不定時炸彈，在社會各角落滾動，隨時會爆炸傷人，造成社會强度的不安。是以，計程車司機的管理，應立即加强，此嚴重危害到公共安全，不可讓我們的市民，連生命財產的安全問題，都得碰運氣才得存全，那就太可悲了。

有了盜賊猖獗，家居已不得安，有了計程車犯罪，出門也沒有保障。盜賊猖獗，使家家戶戶架上鐵窗，火災一起即無異自殺；計程車門窗禁閉，開關在司機控制中，碰上不良分子即有如身入虎口，很難全身而退。吾人以爲，警力可否分出一半來，多照顧安分守己的人，使他們免於盜竊的威脅，別老是看護那羣出入特種營業場所的豪客狂徒了。我們誠願在此呼籲，在計程車的管理方面，除了知識性技術性的考核，由監理所發給合格的駕駛執照之外，還得由治安單位，調查其人的安全資料，看有無前科，再發給品格安全的保證書，貼於車窗醒目之處，讓不想冒險自殺的人，有選擇避開的機會。雖說犯有前科者，應輔導就業，給與自新的機會，然盡可以輔導就其他溫和的行業，如麵包師、泥水匠、清潔工等，何必把他們推上既見財又見色的危險地帶，再考驗他們是否經得起誘惑呢？我們也願大聲疾呼，若警力不足保民，各地區的人民要能自求多福，守望相助，裝置共同警報系統，一家有事，家家挺身站出來，相信盜賊就不敢再以搬家公司與拆除大隊的姿態，英雄式的縱橫在大街小巷了。

多氯聯苯與甲醇酒精的塵染無明

近數月來，不法商人在米糠食油中摻雜了多氯聯苯，毒害了許多人的健康，甚至生命不保，禍延下一代，造成了中部地區的紛擾惶亂。我們從電視的專題報導中，看了惠明盲校集體中毒的病變鏡頭，臉容浮腫，皮膚燥裂，惟一令人安慰的是，他們早已失去了顧影自憐的天賦權利，在生理官能的痛苦之外，少了一分來自醜陋變形的心理感傷。他們固是無「明」而看不到自己了，我們又何能隨緣而無動於心？何況，除了盲校師生而外，尙有散落四處的村民，也全家中毒，當眞是無端禍起，家破人亡，此後是生命寂靜，不再有春天了。

至於三兩個甫出母胎，卽全身漆黑佈滿皺紋，生理僵硬官能不靈的嬰兒，他們一生的噩夢才剛剛開始，就是僥倖活着，擺在未來的是，病變受難的漫漫長途，除了提供醫學病理研究，成了社會福利救濟的對象而外，在這個人世間，又那有他們的安身立命之地？最刺痛天下父母心的，當是悲憤難平，無語問蒼天吧！

他們的不幸，最直接的原因是貧窮。廠商或無知的援用多氯聯苯爲熱媒，在加熱的過程中，由於管道腐蝕產生裂隙，以致食油受了污染；或有心的把價格低廉的工業用廢油，經過脫臭脫色的工夫，摻入食油中出售圖利。反正窮苦人家，不知人心險詐，碰上低價應市的食油，即無所逃的上當受騙，當眞是無妄之災，不幸中又平添不幸了。如今，不法商人已被判刑，而政府又免費爲受害者診治。當然各級衞生機構，是難辭督導無方，檢驗不力之咎了。

未料，一波未平一波又起，社會新聞版是永不寂寞的，食油中毒案未了，又見假酒充斥市場，甲醇高粱就是段數再高的癮君子也消受不住，如今已有中毒失明，甚至生命傷亡的，受害者當中竟連大學教授亦自不免，被送入臺大醫院加護病房中急救。在市面買賣流通的各類高級酒，經抽查檢驗，假酒竟高達百分之六十三，更令人吃驚的是，公家機構的福利社，也成了假酒的推銷站，吾人不知，何方人物神通至此，不禁要問聲：人間眞品何處可尋了？此中，公賣局專賣煙酒，利潤盈餘，爲國庫重大稅收之一，何以會造成市面缺貨的景觀，而讓假酒氾濫猖獗呢？若壟斷市場，猶讓國人酒醉不得煙迷無處，是說不過去的。基於顧客永遠是對的商場原則來看，國產專賣煙酒，竟被經銷商所屯積操縱，或爲小商人所亂眞取代，我想生產不力，配銷制度太差的行政責任，總該成立而不好意思再推辭了吧！若謂生產設備的擴充，趕不上消費市場的成長，這一理由殊難令人心服。試想，那有一生產營利單位，而不研究消費需求的升降消長的？

這一不可解的說詞，不能釋人之疑，難怪有人會大膽假設可能是官商相結，造成奇貨可居的人爲情勢，而有利於洋煙洋酒的走私，與假酒的流入市場了。此爲了圖利自己，坐令國庫收入與公賣信譽受損，實在是不可原諒，而一般人要不是心起貪念，爲習染所累，那會造成假酒無孔不入的震撼呢！假酒若以藥用酒精爲原料，它的成分是乙醇，對人體尚不致構成大害；若以工業用酒精爲原料，它的成分是甲醇，幾杯下肚，不失明亡身者幾希！此或出於無知，則爲過失殺人；若是有心，豈非犯了蓄意謀殺的大刑責麼？

現在調查局已在民衆的檢舉下，連日來破獲了許許多多的地下假酒工廠，想來在公賣局與治安單位的標本兼治與杜微防漸之下，這一熱潮就要平息下去了。目前社會與論上已有「不乾杯」運動正在展開中，（不乾杯不是不能乾杯，而是不逼人乾杯，林洋港先生聲明不響應，可能誤解其意），這也算是假酒災難中的意外收穫了。我們國人最重恕道，自是「己所不欲，勿施於人」，未料，人情味太重，今朝有酒即三五友朋小聚，好客勸飲之餘，頗有不醉不休之慨！或許我們是一感情過於含蓄的民族，平素在禮教的規範下，多所壓抑，酒逢知己之後，心志解放了，生命豁出去了，英雄氣當下就告抬頭，逞雄對抗，互以乾杯顯英豪，視不乾杯爲懦夫的表現，總要杯盤狼藉，人人醉倒，才算盡興。甚至，走火入魔，自己先乾爲敬，不問他人酒量如何，感受如何，直迫對方非乾杯跟進不可，否則就是看不起自己。在酒意三分，加上他人起鬨之下，這一場惡作劇，必演至翻臉武打而後已！這一鬧酒歪風，無聊至極，把一個很有情調的宴飲，破壞無餘，場面尷尬不說，酒後失言又傷感情，尤其以灌倒對方爲快，此等居心極爲惡劣，又那有一點肝膽相照的江湖義氣？今宵酒醒之後，豈非徒增愧悔，而空虛依舊麼？

我們以爲，多氯聯苯與甲醇酒精，由商人的心志聾盲，造成多少人的靈魂之窗與生命的晦暗無明，此固是衞生署與公賣局的失職無能，然對工商社會的雜多紛亂而言，每一罐裝食油，每一瓶裝紹與高粱，都要檢驗的話，是爲事實的不可能；每一廠商，每一配銷站，都要調查的話，也是擾民過甚之擧。故衞生署與公賣局對於這一汚染毒害事件，所要擔負的應該是道義責任大於行政責任。足見在社會的現代化建設中，國民知識技能的水準亟待提高，商人圖利自我，決不至於謀殺他人，想必不知多氯聯苯與甲醇酒精的毒害之烈，才會出此下策，是則加强工業用酒精與工業用廢油的追踪管制與限制進口，正是不容緩圖的大事。此外，職業道德與商業信譽，也有待培養維護，否則假冒、盜印與僞造之餘，加上無知又無德，汚染毒害，是不可避免的後果。由是可見，現代化社會的建構，決不僅是機器技術的問題，更重要的當是人與道德的問題。酒可以不乾杯、不醉倒，然食油則不論葷素，皆不可少，故倡導「請隨意」的適量而飲之外，還得注意檢驗安全的問題。我們以爲，人生得正面充實自己，使生命無憾，別再借酒澆愁，而愁上加愁了。以茶代酒，或許更合乎中國人的生活情趣吧，也可免除酒後失態的後顧之憂。爲什麼要天涯淪落，酒場買醉呢！何況，今宵酒醒之時，總要有「楊柳岸，曉風殘月」的美景詩情，那能心志塵染，生命無明呢！

六十九年二月中國佛教月刊

少年監獄風波突起

這數月來，每天總有數起搶刼殺人的案件在各地發生，各大報的第三版均有大幅的報導，也總有數起盜竊勒索的案件被警方破獲，各電視臺的電視新聞也作了樣品般的展示。吾人赫然發現：盜竊搶刼的集團已有十歲上下的少年投身其中，而强暴勒索的亡命之徒，更多的是十五、六歲的青少年，甚至同年齡的女生，也一樣作案犯禁。再則，國中學生糾衆毆打教師，男女在旅舍鬼混雜處。……在在顯示社會風氣已敗壞到令人難以置信的地步，尤以近日新竹青少年監獄的一場鬧事風波，竟出動了大批警力及憲兵去鎮暴，更是把這一潛在的危機，暴露了出來，也把青少年的犯罪問題，推上了高峯。

一般的反省，總是責難多於同情，以爲他們不曾吃過苦，沒有憂患意識，這一羣不知愁滋味還要强說愁的少年，在無聊閒蕩中，果眞逼出了不該有的「愁」來，爲經濟富足的社會，製造出嚴重的問題。實則，他們才是這個工商社會的犧牲品，搶刼强暴，固然傷害了他人，却也埋葬了自己一生的遠大前程。想想，一個十歲的少年就成了搶刼犯，一個十五歲的青少年就犯了强暴罪，他們才是最直接的受害者。依老子的反省，人爲造作的虛假不實，是由於不能上達聖智仁義的標準要求，被迫而有的扭曲變形，吾人看到彼輩走離常道自然，就判定他們是不善不美，實則他們在奇變因應中，已付出了失落眞實自我的代價，才是文明社會的直接受害者，今天，一個十歲的少年，一個十五歲的青少年，走入歧途而毀了一生，是整個社會無可旁貸的責任。我們不能讓第二代的青少年再腐化沉落下去了，那等於挖了我們自己的根，毀了我們自己的本。所以我們鄭重呼籲，請正視青少年犯罪的問題，這個問題已嚴重到可以動搖我們社會的根本，這個問題已惡化到可以抵消我們經建的成就，救救我們的第二代，也救救我們的社會吧！

我們再看看最近輿論的熱門焦點——嚴禁電動玩具的問題。電動玩具本來不算是壞的設計與裝置，可以容受許多天涯淪落人，有休閒娛樂的作用，且可收益智訓練的效果，甚至還有心理治療的意義，引發電動玩具熱潮的原因，除了它聲光動變迷離的娛樂性之外，無可否認的是，人們既疲累又寂寞，生活亟需調劑，我們的社會又缺乏體能活動的空間，一般人也無觀賞聆聽音樂藝術舞蹈的涵養，電動玩具室就成爲最佳的休閒場所。機器不會講話，但容易相處，可以避開人際關係的錯落糾結，不必一如人間交友，要付出長期溝通的勞累，又要承擔因誤解而破裂的苦痛，只要坐下來面對電動玩具，投入五元硬幣，對話的管道立即打開，一下子就可以進入物我兩忘的情景中，而有放開擔負煩憂，鬆懈緊張心情的效用。跟電動玩具作朋友，不會有期許，也不求有回報，可解寂寞，又得慰藉。

今天社會的問題，主要來自傳統家庭功能的解體，身爲父母的人，爲生活奔走，忙碌厭倦，也是天涯淪落人，不再是可以依賴的天地，子女得不到生命的依靠與支持，只好往外尋求補償，受了欺負，有了委曲，在朋輩同黨中求得保護，獲取溫暖，三五成羣，同進退共患難，少年幫會的組合盟誓於焉形成。失落於家庭父母的關懷，在幫會的兄弟中獲得，由是幫會取代了父母的地位，謂之「天地會」，從功能作用上言，是相當接近眞相的。就成年人的世界而言，在工作浮動，事業挫折，未來失去保證的時候，他們也投入了神秘的教派活動，在那兒求得生命的依靠，與感情的溫暖，神秘的教派，對天涯淪落人說來，其功能作用與幫會的組合逼近，只是着重在精神的慰安而已！

問題是，人間教派與江湖幫會，雖能提供依靠與保護，給與關懷與溫情，然仍在人際關係的錯落糾結中，仍有教團幫派的義務擔負，此拖帶出來的，又是更深陷一層的無奈與負累。以是之故，電動玩具室是在教團幫派之外，獨一可收容天涯淪落人的新興天地。人生在世，成就談何容易，感情會受傷，事業有挫折，辛酸苦痛，幾難避免。面對電動玩具，不用壓抑自己，積分可以扶搖直上，有挑戰性，也有成就感，使寂寞無人見的當代人，每天都有突破的進境，每天也都有新生的希望。在如斯境遇下，才會有那麼多的青少年，坐進此道，樂而忘返，以致造成前所未有的盛況狂潮了。

當代人在人爲的誤謬迷失之後，已不再相信人，轉而相信機器，此與道家不相信人文，而寧可相信自然，法家不相信人治，而寧可相信法治，是一樣的思考與反省。機器精確，可以控御自如，機器無心，不會有要求，既有用又容易相處，如今電腦機器人已問世，正存養擴充中，在未來的歲月裏，人性的莊嚴，人生的價值，已面臨挑戰，而有動搖的危機，此吾人就電動玩具的迷亂，已可看出端倪。

或許有人會說，沉迷電動玩具，比起「魔」托車隊蛇行呼嘯，與玩男女比對的抽獎遊戲要好多了，不會造成公共危險，也不會有增加社會負擔的後遺症。然而，電動玩具已有賭博的性質，甚至色情也介入其中，聲光花巧不免人自迷了，時間投進去了，金錢賠進去了，正事課業也荒廢了，偏偏又掉落在欲罷不能的迷離幻境。由是結夥搶刼，臨時起意綁架勒索的案件突增，只爲了與機器作朋友，尋求一時的刺激與快感。如今已有家庭主婦不作家事，早晚帶小朋友逗留在電動玩具室，三餐以生力麵糊口，菜錢賠光了，孩子面有菜色，造成夫妻的不和。由是看來，電動玩具的娛樂性再高，其價值已被迷亂流落者抵消，頓失其休閒活動的正面意義。

吾人上述所論，旨在探討青少年犯罪的文化根源與心理背景，這是整個時代的問題，少年青少年掉落此中，成年人亦不能免，儒學教義在「富之敎之」，富而不敎，失去人文化成的教養之功，富足反成爲社會的負擔，當前青少年犯罪案件的急速增加，還不能促使我們痛定思痛，反省覺醒嗎？我們的小學國中的教育，是當有全盤的設計與深入的培植了，我們的小學國中的教師，是當該興發使命感，承擔起救救我們第二代，救救我們未來社會的重任。我們的家庭功能，也當重振，子女流落歧出，多大的財富終是假的，父母要能成為孩子們依靠的天地，給與關懷與支持，教師要能照顧青少年的心靈感受，開拓精神的通路，別再把十歲的少年，十五歲的青少年，逼入幫會黨團中流浪，逼進電動玩具室裏沉迷，家庭不能收容他們，學校不能接引他們，則終將流落少年監獄之中，成為我們良知的負擔，也成為社會的負擔了。吾人確信，通過教育的培植，通過文化的陶冶，才是我們救第二代，救未來社會的根本途徑。警政治安畢竟是站在第二線的消極作法，實不能有效的對應這一嚴重的情勢。吾人也期盼，佛教界能發揮文化教養的宗教功能，不僅接引高齡虔誠的信衆，也能感動與發青少年的生命，轉負面為正面，化惡因成善果，為當代社會擔負普渡衆生的神聖使命。

七十一年三月中國佛教月刊

學童告狀與警官遇劫

臺北市東門國小八個學童，在放學後，組成一個小隊伍，背着大書包，浩浩蕩蕩直開教育部，進行史無前例的學童告狀，指控他們的級任導師，有惡性補習，洩漏考題與體罰學生等違反教育法規的行爲。小學生告狀，極具新聞價值，故電視報導與報紙專訪圍繞在幾個學童的身上打轉，一時羣情激昂，正反意見在報端頻頻出現，逼得學者專家與教育界人士，均站出來講話。

此一情勢，太熱門也太突出，迫使教育局立卽展開調查，並閃電式裁定校長記過，教師免職，切斷了人情關說與輿論審判的干擾，剩下來的還是升學主義孩子何辜的老問題。檢討雖多，却沒有人能提出具體可行的辦法，來救救孩子，消除存在於教育界的困結難題。

我們以爲，教育局的果斷處理，是多少年來教育界難得一見的霹靂行動，幾個當事人挺身告狀，調查又屬實，立卽依法執行，此教育局的作爲，堪稱乾淨明快，令人喝采激賞。一般反應，常是不相干的，且又拖泥帶水，諸如教師被犧牲了，處分太嚴厲了，到處都惡補，何以只找這一家開刀？又說像這般的縱容學生告狀，此例一開，師道尊嚴就保不住了。這些反省雖有不可抹煞的意義，然此等說詞已退至第二線，不足以撼動教育局的堅定立場。因爲事實的存在，不代表它就是合理，普徧風行的惡補現狀，也不能使惡補轉成合法，若謂敎師惡補體罰，是應家長的請求，在升學空氣下被逼上梁山的，有事實的必要性，然目的純正也不能使手段合理，試看世上竊盜，掠奪與勒索的罪行，對宵小强徒來說，不也可以說是逼上梁山，爲生活所迫麼？再說，小偸被擒頰盜落網，怎能抗議何以單捉我一人？只要惡補體罰是事實，敎育局的裁定又有法定根據，就不會有太嚴厲的問題。

當然，小學生告狀，此風實不可長，不過，我們的反省還要深入一層，告狀是果不是因，若無力遏止惡補歪風與體罰辟行，光禁止學生告狀，只有加重問題，而不能解決問題。學生告到敎育部，是有點人小鬼大，不合程序，問題是他們若層層反應上去，還不是被壓了下來，搞不好會罪名加身，難逃廷杖四十之災呢！我們以爲，這一事件最重大的意義，是小學生自己說話了，爲自己的權益尊嚴說話了，家長監護人有時是靠不住的，老往退讓妥協的路上走，事實上，最有權力說話的是他們自己，他人發言總是隔了一層，他們站出來說話，做他們應該做的事，到底錯在何處？大人的緊張多慮，讓這一單純的事件變成複雜，反而是非不見了。

校長懷疑背後有大人敎唆鼓動，未免是以大人雜染之心，度赤子乾淨之腹了。小朋友的世界，是當下的，沒有太多的顧慮，老師惡補洩題體罰，這是不對的，他們就去告發，校長記過，敎師免職的後果，是出乎他們意料之外的嚴重，這是他們闖出的禍，來自各方的責備也不是他們承受得了的，他們嚇壞了，後悔的哭了，倒反過來要爲老師求情請命，這都是大人的誤導錯怪，使這一事件的正面價值，拖到最後也餘味不存了。我們以爲，眞正受傷害的是他們，想想經歷了是非與人情的衝突與壓力之後，在此後的人生歲月中，他們還會挺身出來，做他們想做的事麼？大人們敢做而不敢當，總要在法外說個人情，倒叫小學童莫可適從了。

此外，負責社會治安的一位警官，夜晚十時多，走在博愛路郵政總局附近，被三名惡客挾持至北門高架路下，洗刼了身上財物，包括一條掛在脖子上的金質項鍊。此事由警官自行向城中分局報案，始傳聞開來，警官被搶了，這又是一條馬路大新聞。我們不知，當時警官是身穿制服，執行公務，還是便服出巡，或私下散心？倘若警官制服在身，而暴徒猶敢以身試法，那就事態嚴重了。不過一位警官身佩警徽，面對不法脅迫，怎能束手而不加反抗？故報上雖未明言交代，我們也可以大膽推斷，警官當時必是身披一襲便衣，不管是巡行或散步，反正一眼看去，似是一副小市民的模樣，小市民被搶，就比較合理多多了。我們設想，警官身處三面埋伏時，有無亮出身分，提出警告，以免凶徒黑道，誤打誤撞，大水沖倒龍王廟，大家都下不了臺。而事實上的發展，警官還是被搶了，以當前的刼盜無格而言，想來必不敢在太歲頭上動土，所以我們相信，是警官不願隨意抬出身分來壓人，而寧可給竊盜一個公平謀生的機會。當然，我們也不能排除另一個可能性，那就是除非警官什麼都不說，尚可全身而退，若多說個職稱權位什麼的，反而平添了爆炸性的危險，在如斯情況下，還是破財消災爲妙，忍一時的怨氣，回頭追緝圍捕，才是上上萬全之策。

此一案件，若有意義的話，一者是讓警官體會了被搶的味道，此後對市民的驚惶報案，才會有感同身受的親切體貼，而不會出以冷言冷語，說竊盜案日有數十起，你閣下何必大驚小怪的職業反應。二者强徒惡客搶到了警官的身上，足見猖獗的一斑，已不必問你是何方人物，反正我是大小通吃搶定了。此其後果，可以逼上不法暴亂的邊緣。

人間社會，有了人就會有問題。因爲人是有情意有理性的存在，他有他的想法，他有他的反省，應該如何，可能成爲什麼，有了這些價值意義的問題，人就比較能找到活下去的理由。然人又活在現實限定中，理想總是在我們的前方飛跑，不管你如何勇往直闖，屢屢突破難關，理想還是神秘的在我們的前頭現身招手，呼喚著我們再往前推進尋求。現實總是不完美的，絕對的理想是人間所未有。故理想主義者有時可能是虛無主義者，最堅持理想的人，有時候也最冷酷無情。

教師體罰惡補，並不嚴重，因爲教師在今天僅是一職業，人又不是聖賢，誰又不犯錯了？問題是，小學生站出來向教育部告發自己的班導師，這就非屬尋常了，師生關係的疏離破裂，已完全暴露出來，也反映出學童身受的苦痛壓抑，長久以來已被輕忽漠視，好像教鞭與考卷是師生溝通的唯一橋樑，而童年生涯也不必有歡笑與天眞似的。竊盜案件是都市文明的副產品，我們就是想逃都逃不掉，想避也避不開，然搶到警官的頭上，偷進司法官的家，是放肆惡劣已到六親不認的地步。時下醉鬼浪子，壯漢少年，誰都可以臨時起意，偶與客串一番，行無行規，盜已無道，僅是混混流氓，算不了什麼人物。

小學生告狀，不失稚眞，警官被搶，算他倒楣，反正說不上什麼大事。然一葉知秋，小事的背後已隱藏了困結與危機，紅燈亮起，前行的車輛總得停了下來，再盲目加速前闖，眼看就是一場連環大車禍。不管是學校教育或警政治安，是到了該靜下來，好好反省問題，思考對策的時候了。

七十年六月中國佛教月刊

評斷劉縣長的秘密外交

南投縣長劉裕猷，突然心血來潮，在山胞抗日五十週年即將到來的今天，有意爲在埔里事件中死難的一百八十名日人，重建墓園並立碑紀念，他寫了一封親筆信給日本友人加籐均，由產經新聞報導開來，此一秘密外交的消息始傳回國內，信函影印本也刊諸報上，一時輿論大譁。民間反應也甚不平。縣長一看情勢不妙，立時「叫停」，出面試作澄清：立碑不是表揚，而是紀念，且紀念有引以爲誡的意思；此一用心，完全是出自人道主義的立場，與國民外交的進行。他並鄭重宣告，放棄爲日人重建墓碑的計畫。此事至此已告落幕，然而山胞烈士的遺屬後代，情何以堪，他們怎能忘得了？

我們不想在今天再挖掘已成歷史的民族仇恨，重新去清算日本高壓統治的暴力總帳。想當初，山胞身受迫害，忍無可忍，才揭竿而起，抗暴行動如火如荼的展開，以突襲日本的官兵及家屬，拉開了序幕。若說，這一百八十名的死難者是寃魂，當立碑紀念，以安異地遊魂，然則，日人入侵掠地，殺人無數，又當如何？且事後日軍大擧報復，四面圍攻，又施放毒氣，山胞戰士死傷殆盡，死難者一千一百四十九人，我們又何以慰他們地下有知的英靈？

我們並不想與死者過不去，我們也願意拋開那段血淚交織的痛楚回憶，然而，要我們爲侵略者，立碑紀念，畢竟是超乎我們受創心靈所能負載之外，甚至可以說是跡近殘忍的自虐行動。劉縣長的國民外交，實在做得太離譜了，竟一腳跨過了生死界，跟死人打交道去了，而引以爲誡的解釋，更屬荒謬。若是此碑立在日本，讓日本人不時去憑弔面壁一番，或許會有鑑照過去與告誡未來之歷史教訓的意義，而我們是受害者，爲日人立碑，除了痛心自苦外，還有什麼可引以爲誡的？

埔里事件，雖由山胞發動，然却是日軍暴力下逼出來的，是抗暴的義舉，而不是亂民的暴動，未料，劉縣長的信上竟有「爲了微細的緣故，而突如蜂起，將日人百八十名，不問男女老幼慘殺」的不通說法，殊不知此一事件的死難者當由日本軍閥負起責任，該痛悔自責的是他們，而不該是我們。故爲日人立碑事，若不是爲日軍的迫害試作某些的開脫，就是做慣日本順民的心態表露吧！

此一評斷，似有「以理殺人」之嫌，實則，我們立身處世，總要爭個做人的原則，維護民族的尊嚴，若有那一個佛門弟子，發慈悲心，願爲孤魂野鬼超渡，以廣積功德，我們誰也沒有話說。然由一縣之長，作卑顏屈膝狀，儼然是向日本致敬團的心態作法，實在叫我們既傷感，又氣憤！他到底是基於何等心腸，會突然興起「在異國默默被遺棄，悲哀永眠的無名孤魂，到底有誰來慰藉」的感懷，此一語氣那還有中國本位的縣長身分？再說，劉縣長實在不足以代表受害同胞，如此慷慨大方的表示我們以德報怨的德意！

或許，劉縣長完全是出乎大國民的風度，不計既往，通過立碑示好，作爲兩國民間溝通的橋樑。說不定此舉，眞會感動日本朝野，與我們建立更眞誠珍貴的友誼。問題是，決不可爲了達到目的，而不擇手段，這樣的人道主義，有失我們的立場，恐怕是得不償失，也是不識大體的。萬一日本友人本其功利淺視的眼光，誤以寬恕爲討好，在受寵若驚之餘，又引發他們對臺灣香蕉蔗糖的非非之想，豈不是反而有害於雙方民間早已正常化的關係麼？

現在，値此山胞抗日五十週年紀念的前夕，我們更關切的是，劉縣長準備如何去紀念這羣抗暴殉難的英勇烈士，如何去照顧山胞後代的生活，如何去重建他們的山居家園，更重要的是該如何喚醒這一事件背後的民族大義？

試看，五十年來山胞自身的善忘懵懂，實在令人感慨萬端。山胞爲日本觀光客表演歌舞，甚至組團赴東瀛，服務到家去了，而山胞嫁作日人婦的，更是不在少數。這一切似乎忘得太快，也太乾淨了。至於中年一輩的臺灣同胞，不講臺灣話，老是以日本語交談，設若意味着對年輕生命多采多姿的追懷，那自是人情之常；假如心意不在懷念過往，而直以日語對話爲榮，甚至代表一種價値認同的話，那情況就嚴重了。更令人難堪的是，在新北投及中山北路對日本觀光客的酒色供應之外，尙外加大量的色情輸出，爲了些許財富，我們已與日本人一樣的變得無情無義了。我想日本人必心中冷笑，臺灣又何嘗光復，還不是仍在日本工商業的經濟壟斷中。他們過去以軍事武力統治臺灣，今天則以貿易觀光控制臺灣。甚至以漢學研究的圖書設備及研究成果，吸引我們的學者非得學日文，往東洋去留學不可。吾人立身當世，要維護民族大義與尊嚴，實在是很不容易。

論語云：「君子懷德，小人懷土。」又謂：「君子喻於義，小人喻於利。」義利之辨，正是中國儒家生命價值觀的命脈所在，離此一步，人間世何事不可爲。我們盼望劉縣長放下此無明一念，異地的無名孤魂，就是立碑紀念，仍是異地的無名孤魂，最人道主義的友好作法，就是把一堆枯骨遣返日本，讓日本人去反躬自省細細回味吧！

六十九年八月中國佛教月刊

悲智雙運說選舉

近日，各縣市長及省市議員的選舉活動，正進行私辦與公辦的政見發表會，可以說是「八方風雨會中州」的局面。有些候選人，更倡言本着出家人慈悲為懷的精神，來參與這一場熱烈的競選角逐，並擔當未來煩忙的從政生涯。

自競選活動一拉開序幕，原本安於各行各業的人們，自商場、工廠、公司的工作崗位中，一波又一波被帶上了街頭，回家吃晚飯的爸爸們，紛紛走離了電視機前的客廳，湧到了政見發表會的現場。保守沉寂的社會，平添了不少生氣。

也不知從什麼地方，突然間冒出了那麼多的打雜跑腿的人們，他們似乎是選舉專家，平時遊手好閒，四處晃蕩，病懨懨的無家可歸，一到了選季，就一一站出來了，講話神采飛揚，走路龍虎生威，每天在競選總部進進出出的，不是軍師，就是參謀，席開數十桌的時候，個個都是英雄好漢。好像鄉村祭神作醮的大拜拜，那羣又搭棚架又請來神明的專業包辦人員，可眞是地方上的大人物，一下子風光起來了。

人生在世，並沒有多少當男女主角的日子，結婚那天新郎新娘固是衆所矚目，可以說萬千寵愛集一身了，然而這一天過後，從絢爛遽歸平淡，身分一轉，又回到原來配角的地位，甚或充當丑角的機會也渺不可得。登記競選，一朝身爲候選人，無異飛上鳳凰枝了，每天前呼後擁，粉墨登場，上臺賣唱，數千人站在臺下，聆聽壓抑心中，一吐爲快的抗議呼聲。平時陳情投書沒人理，今朝一呼百諾，當下就有了羣衆的回應，不待選擧揭曉，隱隱然有如置身議壇質詢中了。

助選員充當打手也可登臺亮相，說些俏皮話，造成氣氛，說些恭維話，塑造形象，有時冷言冷語，有時快人快語，總得把冠冕堂皇的話留給候選人開講，不能忘掉身分，若搶盡鋒頭鏡頭，喧賓奪主，就失去分寸了。風度人品在候選人，惡劣無聊一肩挑，才是好幹部好搭配。而明年此日，有了江湖歷練之後，或可搖身一變，也是上臺的正主兒了。這叫「接棒」，也說是「香火永傳」。

最熱情的，還是「醉翁之意不在酒」的聽衆了。他們每天趕場，且不止趕一場，奔馳在省市之間，不見有疲累之色，聽罷回來，又轉述又講評，口沫橫飛，生命昂揚。當臺上說中心事，搔着癢處的時候，不禁大聲叫好，好像爲自已出了一口悶氣一般。尤其，臺上臺下打成一片，他投身其中，不覺也受了熱力的感染，興起了一陣難以言說的感動。

我們冷言旁觀，總覺不是滋味。爲什麼會有這麼多的天涯淪落人，非得擠上這一場選情戰局，才能找回自我，尋求久已失落的存在意義？我們一方面慶幸，還好競選活動時間，只有十天左右，否則豈非一如老子所說的「馳騁畋獵，令人心發狂」了麼？另一方面也擔心，當幕終人散之後，這一羣人又將流落何方？民主與選舉，好像是他們的宗教祭典，旣詛咒又崇拜，經歷了這一場大拜拜，恐怕有不少人成了犧牲祭品了吧！至少幾十隻的白毛鷄，就在候選人之間的信用危機中，無端被推上了斷頭臺，成了什麼都不是的「白斬鷄」了！

我們以爲，選舉當然是民主政治的重頭戲，但更重要的是，選舉過後的正常作業，不管是地方公職人員或省市議員，他們到底依法定程序做了多少事，爲地方建設盡了多少心力？不在實踐過程與貢獻成果上，作一追究評量，而專在競選演說上作火爆的爭鋒，好像民主政治只集中在這十天活動進行，選舉過後，就功德圓滿，可以退休收攤了。這樣的民主，可以說選舉還沒有走上正軌，不能發揮民主政治的正常功能，却把選舉逼上了尖銳敏感的地帶。

今天我們的工商社會，已由泛經濟主義走上泛政治主義，由人之競逐經濟財富，轉向人之對決政治權力，由全幅生命在經濟，變爲全幅生命在政治了。這不是一個健全的社會所該有的現象，對政治過度狂熱與依靠，使政治成爲宗敎，成爲生命的終極關懷，其他多元的價值，在泛政治主義的標準下，都變成是無關緊要，可有可無了。價值定在政治一元，政治是唯一可能實現價值的途徑。於是競選成爲祭典大拜拜，在熱鬧場面中，不免有緊張氣氛了。

民主是政治社會的制度，也是日常生活的軌道，服從多數，尊重少數，容忍異己，服務人羣，本來應是消除歧見，增進溝通，會議對話，協調和諧的。是以，問題不在民主制度本身，而在人們所持的立場。也就是說，競選活動的諸多紛擾，是來自意識型態的强化所引發出來的。

把價值定在政治一元，這是「法執」，把意識型態帶進民主選舉，這是「我執」。法執是客體，我執是主體，主客糾結碰觸，貪瞋癡三毒於焉形成。般若智觀空破執，菩提心光明正覺，今天唯有悲智雙運，才能斷無明，解脫煩惱了。由是言之，有些候選人倡言持出家人慈悲爲懷的精神，投入競選活動與從政生涯，是有了選戰拉票可能會有對抗或破裂的反省，然悲心可以擔負，智慧才能破解。今天的地方公職人員與省市議員，不僅要有愛心有熱心，還要有才學有智慧，民主政治不僅爲了相安無事而已，更重要的是積極建設，好人固然可以不出問題，總要有才學智慧才能解決問題，故未來的地方公職人員與各級民意代表，是該推出有德有守，有才有學的人，否則在競選演說的並列比較中，優劣立判，是不能靠關係拉票或爭取同情票了。

每一次的選舉，都是走向民主的成長階梯，候選人與助選員，都負有教育選民的責任；而每一個選民也要自我教育，並在理性的批判與獨立的思考下，提高候選人的水準，使不學無術，有財有勢的人，沒有立足之地，好人上臺了，有才學有操守的人當選了，所謂的民主才有意義，否則民選的，不如官派的，到底是爲誰辛勞爲誰忙呢？

七十年十一月中國佛教月刊

新店尙義堂的義與不義

新店尙義堂，僻處一隅的小道廟而已；由於供桌上陳列有三具日本皇軍木偶，在報上披露，竟成爲各方矚目的新聞焦點。加上地方行政單位未當機立斷，過於拖延時日，幾經捉迷藏式的捉藏藏之後，使此一事態日形擴大，引起輿論的抨擊，與民情的激憤。終於迫使臺北縣政府與縣警局在七月十五日，斷然施出殺手鐧，會同拆除大隊硬加拆除。這一擾嚷不休折騰已久的熱門鬧劇，始宣告落幕。警方這一鐵腕作風，令民心大快，而今僅留下論功行賞的餘興節目了。

尙義堂前堂供奉岳武穆及兩尊土地公，正堂內壁立有一塊石碑，其上刻有「天和義愍公」等字樣。未料，在拆除大隊的大鐵鎚乾坤一擲之下，却發現石碑破落，其內壁尙別有洞天，赫然是另塊「大和義愍公」的碑石。「斯時，情勢堪稱急轉直下，足見警方判定其屬「違建」，强制拆除，眞是有先見之明了，而尙義堂供奉日本皇軍木偶的不義，也可說是眞相大白，鐵案如山了。

問題是，三個日本「皇軍」却在噩運臨頭時神秘失踪了。有關單位正加緊追索當中，彼等以爲若不追回焚燬，恐有另起爐灶，死灰復燃之虞。另鍾姓管理員已繳出掛在神像上的金牌一百廿六塊，有人懷疑不止此數，警方正進一步調查有無詐財情事。想來，尙義堂多行不義，既已落得廟毀神「亡」（逃亡之意）的結果，此等身後事已不值吾人過慮深究了。

據報載北港地區另有座「義民廟」，於淸乾隆五十三年（西元一七八八年），爲紀念一百零八位奮起與流寇對抗，爲保衞鄉土而捐軀的義民而建的。供奉其上的是，列述其姓氏的「忠烈誌」，乾隆皇帝御賜的「旌義」一金匾，亦橫掛廟前。最奇特的是，與這一百零八條好漢同時遇難的一條義犬，亦在廟左塑一石像，並立「義犬將軍」之碑石以感念之。他們及牠，可眞是人禽皆義，其行可風而感人至深了，其香火不絕，吾人切不可以荒唐或迷信等閒視之。

義民廟之義與尙義堂之不義，相形之下，眞叫人感慨萬千。嚴格說來，此兩者均屬鄉間民俗信仰之小廟宇小道觀，根本登不上純正宗教信仰的殿堂，中國儒釋道三家，皆重自家心性修養之工夫，從未另起偶像權威之崇拜。惟此等民俗信仰，畢竟是道德敎化的功能，大於宗敎信仰的功能；歷史文化的意義，重於求神問卜的意義。故各道廟佛堂所頂禮膜拜者，皆是忠孝節義的歷史人物，儒釋道並列齊觀，此正顯示吾國文化傳統兼容並行的大心胸。甚至在人禽之辨下的吾國價値觀，人作禽獸行，當屬非人；而禽獸有義行，亦可側身廟堂，名列封神榜上，受香火供奉，永得人們的禮敬。

此吾人尙可證諸佛陀說法，佛以衆生根器有異，故說法有藏通別圓四敎之分，而圓實佛乘，亦自不離小乘之聲聞、緣覺與大乘之菩薩等三乘。中國本土的大乘佛學，由天臺、華嚴而至禪宗，教理教義亦由「極高明」之境而向「道中庸」之處走。而普及民間之淨土宗，僅口念「南無阿彌陀佛」：足見宗教的平民化，乃其必然的趨勢。民俗信仰就在儒釋道各教派走入民間之混合形態下展開，且已成爲中國文化之人生日用的重大環節。

以是之故，尙義堂之不義，不在其供奉木偶，而在其供奉之木偶，竟是陰魂不散的日本皇軍。這是民族精神薄弱，甚至全面流失的表徵。吾人此言或過甚其辭，以一般民衆誤以爲日本皇軍的鬼魂仍可爲惡作祟之故。彼等加以供奉並無敬重其人之情，而僅是出乎恐懼不安之感，以示惠安撫而已；由是言之，各方輿論之羣起責難，與縣府警局的霹靂手段，未免高估此一事態所表顯的意義與其嚴重性了。

吾人以爲，宗教信仰固是憲法保障下的自由，然若有無視於民族大義的教派，仍以任何宗教皆勸人爲善，加以承認容忍，此毋寧是悖離宗教信仰的初衷了，而一般民俗信仰，不知繼起前賢之仁者生命，亦未興起我佛之大悲心，日日燒香禮佛，實無多大意義。至於自家生命挺不住，僅向凶神惡鬼妥協示意，則已屬荒唐迷信的謬行了。

六十七年八月中國佛教月刊

萬里鄉叫陣對壘與羅漢洞封關自是

這一個月來，堪稱佛門多事。新店尚義堂供奉日本皇軍木偶的餘波未了，眞是死灰復燃，竟有愚夫愚婦前去拜「牆」，並高張「有求必應」的旗幟，迫使有關單位，又補上幾鎚。此番想必斷垣殘壁亦自不存，可謂除根已盡了。

復有臺中寶善寺住持賴某，傳出施暴女尼，又北上三重，强行下聘求親的醜聞。如是，其人固六根不清淨，佛門亦自不空了。

再者，來自基隆之基督教某教會的傳教團隊三十餘人，大隊人馬開入萬里鄉魚吼村，在保民宮前傳教，以廣結善緣拉引信徒。帶隊之女傳教士，鼓其長舌，竟手指佛像，判爲木偶，以自顯其只此一家的獨霸地位。結果，引起村民的衆怒，一時人潮洶湧，加以包圍。這一羣上帝的選民，猶不識時務，竟遁入空門，而做起禱告來。此情此景，固是中亦不中，西亦不西，眞是鬧劇一場。幸軍警單位主管聞訊趕至雙方對壘，僵持不下的現場，進行調解，才未釀成大禍。這一支傳教團隊在治安人員的護送下，始得全身而退，逃回基隆，其狼狽狀可想而知，其愚不可及，也叫人大開眼界了。這那裏是意在傳教，根本就是有心挑釁！

此外，南港地區十八羅漢洞，亦傳有私造鋼筆手槍之不法情事。警方持搜索狀，入山查探，未獲而還。據報載，洞中住着一位出家人，法號釋修學，中國功夫頗佳，一如少林寺舊例，傳了不少俗家弟子，間亦收有洋和尚爲入室弟子。惟爲了清淨修持，不受世俗干擾，竟門禁森嚴，拒絕遊客入山，儼然自成一獨有之天地矣。

吾人處於今世，一者慨歎民俗信仰的變質扭曲，崇尙神道；二者亦傷感佛門子弟的志節不堅，後繼乏人；三者尤惋惜少數基督徒的膚淺無知，竟不知佛像的象徵意義，而以木偶爲迷信，此仍不免於昔日洋教士視中土有如蠻荒之境的自大心態；四者又痛心於佛門封關自是的落於小乘，而僅爲自了漢的行徑。事實上，佛像是木偶，則耶穌聖母是石雕，十字架亦是木架而已。吾人若不能由內在而超越，得意而忘言，則任何宗教信仰，皆難逃偶像崇拜之譏。試看，新店尙義堂儘管是皇軍木偶流亡不見，而廟宇亦僅存一牆未倒，而善男信女兀自禮拜不已，足見彼等所敬奉者，實不在有形之木偶，且彼等有心，亦自可對空遙拜，而神人交感於心矣。由是言之，神道惑人，根在自家之心魔不去。若自家生命挺立不住，仍起往外尋求依靠之心，則所謂只要廟毀神亡，卽可斬草除根的說法，僅是皮相之見。

再說古來吾國名山古刹，佛門勝地，莫不大開方便之門，使俗世人們得以滌除塵染，體證開悟，這才是大乘之普渡衆生的大慈悲心，若一如十八羅漢洞釋修學之獨善自了心態，實難登大乘的殿堂。吾人觀電視專訪報導，言其人不食人間煙火，僅品嘗醇酒及水果而已。彼又現身說法，展示其氣納丹田，功運全身的眞功夫；答記者問，自謂是忍耐的宗派，挨打的宗派，幾十年來儘管功夫在身，僅見挨打，而從未出手傷人云云。由此番話，知其人猶不免存有「瞋」之一念，且重在形軀之修鍊，與佛門正宗戒定慧之精神涵養，自是有間。此吾人實有所不可不辨別者。

月來佛門多事，此一歧出下落，正是佛教界清理門戶，以本來面目與世俗相見，並進一步求以重振家風的時候。否則，自了未竟，又談何普渡！

六十七年十月中國佛教月刊

「人民廟堂」的狂殺落幕

在南美洲上方瀕海地區，有一名不見經傳的蓋亞那小國，由於爆發了一場美國友人之暗殺，謀殺與集體自殺的驚人大悲劇，因而名聞當世。對蓋亞那其國而言，此一事件，無異是強迫中獎的義務宣傳，雖可坐收揚名立萬的風光，却是一段旣尷尬又不愉快的回憶。除了被迫公布美國政要——包括副總統孟代爾與卡特夫人在內——的推薦名單而外，實在無以面對該國人民的懸疑眼光。而在全球記者之新聞鏡頭的觀測下，蓋亞那在美國這一不友好輸出的事件中所扮演的角色，正是以極其無奈的弱者姿態出現的。

此一慘案，起於美國加州的瓊斯老大，創立了「人民廟堂」這一教派，以反抗都市文明的腐敗與墮落，爲其主要教義，並以收容與照顧當前工商社會的不良適應者，如吸毒者，搶刼犯與失業遊民，爲其職志。據報載，此一組合已網羅了兩萬名的天涯淪落人，並帶了首批一千名信徒的先頭部隊，到蓋國西北部的原始叢林及水澤地區，去屯居開墾，建造他們的世外桃源。

未料，此一宗教部派的本質，並非是出乎慈心悲願的純正信仰，反而是剝削信徒勞力，搾取其工作所得，甚至迫害教友身心的政治暴力。是以有來自美國本土，由衆議員賴安帶隊的訪問團前來調查其事。瓊斯老大自以爲其慘淡經營的烏托邦，被無端介入而歸於破滅，故本其偏激的宗教狂熱，以及心理的病態人格，竟於調查團上機臨去之先，下令截擊格殺。衆議員賴安，及隨隊前往的記者多人，不幸死難，隨後瓊斯教主並迫使其無辜信徒喝下氰化物毒液以集體自殺，其有不甘受害四散逃奔者，不是死於槍手的無情追殺，就是倒在叢林沼澤的自然災難中。到目前爲止，已發現了九百多具的屍體，老幼婦孺無有例外，生還者僅寥寥二十餘人。這眞是一場慘絕人寰的悲劇。

報導中並云，瓊斯自家有替身多人，並組訓了兩百名暗殺團隊，以追殺企圖逃離其組織控制的叛徒。其死時，身邊有五十萬美元的現金，與等値的黃金，還有滿是各色珠寶的保險箱，而在其名下的海外存款數字亦達一千萬美元之多，另外，在瓊斯鎭的屯墾區亦搜出大量非宗教性的思想讀物，此形同「特種部隊」的訓練營，其非屬宗教而純是政治的本質，實已昭然若揭，吾人若僅以宗教問題視之，而不就政治因素再加探討，可以說是不相應的。

問題是，就瓊斯本人與其信徒的心理狀態而言，無疑是宗教的。吾人關切的是，何以在富甲天下的金元王國，會有此等反常的偏執迷信，與自虐傷人的情事發生。

吾人以爲，瓊斯其人的本身，也是此一場慘案的直接受害者。因爲他的宗教狂熱，出乎他的病態人格，而他的病態人格，根本就是這一機械文明的產物。他不自覺的陷入其教父自封的狂夢幻想中，並出以暴力迫害以求得某些的發洩與滿足。由是爲隱藏幕後的政治野心家所煽動或利用，而不自知，而一般教徒，率多是這一工商社會下的無能者與不幸者，精神苦悶，深受挫折，急於尋找一强有力的依靠，求得心靈的托庇之所。而一般純正的宗教，仍走立身都市的溫和老路，不對社會之腐化施以嚴正的批判，反而直與人心之墮落同在，已不能滿足他們尋求新生的渴望。故自尋一塊乾淨土，在原始叢林的處女地，去開拓非機械功利，非都市文明的新社區。

這是人類對自己所建立之都市文明與工業社會，明顯的表示其極端的厭倦，並將此一逃離當世人羣的內在衝突，付之於自我放逐的悲壯行動。吾人試想，他們是在何等絕望的心態下，才會走出了文明社會，攜妻帶子的來到這一塊原始地區墾荒！這一點正是此一事件最值吾人深思再三，而不容吾人抹煞者。

故個人絕不以邪惡暴亂這一過於簡化概括的價值判斷，來評估這一場慘劇。他們對當代工商社會的墮落，與都市文明的腐化，已有直接面對的反省與付之行動的對抗，故無可否認，他們亦有其某些理想的宗教情操存在。否則，必不能有教義，有信徒，有奔向野蠻尋求新生的勇氣。

惟卡特總統向新聞記者宣告，不要把此一事件，視爲當前美國的象徵，也大可不必爲了這一場慘劇，造成全國性的痛悔。依吾人之見，一葉知秋，其全國性的痛悔雖大可不必，至少亦得正視此一慘痛的教訓，在宗教信仰與哲學思想的文化活動上，力求變革更新，爲人類徬徨無告的心靈，打開其精神歸依的通路。否則，卒致宗教亦訴諸暴力，再痛深悔切，也就太遲了。

六十七年十二月中國佛教月刊

三、學術文化論

三、藝術小文論

為什麼要維護儒學道統

今天，一說到道統，就有人害怕反感，甚至抗拒排斥，不是以為教條獨斷，就說是食古不化，好像道統是高高在上的權威，是迂腐落後的護符。承接了道統，會爲每一個人上了一道如來佛加在孫悟空頭上的緊箍咒，惟恐一套上身，就是一件擺脫不了的負累，就是一場逃不開的災難了。

實則，所謂「道統」，是就「道」的通貫於今的「統」而言。「道」不同於「器」，是形而上的道，不是形而下的器。道是路，人生在世，總要爲自己開出路來，使人人走在這一條路上，去實現生命存在的價値。形是形器，此中有命限，生命要帶動形器而往上昇揚，不要滯陷形器而往下沉落，是以生命價値的極成，是在成道，而不在成器，生命方向的決斷，是在求道，而不在求器：此之謂「士志於道」，此之謂「君子不器」。

道，是正路，也是大道，正路才顯莊嚴，大道才有普徧性，是人人能走，人人可走，使人人眞實，人人莊嚴：這樣的路，才是正大的路，才是所謂的「道」。是道不僅有人走出來的事實義，也有人該當去走的價值義，在歷史的進程中，中國人有中國人爲實現我們生命價值所開出的路，印度人有印度人爲實現他們生命價值所開出的路，猶太人也有猶太人爲實現他們生命價值所開出的路，每一條路在各民族的文化傳統中，由開出而拓展，爲每一時代的每一分子所認同執守，由古而今，通貫千古而歷久不衰，就叫「道統」。是「統」是指健動不已的實踐歷程，是在時間之流的文化業績，道是開創，統是積累，高明正大謂之道，博厚悠久謂之統，對我們說來，道統是歷經千古而健動不已的道德生命與文化理想。

世界三大教：猶太教經耶穌救主轉爲基督教，經路德轉爲新教。婆羅門教經釋迦牟尼佛轉爲佛教，經龍樹而開中觀空宗，經無著、世親而開唯識有宗；佛入中土，經智者大師而開天臺，經賢首大師而開華嚴，經六祖慧能而開禪宗。中國三代文化傳統經孔子至聖而成立儒學儒教，經董仲舒而復古更化，經宋明儒而開展新儒學。這三大教的教義教路，一直流傳通貫於今，仍爲各民族各地區所信仰奉行，這就是各民族文化的道統。對我們說來，孔孟儒學儒教，直承三代，下開百世，經漢儒而文教禮俗，定型成制，其間雖有隋唐佛學大盛，然其分位僅定在出世間法，入世間法仍得留給儒學儒教來擔負來開展。到了宋明儒才挺身出來，站在民族文化的立場，提出維護道統的說法。

當然，立足在人間世界，文化的交流是永不停息的。在歷史的機緣中，這三大教到了今天，都已成爲世界性的宗教。如西方世界，羅馬接受了基督教的教義，而基督教也接受了羅馬的政治體制；蠻族征服了羅馬，而基督教感化了蠻族。印度佛教在本土雖不免中衰式微，北傳南傳而部派大盛，東傳中國而大乘發皇，到了今天，中南半島與日本，已成爲佛教文化的勝地。儒學儒教在中國，固大本根深，源遠流長，禮樂教化也潤澤教養了日本、韓國與越南，並隨着中國人的足跡，深入普及到世界各地。由是言之，宗教既是世界性的，宋明儒何必力闢佛老而維護儒學道統，當代新儒家又何必發表「文化宣言」而突顯弘揚儒學儒教呢？

將宋明儒力闢佛老而維護道統，判爲宋明儒的狹隘偏執，是不知人間艱苦，也不知文化莊嚴爲何物的浮面話。魏晉老學清談虛玄，南北朝佛教觀空寂滅，隋唐則佛理究竟了義，然這一佛老風行的結果，並不能挽救五代殘唐在政治秩序與道德教化的全面潰敗與根本覆亡。宋明儒歷經了這一場文化解體與人倫道喪的大悲劇，才深悟家國天下與歷史文化的問題，都當歸本於內聖外王的儒學道統，才能維繫挺立得住，才能緜延傳續久遠。這一判教的奮鬪，不僅在春秋大義上，求保有本土文化的特殊性，而且也在人性眞實上，求存全生命價值的普徧性。維護道統儒學，不僅因爲儒學是存在於中國歷史的，而且因爲儒學是開顯人性常道的，此中有人之所以爲人的道，也有中國之所以爲中國的統，合而言之，是中國人之所以爲中國人的道統。所以維護儒學道統，是每一個中國人做中國人的責任。

基督教傳入中國，在唐朝已有景教東來，明末淸初新航路開通，耶穌會教士如利瑪竇、湯若望、南懷仁之流，以曆法算學的新知，深得朝廷士大夫如徐光啓、李之藻，甚至皇帝如順治、康熙的禮遇賞識，其後由於本土道教的抗議，加上羅馬教皇的禁止祭祖，始引發康熙、雍正、乾隆三朝的憤怒對抗，與閉關禁教。一直到鴉片戰爭，西方國家的商團船隊，東來叩關，打進中國，在不平等條約的保障下，取得了自由傳教的權利，商業利益與器物優越，使傳教士不再尊敬中國文化，甚至包庇教徒，迫壓良民，遂有發自民間的義和團，燒殺教堂教士的排外狂潮。時至今日，基督教在中國，已沒有昔日禁教排外的困擾，然在引進教義的課題上，為了使教義能在中國的土地上生根，不得不通過本土儒學經典，然儒學經典自成一體系一傳統，其世界觀與生命價值觀，與基督教義大相逕庭，多有不合，某些教會人士不免操之過急，不走基督教中國化的路子（這一方面佛門高僧做到了），反而以基督教義硬套在儒學經典上，穿鑿附會之餘，並攻訐儒學道統為本位主義，為封閉落後，當代新儒家當仁不讓，就挺身而出發表了「文化宣言」的嚴正聲明。

維護道統，是站在民族文化與歷史傳統的立場，自覺的要挺立我們的道，傳續我們的統，這是歷史開展中的事實，是沒有人可以反對可以抹掉的；道統是顯發了人性眞實的常道，是每一個人應該去承繼去弘揚的。維護道統並不妨礙學術思想與宗教信仰的自由，這是決定生命方向與文化方向的超越原則。故以學統反對道統，也是不相應的，且不講道統而僅說學統，是挺立不住的，所以我們不僅要現代化，還要復興中國文化。復興中國文化的根本，就在維護儒學道統。

七十年八月廿六日中副

從儒學說文化建設

前言

談「文化建設」，我們立即面對一個更先在的問題：「什麼是文化」？浮泛的思考文化問題，大概每一個人都會有自己的理解與領會。若嚴格的要求，對文化的意涵做明確的規定，就不是那麼容易的事了。

依當前「文化建設」的意義來說，文化是指政治、經濟、法律、社會等規制建構之外的，包括文學、藝術、舞樂、禮教等精神性價值性的人文活動總體而言。落在當前學術的分類說，文化是指自然科學與社會科學之外的人文學科而言，在文學、藝術、舞樂、禮教之外，還有宗教與哲學。人文學科，不好說成人文科學，因爲人文價值活動，重在主體生命的開展與心靈意義的尋求，不能一如自然現象與社會行爲，可以單純的被客觀化爲認知的對象，也不能被約簡爲數量去表象的。

在十二大建設中推出了「文化建設」，是在科技功能的過度膨脹，與政經制度的全面籠罩下，迫使人的精神萎縮心靈窒息所逼出來的反省。這幾十年來，我們掙脫了貧窮的困境，在物量的富足均平之後，我們又有轉向品質升越的普遍要求，提高生活的品質，與開發心靈的境界，本是現代化國家所共同追求的目標。一個開發中國家，最大的特徵是不顧一切代價的追求財富，與因財富驟增而帶來的社會型態的改變與政治結構的調整。泛經濟主義接上泛政治主義，財富轉移爲權力，財富也沉墮爲聲色犬馬，人變成了財富競逐與權力鬪爭的奴隸與祭品。這個時候，是亟待人文的涵養，來消化財富，來導引人生，建構價值多元化的現代社會，使人人有安身立命之所，而不是生命的自我放逐者，或心靈的被迫流浪者，使人際關係得以和諧感通，生命不會因對抗而破裂，心靈也不會因錮閉而僵化。

對當前社會來說，「文化建設」有如及時春雨，可以潤澤乾枯的生命，使僵固的心靈，又恢復想像的活力，成爲靈感湧現的源泉。這該是文化建設最重大的意義了。

何謂文化——以「文」化「質」

「文化」一詞，本是人文化成自然之意。自然就是樸質無華，近於人性的本始，如同未經雕琢的木頭，此有待人文的教養陶冶，才能成就人性可能有的美善。此孔子曰：「文勝質則史，質勝文則野，文質彬彬，然後君子。」文化就是以「文」化「質」，成就「彬彬」之美，與「君子」

之善。此荀子云：「性者，本始材朴也；僞者，文理隆盛也。無性，則僞之無所加；無僞，則性不能自美。」性的本始材朴就是質，僞的文理隆盛就是文，以其爲人爲後起的，故謂之人文，本始之性不能自美，而有待文理之僞的教化，材朴之質始能成就隆盛之美。這也就是孔子「文質彬彬，然後君子」之說。

游於藝——詩書禮樂的教化

我們再進一步追問，人文化成的具體內容是什麼，總括一句就是論語的「游於藝」，分別的說是「興於詩，立於禮，成於樂」。詩書禮樂就是藝，此與今日「文化建設」的意涵切近。惟文學禮教舞樂，不是純藝術性的創作觀賞，而是爲了興發心志，穩立生命，成就人格，涵蘊德化禮治的政治意義與道德意義。禮是政治社會包括經濟的規制建構，對今天而言，凡政治、經濟、法律、社會都在禮的範圍。由是而言，我們把文化建設的範圍，定在政經建設之外的文學、藝術、舞樂與禮教，恐怕不是很恰當的。故「游於藝」的游，雖是優游自得的意思，似乎是美感休閒的活動，然詩書禮樂的禮，却是生活的規範，如是游於藝的意思，不僅是人人各得其所，還要人人自得其樂，道德修養與詩書禮樂打成一片，生命是通過詩書禮樂來表現其美感，透顯其莊嚴的，是以道德生活不會有外在權威的壓力，而是在詩書禮樂的優游自得中實踐完成。

這一分析，讓我們對當前的「文化建設」有一覺醒，文化建設不僅是文學、藝術、舞樂、禮教或哲學、宗教等人文活動，還當包括政治、經濟、法律羣體建構於其中，這樣的話，文化的建設，與現代化的構成，才能配合並行，而不致隔離對立。不然的話，文化建設一離開了開物成務與定規成制的現代化工程，僅成文人雅士以書畫自娛的生活情調，那就顯得太單薄，而失去其莊嚴的意義了。人文化成自然的文化，不僅通過詩書禮樂的表現，其精神也當通貫在政治經濟等社會活動當中，這樣的文化才是全面互動的，才能是整體統合的。

志於道——樹立文化的超越理想

游於藝，包括詩樂與禮制，由此成立人文社會，此中一貫的人文精神，就是論語所謂的「志於道」。

文化有三層次，一是器物層次，二是制度層次，三是理念層次。不論是詩書或禮制，都涉及了器物與制度兩個層次，同時也有其最高的精神理念的層次。器物由制度來，制度由精神理念來。詩書禮樂都通過器物與制度來表現，表現什麼？表現人的精神理念，文化的精神理念，這個精神理念就是道。詩書禮樂可概括爲「禮」，孔子云：「殷因於夏禮，所損益可知也；周因於殷禮，所損益可知也。其或繼周者，雖百世可知也。」此「因」是「禮之本」的因，此「可知」也是「禮之本」的可知，禮之本就是道，就是荀子所謂禮義之統，「百王之無變，足以爲道貫」，貫百王而無變就是道，禮義之統也就是道統，是民族文化的超越理想與終極原則，超越在一切經民族文化的究極理想，來自民族文化的哲學或宗教，哲學體系或宗教義理，首在建構一世界觀，穩立人在天地間的地位，這就是所謂的究天人之際。此提供了一個有意義的世界，讓人們活在這個世界上，得以安身立命。人活在這個世界的意義，就形成了生命價值觀，作為決斷人生方向的根據。此一世界觀，與生命價值觀，就是文化的最高層次，是一切生命活動的超越理想與終極原則。不管是詩書禮樂，或政經法制，都是道的通貫表現。

當然，就學術言，不管詩書禮樂，與政經法制，都有其自家獨立的領域，不因道而變動，現代化就在此處說，不過通過它們表現出來的精神理念仍是道。由是而言，似乎什麼都是文化，又似乎什麼都不是，只因為它是內在一切，而又超越一切的，若文化建設不能觸及哲學與宗教的最高領域，不能突顯最高層次的精神理念，則人間一切活動沒有不是文化，而文化實沒有自己獨立的領域，是則所謂建設又從何做起？是文化建設是就一切而說的，要求一切活動都要有「道」的理想性，這個道是貫百代而不變，歷百世也可知的道。有了中國人的道，才能在政經法制中實現中國人的人文精神，有了中國人的道，才能在詩書禮樂中創作中國人的風格韻味。論語云：「可與共學，未可與適道；可與適道，未可與立；可與立，未可與權。」學禮為了適道，故游於藝，正通向志於道，立是通過禮而立於道（不學禮，無以立），權是通權達變，權變本身不是目的，而是為了通達於道。不管時空背景如何轉移，一切因地因時的權變，都是為了能實現道。今天我們講現代化，很多傳統的老東西，好像已不合時宜，所以非走革新之路不可，然革新權變，仍是爲了通達於道。我們今天推動文化建設，必得有此自覺，有此志氣，否則，現代化或西化即可，何必強調文化建設呢？

依於仁——開發文化創造的根源

文化在游於藝的各種形式中表現，而所以如此表現的精神理念是道，志於道是文化理想，此理想性的根源，是在人的價值自覺心，也就是孔子所謂的「依於仁」。仁心的發用顯現，決定了生命的方向，就是「志於道」。志是心之所之，也就是仁心之所往，仁心所開之路也就是道。道在歷史文化中拓展就是道統。人有了仁心的價值自覺，才能志於道，由是而言「人能弘道」。今天我們把文化說成建設，已落在實物的架構中，故不是建造圖書館、博物館、音樂廳等器物建築，就是成立文建會，設文化獎，並通過保存歷史文物等法規制度，如是文化建設僅在保存文物古董，或開辦音樂、舞蹈等發表會而已，規模既自限，其功能亦無可觀。故文化建設要有意義，就在正人心的建設，此人心之正，不僅在回歸傳統的道，更重要是開發人心的價值自覺，我們要守住傳統，持續傳統，還要有新的開發拓展。

本立而道生——落實在學校教育做起

依於仁，才能緜緜不盡的開創價值，使中國人的道，不僅守住持續，且有開拓進展。「依於仁」，已將文化建設拉回到人生命主體的自覺，人文化成自然，而人文本由人心開，人心之仁才是文化建設的根源之地。問題是，此一人心之仁的價值自覺，如何能在人人自放其心的物欲狂潮中，重新被操持存養，去自作生命的主宰，並發爲文化創造的動力？此則有待於「游於藝」的人文教化。由人文教化開顯「志於道」的文化理想；再由文化理想喚醒「依於仁」的價值自覺。以是之故，說文化建設，雖可分別的說爲三，實則統合仍是一，沒有游於藝，志於道是架空的；沒有志於道，依於仁僅是此心的自安自足。由仁而道，才能通向人間通向歷史文化，由道而藝，才能貫串事功開出家國天下。

今天的學校教育，已失去生活教育的功能，音樂藝術是少數天才的特殊教育，文學的欣賞與創作，被聯考趕打無踪了，而大學的哲學課程，已被改爲選修。由是而言，在我們的學校教育，學生成爲考試機器，學校轉成考試工廠，沒有道德修養教育，出了社會不知如何安頓自己，沒有文藝美感教育，出了社會也不知如何排遣自己？只重視職業技能訓練，只講究效率功利，人人一如機器，社會一如工廠，大家不停的轉，緊張匆忙，忙得團團轉，不知爲什麼活着，活着失落了意義，精神沒有寄託，生命沒有通路，只覺厭倦，只感疲累。由是暴力、色情、豪賭，是痲醉自己，遺落自己的唯一方式。在這樣的頹廢風氣下，那有文化可言！文化是心境悠閒的產物，文化的動力是生命的理想，現實而匆忙的人生，只是討生活混日子，是很難有文化建設可言的。

一個社會，人們的生活要能「游於藝」，才是高度文化的社會，而人們「游於藝」的生活，就要各級學校教育從「興於詩，立於禮，成於樂」做起，也就是說要以禮樂教化，來陶養每一個人的眞性情。這樣的話，才能突顯文化的精神理念，引發仁慈厚道，而保有悠閒的心境，與樸質無華的生命。若不從學校教育做起，決改變不了社會風氣，「文化建設」是無根的。文化本是人文化成，若不能教養青年學生，不能化成社會風氣，則文化頓成死文物，死禮俗，而沒有眞實活潑的生命。如是，保存古厝建築，設立民俗村文物館，又有什麼意義，擧辦廟會祭典，開演地方戲劇，又有什麼價值？文化發揮了化民成俗的力量，文化落實在學校教育中開展，才有建設可言。

結　語

猶記童年在西螺鎭上，各國術館一入冬季，卽開館授徒，秋收冬藏之餘，少年子弟皆拜師學藝，自强不息；夏日炎炎的入夜時分，廟前廣場榕樹下，不是南管清唱，就是講經說法，講壇香案輕煙繚繞，大家排排坐在長板凳上，聆聽佛理儒學。沒有早覺會，大家都早起，沒有電動玩具，兒童們照樣有靑梅竹馬，沒有工商富足，生命在自然中也覺充實無缺。這一分樸質悠閒的野趣心境，與仁慈厚道的古道熱腸，正是來自傳統詩書禮樂的人文涵養。今天呢？何處去追尋，再回西螺家鄉，野趣厚道已兩無存了。

人的生命像個天秤，這一邊的物質性加重了，另一邊的精神性就減輕了；生活水準提高了，道德品格下降了；官能滿足了，心靈空虛了；工商經濟成長了，社會風氣敗壞了。人們變得不再關心別人，人際關係陷於冷漠，心理壓力大，社會適應困難，活着已成負擔，那能有文化建設？今天，我們用了太多的心力，去對抗世俗，去防範犯罪，去處理公害，我們不再有餘力，去激發創作，去孕育靈感，去捕捉人間美好的存在。

綜上言之，說文化建設，當由「游於藝」的人文教化，開顯「志於道」的文化理想，再喚醒「依於仁」的價值自覺。捨此而外，道家「致虛極，守靜篤」的修養工夫，使心境悠閒，生命樸質，也是很值得我們去體會去證實的生命智慧啊！

七十年十月益世月刊

親情道義說五倫

——評增立第六倫之議

近日來，國內發生了貨卡未停看聽，卽硬闖平交道，撞擊自强號電聯車，有五節車廂出軌，並跌落橋下河床，造成一百多人生命傷亡，及幾億元財產損失的慘痛悲劇。另有今日公司萬企大樓第四樓餐廳發生火警，竟無人通知各樓人員疏散逃難，第八樓歌廳在起火之後四十分鐘，才自行發覺已在火海包圍中，幸幾位演藝人員臨場冷靜，處理得當，未釀成巨禍，然已有三人不幸葬身火窟。

此等災難，接二連三而來，總算引發了一些反省，社會的進步繁榮，若無德行與法治做爲根基，是穩立不住的。我們的火車加快了，我們的樓房增高了，人們的品德與修養，却未見有相對等同的進展。此李國鼎先生在社會學會的年會上，發表演講，以爲一個國家不可能長期保有進步的經濟和落後的人民。是以提出呼籲，在儒家傳統的五倫之外，另增立第六倫，以求改善每一個人與社會陌生大衆的關係，也就是所謂羣己的關係。

過去，我們的傳統是農業社會，五倫已能窮盡人際關係的分位，並維繫社會羣體的和諧。今天，我們已擠進了工商社會，社會結構遠爲複雜，且在快速變遷中，每一個人立身斯世，隨時要與社會的陌生大衆接觸，若不能建立這一倫的常軌，打開這一倫的通道，羣已關係窒礙難通，惟偶與無心爲之，恐會造成羣體社會不可知的大災難，一如此次車禍的重大傷亡，又何止是髒亂汚染，有礙觀瞻而已！

問題是，所謂第六倫的建立，可以超離傳統五倫的範圍嗎？五倫中，父子兄弟二倫，是基於與生俱來的血緣親情。吾人每將倫理倫常，說爲天倫，倫就是秩序等差的意思，儒家把人際關係的秩序等差，定在最源始根深的血緣親情上。是血緣親情，對人的存在來說，就是天理常道，是無可諍議，也是不能逃離的，故孔子云：「事父母幾諫，見志不從，又敬不違。」莊子云：「子之愛親，命也，不可解於心。」由父子之親，往外推出而有君臣一倫，由兄弟之情，往外推出而有朋友一倫。君臣與朋友二倫，既是由親情的往外推出，「外」就有客觀性，故重在道義，是可諍議，也能逃離的。人有父子兄弟，然「父子責善，賊恩之大者」，兄弟也不必相知共學，是父子兄弟的親情切近，不一定能成全道義遠大。此對吾人的生命來說，畢竟是缺憾，故在父子兄弟的親情體貼之外，並向外推出，尋求客觀道義的價值實現。依儒家義理，「君待臣以禮，臣事君以忠」，又「君子以文會友，以友輔仁」，皆着重在道義的對待扶持。然孔子云：「無友不如己者。」孟子云：「君有過則諫，反覆之而不聽，則去。」是君臣朋友二倫，若於道義有虧，則可無可去。此莊子云：「臣之事君，義也，無適而非君，無所逃於天地之間。」就存在事實言，君臣一倫固然是無所逃的，就道義價值言，此一關係却是可去可離的。夫婦一倫，則在父子兄弟與君臣朋友之間，必同時兼有親情與道義，從親情論是不可離，從道義論則是可離的。此中所謂親情，雖無共同的血緣做爲始基，然「天下肇端于夫婦」，有夫婦，才有父子兄弟，是夫婦一者是父子之親兄弟之情的根源，二者相互間又有朋友文會輔仁的道義。故夫婦既親情又道義，這一倫才是最難處。從主觀親情言不宜講客觀的是非，從客觀道義言，又不能不立是非的莊嚴。由此謂清官難斷家務事，以其親情道義滙歸一體，不易釐清之故。

由上述可知，家族親情縱貫有父子，旁涉有兄弟，社會道義客觀有君臣，主觀有朋友，夫婦則合親情與道義爲一。今談羣己關係，人與社會陌生大衆的關係，表面上看來，似在五倫之外，實在五倫之中。從主觀面反省，首要當在開發愛心願力的根源，「孝弟也者，其爲仁之本與！」吾人對社會大衆的愛，當由兄弟之情往外推出，才是有本的，所謂「四海之內皆兄弟也」，吾人每謂國人爲同胞，同胞者兄弟也，我們國人雖有「民吾同胞」的胸襟，然民族性傾向保守，感情含蓄，不直接表達出來。試看父子之間，吾人在長大成年之後，不能再如兒時親熱的叫聲爸爸，轉要稚眞子女喊爺爺，來表達自己對父親的感情，是爲中間轉接的溝通方式；夫婦之間的感情交流，也是間接而有，如稱呼彼此爲「孩子的爹」「孩子的娘」，並不是直接對話傳達的。我們對待陌生人，常有拘束之感，若有小兒女在身邊，就溝通有路，當下即可通過兒女或阿姨，或叔叔的稱呼對方，一下就把天涯陌生人化爲家族的關係，足見我們並沒有存心拒陌生人於千里之外，只是缺乏傳達接通的管道而已！

溝通的管道，則當歸於客觀的問題。故從客觀面反省，羣己關係可劃歸在君臣一倫。君臣一倫的現代意義，則當泛指人與國家社會的關係了。人際關係中，朋友貴在知心論學，友直友諒友多聞的益者三友，此中道義的扶持，是通過主體直接的面對而顯現，人與社會陌生大衆的關係，既缺乏血緣的親情，又沒有朋友的相知共學，是以除了主觀上由兄弟之情拉近距離而外，客觀上則當由相對等的尊重道義來守護，彼此以禮相待，以誠共處，眞誠公正而不相欺。朋友的道義，是主觀的道義，重在道德學問的砥礪切磋，君臣或羣己的道義，是客觀的道義，重在權利義務的責求互惠，此已列屬法律的範圍。故在今天，不應僅把車禍火災或污染髒亂問題，劃歸爲倫理問題，就是倫理問題，也不能僅談德行，而不談法治。

此次車禍，鐵路交通的規畫不力與管理不善，實難辭其咎，有那麼多無人看守、無警鈴、無柵欄，只有「停看聽」告示牌的第四級平交道，竟引進了無自保能力的電聯車，顯然是缺乏安全的顧慮，平交道可以升級而不升級，電聯車不必引進而引進，此則爲制度規畫的問題，而不是親情道義的問題了。貨卡司機直闖平交道，未必存有損人利己之心，因爲出了車禍，第一個受害者就是他自己。故君臣或羣己一倫，要靠制度規畫，才有客觀保障，而不能僅訴諸倫理愛心。火災一起，無人告警，決非缺乏愛心的主觀問題，而是整棟大樓沒有統一管理的客觀問題。

我們以爲，今天何止是君臣或羣己一倫出了問題，就是父子、兄弟、夫婦、朋友各倫，也莫不出了問題。父子隔閡，是所謂的代溝問題，夫婦不穩定，有所謂的外遇問題。就倫理之為天理常道而言，本是不會出問題的，出的問題不在各倫本身，而在每一倫皆已失落了溝通交流的管道。是以有親情，而不能體貼，有道義，而不能持守。在傳統社會裏，五倫是以禮教做為通路的，民初以後，禮教的交流道已被關閉，是以溝通無路。人情味猶在，公德心難顯，誠所謂「君不君，臣不臣；父不父，子不子」了。孔子正名，先穩定多重人際關係的對等分位，再以禮教求得整體的通貫融會。今天禮教既已不存，則唯有通過法治一途，把各倫都納入法制的軌道，並使其融洽無間。使父子、兄弟、夫婦的親情，夫婦、朋友、君臣的道義，在我們的法規條文中，都能有其安頓定位，這樣的話，五倫才不會虛列空疏，倫理與法治，也才能滙歸一體；否則，雙軌分途，必造成人情味與公德心不能兩全的衝突。今天我們若不能以法制來引導規範父子、兄弟、夫婦等親情溝通和合的分際，則主觀親情不免會冲垮了法制的客觀性，人情味轉成罪惡可憎，最根深感人的親情，反成人們詛咒誹議的對象了。是立法要能涵攝倫理精神與禮教餘意於其中，則人情與公德才不會悖離，有客觀的法制通道，主觀的親情才能疏通成全，而不會歧出斷落。如父子、兄弟、夫婦的財產權或繼承權，能客觀定位，多少有分，則子女孝順不會被懷疑別有用心，夫婦結合也不會被猜測為無關情愛的買賣婚姻了。

總之，今天或亂闖平交道出車禍，或積存易燃物品起火災，凡此不是由於倫理不周全，或愛心太少，而是法規治道未立，不能把羣己關係作一客觀的畫分定位，使其溝通有路之故。是徒言增列第六倫或第七倫，並不能解決問題，不管是父子、兄弟、夫婦、朋友或羣己各倫，在今天若不經由法律規制，去開通交流管道的話，就是有了愛心源頭，亦無暢流管道，是則倫理增列，又其奈髒亂公害何！

七十年六月十一日民衆日報副刊

孝道在今天的反省與重整

一、中國社會是孝道社會

今天，我們說歷史傳統，說中國文化，最普遍而具體，且最富有代表性的，應該是孝道了。甚至我們說，中國文化是孝道的文化，中國社會是孝道的社會，也不爲過；反過來說，在社會型態急劇變遷，生活方式快速轉換的今天，整個文化傳統所受到的衝擊，孝道也是站在最前鋒。無可否認的，孝道的觀念，在現代生活中正逐步的衰退，今天我們就是有心去恢復孝道的舊觀，恐怕恁誰也無能爲力了。尤其，五四以後在反傳統的激流中，孝道被認爲是老傳統下的舊道德，打倒孔家店首要出清的存貨當然是非孝道莫屬了。是以，對孝道的今昔，做一番考察反省，並求得可能的調適與重整，是相當必要的。

二、何謂孝道？

提起孝道，大家免不了有一誤解，以爲孝道是一套客觀存在的道德敎條，是不容懷疑的絕對權威，是束縛人性而又阻礙進步的頑固古董。尤其，談到「道」，有的人說得太虛玄了，叫人敬而遠之，有的人說得太迂腐了，也叫人厭棄受不了。實則，道就是人走的路，在人生道上，好的路叫正路，人人能走的路叫大道，走在人生的正路或大道，就志在開發生命存在的價值，充實生命存在的意義。所謂「孝道」，就是通過「孝」來表現「道」，也可以說，人生的「道」，就從「孝」做起，人之所以爲人，就在人見父母而能知孝。我國傳統，儒家說孝，道家講慈，前者重人文，後者重自然。慈是與生俱來的自然本能，老虎獅子，也有慈；孝是道德良知的自覺，是人間所獨有，人活在世上，不一定會有子女，卻一定有父母，是以孝之爲德，比起慈來，更爲普徧；且禽獸皆有慈，惟獨人知孝，是孝之爲德，比起慈來，也更尊貴。人爲萬物之靈，就從這兒說起。由是而言，孝道做爲人生的路子，既是正路又是大道，吾人在孝順父母的實踐上，正彰顯了人性的莊嚴，怎能說是束縛人性呢？

三、孝道的根據何在？

問題在，「孝道」的根據何在？若孝之爲道，無人性的超越根據，豈非成了無源之水？

在論語的記載中，有一次宰我懷疑服喪三年的可行性，他以爲從社會功利的觀點，士三年服喪而不問世事，必致禮壞樂崩；再由自然現象的考察，四季木材的輪換，與田間稻穀的收成，也是以一年爲週期；所以他反對三代以來守喪三年的舊制，以爲一年就可以了。孔子的回答，避開了社會功利的實效衡量，與自然現象的週期輪換，而直問宰我的內在感受：「若父母過世，還錦衣玉食過日子，請問你，會心安嗎？」此指出道德的本質，不在物質條件的利害取捨，也與自然萬有的現象流轉無關，而是出乎我們內在本心的眞實感受。三年之喪，並不是那一個人能規定出來的，它所以成爲三代以來天下的通喪，就是因爲它是人性的自然呈現。人甫生下來，正是生命最軟弱無助的時候，要在父母的懷抱中三年，才能立足學步，那麼父母過世，屬於人生最孤獨寂寞的時候，我們要不要回報他們三年，在墳場墓地陪伴他們？服喪是孝的表現，它的根據就在人心會有不安感，會有應該如何的價值自覺，別說人文社會的禮壞樂崩了，就是天崩地裂的自然巨變，人也當盡孝道。是人當盡孝，完全出乎人心的眞切感受與價值自覺，是人性的發露，怎會是外鑠的權威教條呢？

四、孝弟是做人的根本

孝是人性的自然呈現，此僅是說每一個人的存在，都有成就善德的超越根據，然人的生命中，有官能欲求的無明蠢動，也有世俗名利的牽引執迷，人性的良知明覺，可能淹沒在物欲狂潮中，而不得顯發。是以，儒家重視禮樂教化中，在仁心的發端處去存養固本，不使流失牿亡，再擴充出去，由親親而仁民，仁民而愛物，這樣的話，做爲一個志士仁人，才有其沛然莫之能禦的源頭活水。仁心的發端首見孝弟，是以儒門教化，講人格修養，講道德實踐，皆以孝弟為起點與始基。此孔子說：「孝弟也者，其為仁之本與？」一個人不能孝順父母，友愛兄弟，而說能愛鄉土、愛家國，根本是不可能的，是以，我國傳統，做人首重孝弟的家庭倫常，不是固守狹隘的家族主義，而是以家庭為人間之愛的培養所，孝重在兩代之間的接續直貫，弟重在朋輩之間的相知旁通。今天，人際關係的疏離與破壞——諸如代溝問題，青少年問題等——其可能的因素之一，是傳統家庭結構與功能的全面解體。是孝弟是人文教化的起點，也是人間之愛的始基，孝道在傳統，是重在陶冶人的眞性情，而非刻板的束縛子女的言行。此孔子說：「愼終追遠，民德歸厚矣。」並由是興起對生命根源的尊重，與對歷史傳統的深情。

五、孝道在傳統的扭曲與沉落

就儒家的敎路說，孝道是人性的眞實流布，也是道德敎化的始基，何以孝之為道，會造成不少的後遺症，諸如子女沒有獨立自主的人格尊嚴，媳婦失去做為一個人的身分地位，甚至孝道成為父母獨斷的權杖護符等。否則，當代學者怎會激烈的喊出反舊道德與打倒老傳統的論調呢？

孝道在傳統中的扭曲與沉落，可由兩方面來說：一是形式化的沉落，孔子以為「喪禮，與其大事鋪排，不如內心悲戚」，也就是說，孝道的表現不能落在虛文外表，而應著重內在實質，此孔夫子已看出孝道流於形式化的弊端。老子說：「絕仁棄義，民復孝慈。」人們標榜仁義，就有人假仁假義，不如不講仁義，天下人民反而會自然流露人性本有的孝慈，故老子反對人文，而主張回歸自然。二是絕對化的扭曲，孔子說：「君君，臣臣；父父，子子。」此中君待臣以禮而後臣事君以忠，父慈而子孝，都是相對的說。未料，到了漢代，三綱之說一出，已把這一相對等的人際關係，推向絕對化了，是由五倫而三綱，孝道已走離家庭倫常的道德意義，而成爲帝王家的治國手段了，孝道的權威誤用，由是而形成，這一絕對化的危機，就在不管是君是父，畢竟是人，而人的存在總免不了有某些程度的非理性表現，以君父爲絕對權威，兩代上下之間即成斷隔，而不能溝通，叫天下人子臣下不免受盡委屈了。

由上觀之，孝道在傳統，一由形式化而沉落，二由絕對化而扭曲，故會有負面值的轉向。在此我們得作一澄清，人子當盡孝的本身，是天經地義而不能反對的，從這一方面看，孝道可以說是絕對的，然就父子關係落在存在面看，則不能絕對化。是君爲臣綱，父爲子綱，夫爲婦綱的三綱，不是儒門教義所本有，故打倒孔家店決非持平允當之論。

六、孝道在今天的糾結與困境

孝道在傳統有其扭曲沉落，在今天也有它本質的糾結，與現實的困境。所謂本質的糾結，不在父母與子女之間，而在婆媳之間。現代的男士，夾在母親與妻子之間，相當尷尬難處。媽媽說你娶了太太之後，變成太太養的了，妻子說你老是長不大，離不開母親，舊式的老婆婆，碰上新女性的媳婦，眞是一中一西，相處起來可就是不中不西了。此一糾結，旣是本質上的，當然自古卽有之，不過以今爲烈而已！孔雀東南飛與釵頭鳳的歌謠詞曲，不是婆媳對抗所譜成的悲歌一曲麼？莊子說：「子之愛親，命也，不可解於心。」子女愛父母雙親是與生俱來的，這一母子間的臍帶，是永遠剪不斷的，此中的聯結，永存於心，是解不開的心結，故母子之間的關係，是本質意義的內在關聯，就是登報聲明脫離關係，也沒有作用，因爲朝朝暮暮你想的還是他。夫婦的關係是緣而不是命，命是根深難解，緣則是緣起偶會的意思，在人海茫茫中，你碰上了誰，雙方情投意合，就可以註册過一生，這是人生的機遇問題，是偶然的緣會，並無必然的親情聯結，是發生意義的外在關聯，故夫婦可離，而父子不可解。儒家講五倫，夫婦之情也是其中之一，然五倫之本，究在父子之親，而不能是夫婦之情。由是而言，當代女性，迫先生在媽媽與自己之間選擇一個，是很不聰明的，因爲母子是命，夫婦僅是緣而已。

此一本質的糾結，以今爲烈，是因爲面對了今天現實的困境。在當前的工商社會中，人口流動性大，普徧趨向小家庭制，「父母在，不遠遊」的古訓，已不可能了，雖說「遊必有方」，然千里迢迢，孝思不匱，孝道終難盡。總是在父母重病入院時，才遠來探病，稍盡人子之道，甚至連見最後一面亦不可得，惟海外奔喪而已。現代人生活太忙碌了，就是立身在同一市鎭，也難有見面之時；就是見了面，也是來去匆匆，那裏能晨昏定省，陪兩位大人談心話舊呢？甚至連含飴弄孫之樂，也被剝奪了，親情在今天當眞是委屈難盡。孔子說：「至於犬馬，皆能有養，不敬，何以別乎？」由養而敬，此尙不難，難的是如何照顧到雙親的老來寂寞，消解父母的精神空虛？所謂的死後哀榮，對父母來說，都已是身後事了，爲什麼在父母生前，不能承歡膝下多盡孝心呢！

本質的糾結，由婆媳之爭顯，在新舊社會的交替間，更見尖銳；現實的困境，在於小家庭制，讓天下父母心，寂寞空虛。是孝道在傳統，子女受了委屈，孝道在今天，則父母孤苦無依。如何對孝道做一調適重整，以消解糾結，破除困境，該是我們這一代的責任了。

七、孝道在今天的調適與重整

孝道在今天，一者有本質的糾結，二者又有現實的困境，大家庭則有婆媳不和，人子難爲的衝突，小家庭則有子女遠離，父母孤寂的缺憾。是則已陷入兩難之中，凡此皆由新舊社會的交替過渡而來，除非我們斬斷傳統，或者拒斥現代，不然的話，這一兩難之局，似乎是無所逃了。然則，我們說調適與重整，豈不是有心而無力了麼？

在此，我想提供一個相反的反省與新的構想。我以爲，在新舊交替之間，比較能豁達開通的，應是中年一代的社會賢達。有一句謔而不虐的戲言：從前的「孝子」，孝當形容詞用，指稱「孝順的兒子」，今天的「孝子」，孝已詞類變化爲動詞了，是說「孝順兒子」的意思。當然這樣說，心是酸酸的，聽了也眞不是味道。嘗聞長一輩的太太們說，過去我們是人家的媳婦，現在卻不是人家的婆婆了，言下不勝感慨。我想，今天的中年一代，也要有這一份自覺達觀，儘管過去我是人家的兒子，然而今天我可以不是人家的父親。也就是說，在父子之間，我們不要被動的等待孝順的兒子來孝敬我們，而要主動的去消解與破除孝道在今天的糾結與困境。父母愛子女，是無條件的，能體貼做子女的難處，減少子女因孝道難盡而有的自責與不便，不正是父母之愛的究極順成麼？

儘管子女孝敬父母，是天經地義的，是沒有人可以懷疑的，然而，處在今天，孝道還得請做父母的做起：

其一我們要改變一下觀念：養兒育女不是投資，不應有計酬的想法，更不要討債式的要求回報，我認爲破壞親情的，莫過於大聲宣稱：「我把你養大了，你怎麼可以不聽我的話！」我們也該想想，當初把他生下來，並沒有得到子女的同意啊！實則，養兒育女的本身就是目的，依我個人的感受，子女給予我的，遠比我所能給予他們的還多，看着他們的天眞爛漫，聽着他們的歡聲笑語，只覺得生命多美妙，心中不覺充滿了感激之情。何況，在繼起一代的生命成長，與心志飛揚中，豈不是更令吾人與發生命緜延，永恆不盡的感動麼？

其二我們要修正某些態度：大家要了解，家庭不是法庭，也不是教堂。家庭是親情的交會之所，不應一如法庭的嚴正，與教堂的神聖，做父母的，不要高懸自己的高標準，畫下自己心目中的理想藍圖，要子女去做，甚至去補足自己的未竟之志，如考臺大醫科，此會無端的加給子女存在的壓力。要知道人僅能過一世活一生，我們要放開子女，讓他們走自己的路，開拓自己的前程。此孟子說：「父子相責以善，賊恩之大者。」故依傳統，總是易子而教，天地君親師，親師並列而分職，若父母成嚴師，當下有了距離，則子女的生命頓失落了親情的依歸，這是很不幸的，因爲失落了父母的親情，等於失落了天地的覆載，人就成爲無根的存在了。

其三我們要擴大自己的生活圈：退休之後，要有自己的休閒天地，不能呆在家裏，等待子女安排節目，因爲子女有他們自己的世界，有他們自己的生活，不能老拉住他們，成了他們的負累。不管是閱讀、寫作，是園藝、垂釣，是下棋、打球，自己有了精神的寄託，固可以心情愉悅，保持活力，也可以減輕子女的掛慮不便。此中最不良的是，封閉自己，擺出一副犧牲者的姿態，子女孝心請去郊遊旅行，或吃館子看影劇，皆一概拒絕，害得子女不敢離家活動，生活情趣完全失去。殊不知，愛是成全而不是犧牲，自苦爲極是同歸於盡的絕滅情緒，會毀了自己的晚年，也會毀了一家的歡聚，眞正是何苦來哉呢！除非不得已，最好別讓自己的子女太難爲委屈了。

九、結　語

道德無新舊，孝道是不可反，也打不倒的，反孝道，等於反人的眞實生命，否定人的存在莊嚴。五四以後反舊道德，反老傳統，僅能反孝道的權威誤用。孝道在傳統的扭曲沉落，我們要拋開修正，孝道在今天的糾結困境，我們要求得調適重整。若說過去單方面責求子女盡孝的孝道，是舊道德的話，那麼今天從父母自身做開心胸做起，不使子女難爲的孝道，就可以說是新道德了。道德本無新舊，觀念與作法則可以有新舊，在新時代新社會中，要建立新的家庭，走向新的人生，就要有新道德的修養與實踐。這樣的話，新女性自不會堅持籌組小家庭，父子兩代，甚至第三代的孫子，才能各得其所，兩相成全，這才是眞正的父慈子孝，眞正的家庭圓滿。

後記：謹以此文，紀念一生倡導孝道的先師謝幼偉先生。

六十九年九月十四、十五日中副

中國的哲學在那裏？

一、前　言

去年十月三十日民生報刊登了政治大學哲學系主任趙雅博先生的一篇爲哲學辨誣，爲哲學請命的大文：「哲學——時代的詬病」。吾人拜讀之餘，一者敬重趙教授這一抗議呼聲的道德勇氣，二者也興發了自身別有一番滋味在心頭的深切感懷。

二、西方的哲學那裏去了？

趙教授以爲，當前哲學界正面臨哲學自身的萎縮沒落，並備受當代社會的貶抑冷落，二者之間似乎存有着互爲因果的關係。趙教授似乎把哲學的本義，定在某一種形上學上，並以此爲判準，對近代以來西方哲學的各派各家，如英國經驗主義、歐陸理性主義、德國唯心論哲學，以至於當代的邏輯實證論、語言分析哲學、存在主義哲學等，均痛加抨擊；以爲僅志在知識方法學的建立，而否定了形上學，哲學等於不存在，而逐步的等同於科學，如是，哲學既失去自我的獨立王國，統落爲科學的附庸，或科學的奴婢，那是很自然的事，又何怪乎在科學當令的今天，會備受世人的貶抑冷落了。

趙教授此說，把西方哲學傳統的巨擘大師，如培根、洛克、笛卡兒、休姆、康德、黑格爾、維根什坦、羅素等，均排除在正統哲學的門外，此其後果有二：一是哲學之門不免顯得太淡薄清冷，也太貧乏空疏了，如是豈非更拉引不住當代人們對哲學的嚮往之心與崇敬之情麼？二是近代以來的哲學，既不是眞的哲學，則當代的哲學要不成其爲假，僅能走回上古與中世的老路，如是又何能對應現代世界的重重問題，爲亂世人心找尋精神的出路？設若哲學不能隨着歷史的脚步，與時偕行的承擔時代的責任，則哲學又能做些什麼？是哲學由上古之形上學問題，一轉而爲中世紀之宗教哲學問題，再下開爲近代之知識論與方法學問題，以至約簡爲當代日常語言與科學語言之分析整合的問題，此正是哲學積極參與學術文化建設的豐富內涵，吾人豈可一筆抹掉！

三、中國果眞沒有哲學嗎？

基於以形上學爲哲學本義的判準，趙教授並進一步判定中國沒有哲學，他說：「道墨儒名之流，雖非本義的哲學，然而却不能不說，他們是接近哲人，研習哲學。」筆者以爲，這樣的說法是十分不良的。哲學一詞，雖譯自西方而有，然吾人實不必即以西方哲學的風貌，來判定中國沒有哲學；不如就雙方之特質不同處，各明其理路，各顯其精采，並由是說明中西方的文化類型與其歷史進程的所以不同。否則，以西方哲學爲唯一的哲學，並判定中國沒有哲學，如是無異宣告我們沒有屬於自己的文化理念與歷史動向，那麼幾千年歷史文化的發展，不就是成了非理性的摸索與偶然的聚合麼？在這一理解之下，全盤西化豈非成爲理所當然與勢所必然了？而哲學受到當代中國人的拒斥與敵視，不也是哲學本身的咎由自取，罪有應得？

四、「哲學」能做什麼？

西方哲學Philosophy一詞，以「愛智」爲其本義。爾雅解「哲」爲「智」，是東（日本）譯Philosophy爲哲學，相當符合原義，唯失其「愛」之一義；而「學」有「覺」與「效」二義，「覺」重心知感悟，「效」重行爲實踐，是中國哲學多一實踐之義。也就是說，西方哲學重在表現追尋智慧的一分熱愛與堅持，而中國哲學由「知人則哲」（尙書皐陶謨）言之，則重在由做人的修養中去體現生命的智慧。此吾人可引東西方兩大哲人的見解以爲證，蘇格拉底主「知識卽德行」，孔子則主「德行卽知識」，是前者重知，而後者重德。

再進一步言之，西方形上學 metaphysics 一詞，原義爲亞里斯多德的遺著在整理出版時，其第一哲學部分，被學生編排在自然哲學（物理學）的後面，並卽以此爲名，而第一哲學正是探索超越在自然現象之上的實現原理，是metaphysics一詞的得名，由字面卽可顯示出其學術性格來，此雖屬一時偶然的巧合，實有其必然之理在，故顯得特為精采。而東譯為「形上學」，是源自易傳「形而上者謂之道，形而下者謂之器」一語，此一譯名亦有如神來之筆。蓋東譯者順吾國歷代學者解「形而上」為「形之上」的說法，形是有形世界，如是形之上的道，正是超越在自然現象之上的實現原理，兩相對照之下，正好一一吻合，眞可說是天衣無縫了。然而，依筆者之見，易傳為儒學經典，「道」與「器」的意涵，不能悖離「論語」原義。且若謂「形而上」為「形之上」，是則「形而下」，亦當解為「形之下」，此說顯然不通。蓋兩層世界的超越區分，僅能是「形」與「形之上」，也就是有形之「器」與無形之「道」的二分，不可能另有「形之下」的存在。再說，論語言「志於道」，此道是「人能弘道」的道，當時周文崩壞，天子、諸侯與卿大夫已不能擔負領導天下的責任，在貴族沒落之際，由民間崛起的知識份子，也就是所謂的「士」，遂挺身出來，為人的生命尋求精神的通路。這一條路，必得是人人可走，且又能挺起生命價值的路。依孔夫子的洞見，只有道德人格的路，才是無須身分地位與權勢財富的支持，即可行之有得，是最平等也最莊嚴的路，故「志於道」，即以「據於德」，加以規定。否則，只有少數才情卓越與家世顯赫的人，才能走的路，那就不是大道，而是小徑了。此一通過道德實踐，人格修養所開拓的人間大道，其所以可能的基礎，就在人人本有的仁心良知，故又曰：「依於仁」。這一仁心良知，是不被外在權勢與現實名利所沖決打散的，所以才能貞定自己，決定生命的方向。由是而言，道不是形之上或無形的道，而是人人可走，既平等又莊嚴，實現生命價值，挺起存在尊嚴的路。是筆者以為，形而上與形而下，是表明一生命的動向，「而」有「往」的意思，「形」不是指涉有形世界，而是稱謂人的形軀。西方哲學以自然宇宙為哲學研究的對象，形上學即在探討自然宇宙何以生成的實現原理；而中國哲學是以人的生命為哲學的反省起點，「形而上」即在尋求擺脫人之有限形軀的制限，而打開生命無限的可能之路。人生的正道，即是由有限形軀出發，在德性心的顯發之下，使生命不斷的向上升越，這就是「形而上」的成道之路；若仁心挺不住，使生命僅落在自然形軀中去求得官能的滿足與才情的發揮，這就是「形而下」的成器之路。成器當然也是一種成就，然畢竟限在自身的才情專精上，而不能進一步去承擔修己以安人的道德事業，故孔夫子云：「君子不器」，又云君子憂道不憂貧，謀道不謀食。此後道家的老子，以為儒家為人的生命所打開的出路，僅限在人文道德的格局，生命一定著於此，即失去它的自由，故再求衝破這一既有的人文格局與道德規範，使人的精神再度解放出來，而伸展到開濶無垠的天地自然中。是道家的「道」，其形而上的意義，也在為人的生命，找到一條精神無限開展的通路。故批判儒家的「道」，是人心規定的道，是為「可道」而不是「常道」，批判儒家的「德」，是人心執守的德，是為「下德」而不是「上德」，此是儒家的有心有為，反而滯陷於人為造作中，使生命僵化扭曲，故云「天地不仁」，「聖人不仁」。此「不仁」不是邏輯的否定，而是辯證的昇越。也就是天地無心，聖人無心的意思，天地無心，萬物才能自然生長，聖人無心，百姓才能走自己的路。

筆者此說，一者志在說明在歷史的機緣中，中國哲學有自己走出來的獨特進路，故卽使以形上學爲哲學本義的判準，來衡定中國哲學，也不能判之爲「不是本義的哲學」，僅「接近哲人」而已！二者試圖由是彰顯哲學所擔負的使命，及其特殊的學術性格。此筆者的觀點，與趙教授一致，哲學的使命就在爲人的生命開出精神的通路，它的學術性格，就在爲宇宙人生尋求一整體而究極的解釋。能滿足這一要求的，僅有形上學，不管是中國或西方，形上學都在開展無限的精神空間，使人的生命有其通路，西方是從客體而立，中國則是由主體而開，也就是說，西方可以自外於人的開出一套純思辨知解的形上學，中國則必通過生命的修養，去體現形而上的眞實內容，由形上思考，而建構一世界觀，再由人在天地間的存在定位，形成一價値觀，如是對生命的方向與生命的歸宿才能有一決定，有一安身立命之地，並由是開出政治人生的進路。否則，人的存在可以是一無明，一盲動，人的生命也可以是沒有任何反省，沒有任何意義可言。是哲學的學術使命，端在爲人的生命找出路，由形上學的開拓，使宗教、道德、藝術、文學、音樂等人文活動，有其靈思活泉，使政治、經濟、社會、法律等社會活動，有其價値的貞定，甚至自然科學的研究，也由形上的思考，獲致其想像力，而有更上一層的突破。是哲學不管在任何世代，在那一國度，都有其存在的價値，文化的理念由此產生，歷史的動向也由此決定。否則，形上學被取消，生命卽被侷限在有形的自然世界與擠迫的人間社會，人的精神伸展無路，就只好困在狹隘的人間世，作一政治權力與經濟利益的鬪爭，權謀與暴力迫使人們由厭倦而窒息，是則惟有迷幻逃避與人格分裂兩路。此是當前人類最大的危機，經濟成長了，政治膨脹了，科技飛越了，武器升級了，而人的生命反見萎縮沉落。

五、當代中國哲學的出路

哲學的第一義，固在形上學，然形上學對政治人生的進路，僅能有超越的決定，一落實下來，處理政經法律的現實事務，必關涉經驗界的知識與技術性的問題，這是另外一套的學問，是不容輕估也不可或缺的，故儒家講「仁者安仁」之外，還得講「知者利仁」。是以哲學必得由形上學的七樓寶臺走下來，通過知識論方法學與價值論倫理學的階梯，跨進人間社會的十字街頭，直接參與人的日常生活，並開展學術研究與文化建設的工作。哲學要能指引人生，消解人心的苦悶困結，以提高生命的品質；哲學要能教化人生，成就人文的價值活動，以豐厚文化的內涵：這樣的哲學才有生命力，才能感動人心，成爲生命存在的主宰，與文化創造的根力。若僅把哲學當作哲學史的一門知識去研究，有如考古一般，而不能對應這個世界的尖銳問題，不能宣洩當代人的眞切感受，如是哲學不能植根於人間，必轉成虛玄不實，對現代人說來，可能是多餘的奢侈品了；若哲學僅是孤高自賞，畫地以自限，而貶抑一切人文社會的活動，如是哲學已失落了一切，無怪乎會被現代人打入冷宮或束諸高閣了。

今天中國哲學的時代使命，從人性的普徧存在而言，要喚醒「人之所以爲人」的價值自覺，以穩立做爲一個人的道德人格與存在尊嚴；從文化的特殊性而言，要激發「中國之所以爲中國」的文化意識，以重振歷史傳統的文化理想與其獨特的品質風格。也就是說，要在「八方風雨會中州」的迷亂時代中，爲每一個失落價值的中國人開發生命的通路，也爲迷失方向的中國文化打開未來的新生之路，使我國人能在道德人格上挺立自我，並認同自家的歷史傳統，而有一文化的歸屬。此消極上可免於生命的漂泊無依，流離失所；積極上並可興發吾人主體生命的道德情操，與文化傳承的使命感。如「統一教」、「愛的家庭」與「一貫道」等組織可以偶現一時，即可反映出當前年輕人徘徊在中西思想間，而兩不得安之生命迷亂的嚴重病態。再說，若中國哲學能重新恢復其「志於道」的生命活力，與「形而上者謂之道」的理想精神，則近年來，文學、藝術、舞蹈、音樂等回歸鄉土的運動，才有它的實質意義。蓋自然科學，與社會科學等，是沒有什麼文化色彩可顯，沒有什麼獨特風格可立的。故可以自西方移植，而行於中土；而文學、藝術、舞蹈、音樂等，雖說也可吸收外來的滋養，然若不能返本開新，從文化的大本大根中，去開自家的花結自家的果，那永遠就不會有代表性的中國創作，可以擺列出來，好讓我們能無愧我心的站在相對等的地位，與世界各先進國家從事文化的交流。我們有了當代的中國的哲學，也才能孕育出當代的中國文學、藝術、舞蹈與音樂。今天，單就東方的哲學而言，我們已落在印度、日本之後，甚至韓國也大步超前。試看吾人並未在韓國成立我們的「孔孟學會」的分會，而韓國却在我國成立了他們的「退溪學會」的分會，此中正顯示此消彼長的態勢，多年來在國際性哲學會議中，日本學者一直在扮演着東方哲學的代表，甚至是中國哲學代言人的角色，而我們派出與會的代表，過於依賴海外，且大多是語文的代表，而不是哲學的代表，甚至僅是西方哲學的代表，而不是中國哲學的代表，尤其在吳康、謝幼偉、方東美、與唐君毅諸先生的相繼謝世之後，更顯得「儒門淡薄」了，難道這一每下愈況的情勢，還不能激起我們教育文化界的痛切自省，大力更新麼？

今天，不管我們高興與否，已躋身在快速現代化進程中。這一百多年來的積鬱困結，實有待哲學界去疏通消解。西方的民主與科學，一直在他們的宗教規範下，才能有其民主的風範，與科學的良知。我們自洋務，維新與五四文化運動以來，却只要他們的「德先生」與「賽先生」，而不接受他們的上帝；而文化傳統上承擔人文教化功能，決定生命方向的儒家，又在「打倒孔家店」聲中被否定了，如是，只講利用厚生之學，而遺落了正德之教，民主與科學亦貞定不住，轉成復辟帝制與軍閥割據的權力之爭，並使機械唯物論入主中國的思想界。殊不知西方人恆把生命究極的問題，交付給宗教上帝，人心則全力投注在心物相對的認知活動，與人我相對的政治規畫上，不僅生命有其依歸安頓，而科學民主亦能卓然有成。在我們儒家的人文傳統，生命問題却由人心獨力承擔，儒道兩家的心，一是做爲生命主宰的德性心，一是開出精神自由的虛靜心，前者對生命有一超越的決定，後者對生命有一超越的觀照。此心已跳開形軀官能的制限與物象名利的牽扯，故已不是人心或成心，而直是天心或道心了。二者皆由主體生命的修養昇越而開顯，並未落在心物或人我的對立中，去作一客觀的認知活動，與實然的政治規畫。這一方面的學問，孔孟老莊並未在此用心，而由墨、荀、韓三家立論補足。此逼出一個問題，今天我們若僅以孔孟老莊的心，試圖去迎接或消化西學，是不相應的，孔孟老莊的心，超越在物之上，僅能有一價値的判定，與藝術的觀照，使每一個人能實現他自己，使每一個物能呈現它自己，而不能一如墨、荀、韓的心，能走下自然世界與人間社會，與外物與他人，作一平列對視，從而產生物相的認知與利害的衡量。然僅有墨、荀的理智心認知心，與韓非的利害心計算心，雖可開出客觀的知識與法制，對生命本身却不能有一究極的決定，此則有待孔孟老莊的自作主宰與超越自得，才能定得住。是就人的生命來說，我們一者要作天上的人，一者又要作人間的人，此是「一心開二門」，由「方內」通「方外」，既「知天之所爲」，又得「知人之所爲」，此是在中西求其會通，與中國走向現代化的歷程中，思想界亟待疏導詮釋的大問題。是以，今天我們重振傳統文化，不能僅限在孔孟儒學，我們詮釋本土哲學，也不能僅專注老莊道家，其他如墨、名、荀、韓諸家，程朱卽物窮理的內聖之教，與黃黎洲、王船山、戴東原的外王之學，較能切近今天中西會通，傳統與現代接合的時代問題。吾人當知，中西方的學問，是有其不同的世界觀與價値觀的基礎，不在此根源之地求會通，而僅在政治經濟的格局操作中學步求合，仍是有其距離，而不免有其扭曲沉落的發展。

六、結　語

在今天，哲學不被重視而受到冷漠，是不爭的事實。哲學系培養出來的人才，大多流落商場工地，甚至息影田園以耕讀自娛，眞箇是根植無處，花果飄零了。某些短視之士，以哲學非理工非法商非醫農非文史，好像什麼也不是，而有取消哲學系之說，此說自爲識者所不取。一個國家，沒有哲學，不管經建何等富盛，終究是沒有深度的三流國家。且由於開不出形而上的精神空間，生命昇越無路，必引生諸多的社會問題。如近代以來，達爾文倡物競天擇之說，使自然世界成了鬪爭場，人遂由自然世界退回人間社會，馬克斯轉而主階級鬪爭之說，又使人間社會成爲鬪爭場，人再由人間社會逃歸生命自我；然佛洛伊德的精神醫學，所謂之「本我」與「超我」，在「自我」中形成對抗分裂，卒致生命自我亦成爲鬪爭場。生命自我破裂了，人的生命失去最後的棲息之所，遂自我放逐於形軀官能另求發展，試看當今影劇，老是離不開災難，暴力與色情等主題，卽可透露此中消息。官能由刺激而痲木，生命亦由厭倦而頹落，最後連自已都受不了自己，唯有迷幻吸毒一途，逃向自我的扭曲與世界的變形中。此不僅是社會治安的問題，根本是思想與文化的問題。

再就當今世局言之，也不是強權外交，與軍事均勢所能對峙，根本上是文化出了問題，思想出了問題。共產主義，從某一義言之，是以宗教救主的姿態，出現在當今世界的政治舞臺上，背後並有民族主義的狂熱，作爲其精神的支柱。是以僅恃民主與科技，是不能反共的，因爲民主與科技，都是沒有色彩的，不能觸及其思想的根本，也無以破解其尖銳的意識型態。

今後，不管是重振傳統文化，或消化西學，皆不是少數學者所能承擔，諸如傳統典籍的整理與詮釋，西方哲學專著的翻譯與評述，都有待龐大的財力與人才的結集與支持。此只有責成國立編譯館擴大編制，吸收各哲學系所培養出來的精英，去從事固本立根的工作。一者把傳統帶到現代，二者把西方帶來東方。再進一步，把我們專家學者的代表作，翻成英文，向海外發行流通。唯有這樣，我們才能在世界思想界取得一席之地，而有向全球發言的權力。我想我們成了文化的大國，思想的重鎭，就沒有任何國家可以抹掉我們存在的價值與地位，同時此一文化的民族主義，也正是我們反共最有力的武器。吾人爲哲學找出路，就是爲文化找出路，也是爲我們的社會我們的國家找出路，何止是爲了國建會沒有邀請哲學學者，中央研究院沒有成立哲學研究所而已！

六十九年一月十二、十三日民生報

從「花果飄零」到「靈根自植」

——敬悼唐君毅先生

唐君毅先生病逝香港，國內僅由中央社向各報發布了寥寥數十字的簡短新聞，此後即聲息俱杳，未見有任何記者專訪的特稿登出，或文教新聞的追踪報導。似乎一代宗師的遽爾辭世，僅屬人間世的偶發事件，並沒有激起國人的注目哀思與學術界應有的追念懷想。

個人非屬唐門弟子。第一次與唐先生見面，是六四年五月間的事。那個時候，唐先生應教育部敦聘回國講學。筆者陪同先師謝幼偉先生，往訪其銅山街寓所。時先生正爲一臺大歷史系學生，細論彼之一篇論文的觀點問題。儘管我們是事先約定而來，唐先生仍爲登門求教者盡心講解，俟其惑解疑釋告辭而去之後，始過來晤談寒暄。兩位先生原屬新亞舊交，互問健康及港臺哲學系近況，再關心我畢業論文的寫作過程。六月下旬，唐先生爲校方聘請，主持筆者的校內論文口試，對拙作視墨家哲學爲功利實效主義的論斷，加以批評，以爲此說缺乏同情的了解而有失公允。時筆者力加辯解，心中亦不甚服氣。依個人之見，墨家哲學之天，是爲宗教之天，人格之天，有意志而主賞罰，由是而言天志；惟天人不相接，天之美善無以內在於人的心性之中，天志轉成超絕外在的權威。是以，人的生命理想，內在開不出而上揚無路，其價值觀僅落在「義，利也」之現實功利的衡量，其政治思想亦墮入「壹同天下之義」的獨斷之路。後來細看唐先生的中國哲學原論原性篇與原道篇，始知先生不作如是觀，以爲墨家哲學，非走儒學以仁說義之舊路，不從人心的不安之仁，直接肯定道德人格本身之價値；而以義說仁，力矯儒者可能不求事功之弊，以爲兼愛之仁必客觀化外在化於事功之中，爲人所共見。此愛人之事，利人之功之道德事業的實踐完成，就是義。故其兼相愛交相利之論，不依人主體之仁心仁性說，而僅由：求人之愛我，我當先愛人；我既先利人，亦責天下人亦當利我。此責天下人以愛利相施報之說，卽是墨家哲學所開出之普偏客觀的義道。個人以爲，唐先生之說，乃本於儒學所開出的人文精神，給與墨家以相應的地位。故就此一端而言：唐先生雖屬儒學大師，也可以說是墨家哲學的千古知音。

六四年七月，鵝湖月刊社宣告成立，個人亦列身其中。唐先生爲最關切「鵝湖」生命的前輩學者之一，而同仁們又大多私淑唐先生的道德文章，對弘揚中國哲學，重振傳統文化的使命擔當，多有承自先生之啓發者，故在文化理想與道德生命上，與唐先生有着血脈相通的親切關連。是年十一月廿一日，鵝湖月刊社擧辦第一次學術演講會，就請唐先生主講，講題是：「中華文化復興之德性基礎」。這可以說是鵝湖月刊公開露臉，爲社會人士所知的開始。

六五年六月底，先生返港過節前夕，筆者約同曾昭旭、袁保新二君到先生寓所求教，先生除對「鵝湖」多所勉勵期許外，並自行囊中抽出一叠長稿，此爲先生於五六年二、三月間因眼疾旅日療養時隨筆而寫，在文成十年之後始標題爲「病裏乾坤」，交給「鵝湖」發表（登於鵝湖十一期至十七期），足見先生著述之愼重用心。先生在此文中對生命存在的限制與苦痛有其深切的反省，以爲人可由對痛苦之意義的自覺，與人我之間的同情共感，在忍受自身之痛苦而外，並生發承擔他人之苦痛的大悲心，由是而成就其聖賢豪傑的道德人格，並開拓出生命價值的莊嚴世界。

二月下旬，吳經熊老師一聞先生在臺講學，即在筆者與吳怡先生的引介下，專程拜訪唐先生，敦請爲華岡學園哲學研究所博士班開課。先生慨允之餘，並以其巨著多册贈與吳老師。其後，當學校按月派專人致送華岡教授之兼任鐘點費（每週兩小時，每月五千元）時，却爲先生所拒。吳老師不明先生何以不收此一尊師重道的束脩心意，內心深覺不安，故筆者受命奔波其間，惟先生仍堅持不受。先生以爲既有教育部之客座專任薪水，即不該另受津貼，並聲言自身創辦新亞，知私人興學之艱辛，誠願義務授課以支持曉峯先生。後經由副院長潘維和先生出面，先生仍婉拒依舊，記得，當時筆者有言：「唐老師，您不肯收下，吳老師總覺於心難安！」先生回答說：「問題是我收下了，我也會不安！」我當下陷入困局，眞眞是左右爲難。後來幾經折衝，始由唐先生決定將此數萬元之鐘點費先行簽收，並立即全數捐出，作爲華岡哲學系所之獎學金，至今不少華岡學子猶身受其惠。此雖小節，正見兩位學者大師之一絲不苟的心懷，並無意間爲儒學「仁義禮」做一最好的注脚體證。仁之發心，在求心安，惟人之自求心安，可能不自覺的會迫他人於不安之境，故仁心發顯，必得衡諸客觀情境，在人我之間，求其各得所安之道，這一雙方皆安的道德判斷就是義，而兩心交感的通路就是禮。

六五年九月，先生在港身感不適，檢驗結果斷爲肺癌，即飛回國內住入榮總開刀。消息傳出，學術圈驚恐轉告。方東美老師在輔仁交通車上提及此事，個人表示「鵝湖」同仁要去看唐先生。方老師勸阻說：「我生過病，深知病人的心情，你們現在去看他不對時候！」我說：「假若我們不去看他，不顯得臺灣的學生不懂事麼？」方老師說：「你們別擔心，他若怪下來，由我負責就是了！」結果我們這一羣仍遏制不了探望唐先生的念頭，在十月一日那一天，還是不懂事的去了，唐先生看到我們，有意外的欣慰笑容，並斜靠病床上與我們暢敍了起來。談新亞，論國事，說人生，話鋒一轉，談到他自己的一生，最後感慨萬端的說：「在做一個聖賢的事業上，依我這幾個星期以來的反省，我給自己打不及格。」我們素知先生十四、五，即懷希聖希賢之志，故這句話由他的口中說出，顯得何等莊嚴，一時之間我們竟無言以對。由是個人才了悟，做爲一個儒者，成就光輝的道德生命，是何其不易。不知不覺間已過了兩個鐘頭，先生意猶未盡，是我們幾度堅辭，先生始起身送客，在電梯口看先生轉身而去步履維艱的身影，不覺淚水盈眶，他的身上所擔負的家國苦難與文化使命實在太多太重了。在樓下，我們偷偷問了師母說：「老師的病情，到底如何？」師母說：「醫生說割除相當順利，情況很好。」我們這才安心的踏上歸途。記得當時，我向唐先生提及吳經熊老師想來看先生的事，唐先生急着說：「怎麼可以驚動吳先生，他是前輩！」後來吳老師還是去了，唐先生爲此一直耿耿於懷，並以病痛纏身，未能上山回拜爲憾！

此後不久，承新亞出身的雷家驥先生轉告，說是由榮總主治醫師口中得知，先生的肺癌早已蔓延開來，根本就沒有割除，只是縫了回去而已！我們才知醫生善意的向病人家屬掩飾了病情眞相，內心感受到强度的衝突。我想，先生有權利知道自己的病情，他可以好好把握有生的歲月，把他的著作，還有新亞，作一妥善心安的安排。不過我又擔心先生一時承受不了如此巨大的衝擊，反而加重他的病情。後來又想，至少師母應該知道，又怕他們伉儷情深，師母一有異樣，必爲先生所知，幾經掙扎之後，我還是什麼也沒說。此後只知先生改服屏東鄉下一位中醫的草藥，病勢竟神奇的穩住了下來，並暫在劍潭青年活動中心的招待所休養。

六六年四月十日，先生打電話約請「鵝湖」的幾個後生晚輩，與幾位臺大研究所的學生，至青年活動中心聚會話舊，並介紹其由香港遠來探病的門弟子唐端正先生與大家見面。這天，唐先生在師道之尊而外，又表露了長者父執的慈藹之情，在屋旁的庭園草地上，對每一個人殷殷垂詢學問上的進境，大伙兒圍着老師拍下了不少的照片。中午，並在餐廳準備了一桌飯菜，邀大家入席。我只覺心頭沉重，就與吳怡先生向老師告辭先走了。記得先生說：「過去，每日清晨我總是靈思泉湧，思想靈活；現在就自覺大不如前了，常是渾渾沌沌，心思不清明！」我想老師口中不說，心裏總是明白，看他這一天的安排，可能就是在臺講學一年與學生後輩作最後的話別吧！他也提及自身改服中藥，明顯的感覺身體的情況好多了，我說方老師患有同樣的病痛，是不是也介紹這位中醫看看他，先生說：「我前些日子也去看了方先生，他正針灸燒癌，我已勸他不妨試試！」據聞日後方老師也服了這位中醫的草藥，却未見有效，大概是病情與體質有異之故吧！

唐先生不久回港，所有的友朋門生都勸他放下新亞的瑣務。未料，先生性情中人，責任心重，仍以病弱氣衰之身，爲新亞的獨立權據理抗爭，且每週仍舊爬上五樓上課，就這樣的心力交瘁，病情轉劇，二月二日凌晨以氣喘不適急送浸會醫院，不久卒告不治。一代大師就此撒手人間，享年七十。計自六五年九月病發，至逝世之日止，先生與病痛苦撐了十七個月之久，據師母云：他承受了非他人所能想像的痛苦。

先生著述之豐，在當代學人當中，可謂無出其右者，在人生苦痛的負面反省與生命價值的正面開拓上，有「人生的體驗」、「人生的體驗續篇」、與「病裏乾坤」；在文化理想與人文精神的重建上，有「道德自我之建立」、「中國文化之精神價值」、「人文精神之重建」（上下册），「文化意識與道德理性」（上下册），「中國人文精神之發展」，「中華人文與當今世界」（上下册），在這一系列的著述中，可見先生一生思想的用心之處；在中國哲學的疏導闡釋上，有「中國哲學原論」之導論篇一，原性篇一，原道篇三，原教篇一等六巨册，此先生隱寓中庸「天命之謂性，率性之謂道，修道之謂教」之意；在中、西、印三系哲學的貫通統合上，有「哲學概論」二巨册，此在東西方哲學家的著述中，尙屬首見；而代表其一生哲學思想之體系的完成者，乃其病中自校，去年年底甫告出版的「生命存在與心靈境界」二巨册。在這一最後的定論中，先生透過生命內在的性情發心，去次第展現超越的價值理境，而其歸極就在立人極成敎化的儒敎。此正是先生一生文化理想與人文精神的生命所在。

這一系統的建立，這一間架的撑開，可以說是先生志在綜攝中西印三系哲學，使古往今來每一家每一系的思想都能各有其位之大心願的完成。這當然是絕大的成就，先生之成其爲哲學家者就在此。惟先生自謂：「吾不欲吾之哲學成堡壘之建築，而唯願其爲一橋樑；吾復不欲吾之哲學如山嶽，而唯願其爲一道路，爲河流。」先生亟願由此一橋樑道路的溝通，使哲學僅成一歷程，以導向其文化理想與人文精神的實現。

先生以爲當前人類的大病痛，來自東西兩方哲學精神的衰頽與文化理想的失落。清儒考據訓詁，只重文獻的整理，文物的保存，而不重歷史傳統之人文理想的實現，只活動於書齋，而不活動於社會，此乃學術的自我封閉，形成道德生命的萎縮。就因爲哲學只在文字，故野心家一把火就可以把它燒得乾乾淨淨。西方當代之邏輯實證論與語言分析，僅爲思想之工具而非哲學的生命所在。就因爲哲學自失其感動人心提升生命的精神力量，是以獨裁者可以縱橫無阻，取而代之。哲學既可爲陰謀家所利用，凡是好的東西，有價值的存在，都爲彼等扭曲說盡，以致今日的人們，對神聖的事物皆持懷疑冷漠，甚或充滿了畏怖之情，才形成當今所謂之神魔混雜的時代。

先生以爲中國學術文化的重心，在歷代政局的演變中，漸由北往南移，由黃河流域，而長江流域，而珠江流域，今則轉向海外的臺港兩地；惟先生又以爲臺灣曾受日本的統治，而香港一直是英國的殖民地，故臺灣的青年有責任心，但顯得軟弱，香港的青年比較堅强，却沒有歸屬感：

皆難以基於歷史文化的自覺，對大陸本土挑起回流反哺的重擔。

事實上，經由唐先生幾十年來在新亞的奮鬪，盡其一生在歷史傳統的文化園地裏辛勤耕耘，已使臺港兩地的青年，興發了歷史文化的自覺。最明顯的事實是，昔日唐先生的巨著，對青年朋友來說，有如天書艱深難讀，今日則各大學文史哲科系的學生，讀徧唐先生一系列之著述者，已大有人在。據近日通過博士學位的韓國留華學生鄭仁在先生告知，韓國留華學生在臺攻讀博士學位者，幾年來就一直組織讀書會，每週讀唐先生的書，先譯成韓文，再討論深究。足見先生一生所傳播的文化理想與道德生命的種籽，已然「靈根自植」，而不再「花果飄零」了。且必將散播海外，引起東西哲學界的注意了。由是言之，臺灣的青年學子並不一定軟弱，而香港的知識青年也漸有其歸屬感，鵝湖月刊不就是臺港兩地的青年學者結合而有的產物麼？

吾人深覺，中國近代史的悲劇纏結，就是自家的問題老是引進西學外力，而未能就本土歷史文化傳統的大生命大根源中，去做一番徹底的反省與重整。唐先生一生的志業就在此，吾人所當承繼其後者，亦在此。

先生病逝香港，而遺體卽將運回國內，安葬於觀音山。一代哲人大師長眠於此，也算是山川有幸了。個人近日重新翻閱先生一部又一部的經典著作，腦中浮現的是先生舊時侃侃而談的情景，只覺心中充滿了感動，生命當下就顯得充實了起來。不禁心想：這該是中華文化由流落海外的隨風吹散，「花果飄零」，轉回在自家本土「靈根自植」的時候了！

六十七年三月一日中副

為唐先生辯誣

——評徐訏「憶唐君毅先生與他的文化運動」

四月十二日聯副刊登了旅居香港的作家徐訏先生的大作「憶唐君毅先生與他的文化運動」。當天上午，即引起了幾位哲學系學生的關切，下課後紛以此文相詢，並請求在堂上對該文之論點，稍作解析評論。回程在交通車上，見幾位先生亦以此文爲話題，並深表大爲錯愕與不明所以之意。晚間又有幾位師大學生來訪，云上午閱報卽有同學打電話向聯副編輯單位提出抗議，咸認「是可忍，孰不可忍」？此後數天，這一情勢有增無已，一篇副刊的文字，引起如斯之重視與談論，堪稱少見。

個人細讀徐文之後，知徐先生畢竟是寫小說的，對唐先生一生的學問與志業，可以說根本談不上有任何同情的了解。或許僅志在表白其個人對唐先生的觀感而已，吾人實無鄭重其事，撰文與其論學的必要。抑有進者，該文對唐先生的諸多論評，皆訴之於一已之情緒，以其偶興之好惡而隨意爲之，而未有充份的引證及必要的論據，就是欲加評論，也實非易事。想想是非自在人心，吾人又何必多事，免得讓某些人士，反以衞道者的罪名妄加見責呢！

然徐文字裏行間，對唐先生的學問故加歪曲，對他的重振傳統的文化運動，亦刻意的出以輕薄的語氣，大加嘲弄，不僅悖離實情，未有持平之論，亦且語出不敬，有失大家的風度。個人前以「由花果飄零到靈根自植」一文在中副發表，敬悼唐先生，其後鵝湖月刊又緊接着推出兩期專號，紀念唐先生。故不論在主觀的情感上，與客觀的事實上，實有不得已於言者。尤其學術圈既已引起普徧的注意與廣泛的討論，吾人身爲中國哲學的研究者，對青年朋友對社會人士而言，不管是基於認知或出乎道義，皆有站出來發言略作澄淸的責任。

徐訏先生在其大作中，自謂自卅九年（他稱之爲一九五〇年）即已認識唐先生，並謂此後「常有見面」，唐先生入院就醫，他亦前往探視，吾人見其行文又直稱「君毅」（牟宗三先生與唐先生幾十年論學相知，尙且以唐先生稱之），顯得特爲親切，足徵雙方之交當非泛泛。然令人困惑不已的是，彼又謂雖互以著作相贈，却一直遺憾未有機會嚴肅地交換彼此的讀後感。唐先生「只是客氣地稱讚幾句」，而「友情始終只限於這一個層次」，由此可見雙方性情一直不相投。惟徐先生心願未了，終於找到了唐先生遽歸道山的機緣，獨排衆議，適時的發表了他自說自話的讀後心得。

徐訏先生自謂「雖沒有很多的讀他的著作，但常讀到他發表的文章」，也就是說，對唐先生一生心血凝注的學術論著，他完全未加涉獵，而僅讀過散見各報刊的短文小品。他特別提出「人生的體驗」一書，尤其對裏面的一篇附錄——我所感之人生問題，頗表心折。他說：

「該書本文中的課題，也正是我常常想到的，他的想法雖並不與我相同，但我喜歡，不但喜歡，而且許多地方我覺得他比我深入，同時也覺得對於人生他比我要肯定。只是他的表現我不很喜歡，它可以寫成淸楚明白有條有理的說理文章，也可以寫成更形象地來表現的文學形式，而偏偏二者都不是。說他學巴斯格的思致吧，可是沒有一種撼人心靈的力量，說他學尼采的隨筆吧，而也缺乏炫人精神的魅力。」

這一段話，就是徐先生讀唐先生著作的讀後感。此一批評，完全出乎其個人一時之好惡，不免心態不相應。再嚴格言之，也談不上什麼批評，他所表述的僅是其個人喜歡與不喜歡的感受。當然，唐先生的白話隨筆是寫不過徐先生的，只因爲唐先生所抒發的心靈境界與生命體驗，決非徐先生的淺白文字所能眞切的表達而出的。而他對唐先生的如實了解，亦僅止於這一段話而已！此後縱橫全篇的文字，可以說盡在表層浮面找話說，並想當然的擅加推演而已！依據常識判斷，未讀過一位學者的代表性著作，而彼此又從無機會談心相知，僅由其某些片面斷落之「憶」，即據以論定他人「一生的文化運動」，這不僅是不識大體的大膽，簡直是愚昧無知的跨越。

吾人看徐文，對唐先生的批評，起於「有一次爲紀念五四的演講中，他竟說白話文運動是毫無意義的，他說談到文學，文言文爲什麼不是文學？」與「在釣魚臺事件香港的學生運動中，他忽然寫了一篇文章，對這個運動看作劃時代的運動，他認爲其意義與聲勢遠超過五四運動，他估計這運動將引起久遠與壯濶的影響。」吾人沒有聽到唐先生的那場演講，也未讀過他所寫的那篇文章，徐先生引述又過於直截了當，難見其詳。姑不論其眞相如何，就是吾人相信徐先生的人品不致斷章取義或引喻失當的話，這兩端亦不過唐先生生命大海中的小波浪而已，又何足以引爲對唐先生一生道德學問的評價根據？並驟下斷言，以爲這一想法與看法是幼稚的，是一種不正常的表現。依徐文說詞，他對唐先生的欲加之罪，就在唐先生不該老是公開的批判五四，甚至把區區釣魚臺事件的學生運動，推許在五四之上。我想這才是徐先生自己所謂的心理綜錯吧！事實上，唐先生並未「對於五四運動總要否定它在文化上的意義」，他在「六十年來中國青年精神之發展」一文中，評五四云：

「民主精神不表現於立憲的政治制度之運用，則不能有積極的政治成果，只是一反當時政府之政治口號而已。自由精神如不是一道德上自由精神，又不表現於具體人權之爭取，求訂之於制度，由法律以保障之，則終歸於一種精神之放縱，與個人之浪漫情調而已，亦不能有成果。」（青年與學問頁九一）另在「五四紀念日談對海外中國青年之幾個希望」文中云：

「不免對中國之歷史文化與歷史人物，缺乏了解與敬意。遂至於現在之有些人，口中說愛國，但對其心目中的中國只是一塊平面的物質的土地，一大堆不知其姓名的人羣，而對中國歷史文化視爲毫無價值，對於中國之歷史人物，如孔子、岳飛等任意加以侮辱。」（中華人文與當今世界頁七三五）唐先生批判五四的微意就在此。由是推之，唐先生反對白話文運動的可能理由（反對白話文運動，與反對白話文不同，一如吾人可以反對科學主義，但不能反對科學，此一界限，徐先生故加混淆而不予區分），當在白話文運動對古文學的輕鄙拋離，必致歷史傳統的文化命脈，落於傳續無路的一端上。吾人試觀正在成長中的第二代，對諸子百家的典籍，已無直接閱讀的能力，故不乏透過英譯本以研讀易經老莊者，甚至文史哲科系的學生，亦人手一册白話語譯本。這一今古斷隔的語文聾盲，不正是此一運動下的產物麼？

就因爲唐先生對五四有其負面的評價，故徐先生就判他爲文化本位論者。並說：「在全盤西化論者的眼中，唐君毅的思想與學說，還不是同清末的『中學爲體，西學爲用』的說法一樣的分量。」這一說法眞是睜眼說瞎話，把自鴉片戰爭以來中國知識分子面對西方文化的挑戰所作的回應成果一筆勾銷了，也足證他對唐先生的學術生命相當陌生了。如果吾人試作一相反的推論，說依徐先生的觀點，他當屬全盤西化論者，他在文化本位論者的眼中，還不是同清中葉洪秀全「拜上帝會」的說法一樣的分量。試問，吾人如斯說，徐先生又作何感想？

最荒謬的是，他把唐先生尊崇儒家，說「諸子百家都是尊孔子爲第一」，視之爲：「像世界小姐的選擧一樣，則似乎就未免是故作多情了。」他此語一出，其文人的涼薄氣，已暴露無遺。他並宣稱：「如果有人要寫莊子爲諸子之冠，也同樣可以有廣博的資料來說得像煞有介事的。」此又顯得徐先生對諸子百家思想流變的認識太過膚淺了。孔子的人格與其思想，對中國歷史傳統的影響，是一存在的事實，並不是那一個學者可以隨意編造或自唱反調的。而中國歷代與當今學人對孔子儒學的尊崇，就在儒家思想最能爲廣大羣倫開出道德生命的價值領域。爲每一個存在的個人找到安身立命之地，而道、墨、名、法各家，雖各擅勝場，畢竟偏於一端以立論，無以立人倫之大本，而通貫人文之全局。若徐先生說莊子亦可說為諸子之冠，則不妨請徐先生虛構試作一篇，看能否通過學術界的檢證認可而不鬧笑話？光說「如果」，僅是俏皮話，是不算數的。他又閃爍其辭的說下去：「如果縮小於儒學的一支，由儒學又縮小於孔孟，由孔孟而縮小於宋儒，由宋儒而縮小於唐君毅，那麼中國文化豈不是貧乏得太可憐了。」這一「如果」，是徐先生的自推自證；然其用心則在引起讀者的錯覺，以為唐先生心胸狹隘，只知有孔子儒學，而不知尚有諸子百家。玆引證唐先生一段話，加以澄清。唐先生在「與青年談中國文化」文中云：

「中國哲學之主要內容即中國先哲對於人生意義、人倫道德、人格修養、人文化成之智慧，而對於天道或宇宙最高原理之認識，亦與此一切關於人之智慧不可分。」又云：

「先秦諸子，魏晉名理，隋唐佛學與宋明理學，固皆是中國哲學思想之精華所在。而經書與史集中亦同樣包含中國哲學之智慧。」（青年與學問頁六八）

唐先生又何止以諸子百家為中國哲學的智慧，甚至經、史、集均滙歸為中國文化的豐富內容，那裏會貧乏得太可憐了？徐先生的「如果」，僅是不讀書的遁詞而已；尤其唐先生所開出的「生命存在與心靈境界」，就是求以涵容古今中外各家各系之思想者，徐先生出身北大哲學系，這一批評豈非顯得太外行了麼？

徐先生又把唐先生生前獲知大陸停止批孔的消息就高興的要把他的著作寄給大陸上的三個圖書館，貶之為太幼稚太天眞了。事實上，此一心情正如唐先生對釣魚臺事件的學生運動給與極高評價一樣，都是出自儒者以一念之仁許人與「與人爲善」的胸襟。不管停止批孔的背後，隱藏何等用心，但對於一個一生獻身於中國文化傳統的哲人來說，無異是令人振奮的天大消息。此亦「大人不失其赤子之心」的表現，也顯露了一代哲人大師吾道不孤的信念。

最令人難以忍受的是，徐先生對唐先生的新亞事業，極爲惡意的加以嘲笑攻訐，以爲「揭開新亞的內幕，還不是風風雨雨，你爭我奪」，並說：「如果新亞加入中文大學以後，怕爲中文大學融化而失去新亞精神，那麼新亞精神之脆弱也就可知。」吾人不知新亞是否如徐先生所說「爭位據名者有之」、「見利忘義者有之」，果眞有的話，亦是中國人寄人籬下身不由己的悲劇（因爲香港政府不承認新亞的文憑），徐先生又有什麼好引爲快意的？何況徐先生又一直在新亞任教，又何能獨辭其咎？今日之香港畢竟不同於漂白傳統的新加坡，安知此非數十年新亞精神屹立不搖之功？新亞書院及研究所，正是中國學人在自家國土淪爲異國殖民地的困境中，所從事之維繫文化傳統於不墜的奮鬪，此一艱苦卓絕的情懷，竟不爲寄身香港的徐先生所感念敬重，此乃令吾人百思不得其解之事。新亞爲中文大學所兼倂，其獨立自持之教育理想與文化精神，勢必散落不見，唐先生「死守新亞，而談新亞精神」的意義就在此。徐先生怎能說起風涼話，說唐先生死守新亞的奮鬪不懈，正是新亞精神之脆弱可知的反證呢？設若如此，則吾人昔日八年抗戰也沒多大意義了，反正依徐先生的思考模式，如果在日本人的統治之下，中國人的獨立精神就撐持不住的話，那只好說聲活該了？在徐先生的心目中，好像新亞倂入中文大學，是理所當然之事，此一心態幾近不可理解。經來自香港友人的證實，云徐先生早入英國籍，至此佈滿心頭之疑雲，始陰霾盡散而告豁然開朗。

末了，他又說唐先生的文化運動，「可以說運而未動」（想想有徐先生這樣的人物在，就是悲智雙運，亦難動其心了）。並謂：「君毅所幻想的文化運動，則可說是天時未到，地利不合，人和不濟。」他實不知儒門「知其不可而爲之」之義，也就是說吾人不安不忍之德性心一發動，當下只問應該與不應該，至於可能與不可能已成第二義之事。儒家並非不知人有生有死的存在定限，亦深知生命歷程必落在歷史條件之因緣偶合的客觀限制中，故孔子以死生窮達與道之行廢皆是命也。然人處天壤間，所能獨顯的創造精神，就在面對此一命限，猶能開發人的道德生命。雖說人生百年終歸一死，然人要活得心安，死得其所，此所以孟子更有立命之說。在這一方面，人能超越現境，自家作主，而不爲自我之形軀官能與外在之物質條件所決定，這就是人之所以爲人的所在。徐先生不知此一應然的價值領域，而僅在實然處打轉落眼，難怪對唐先生的新亞精神與文化運動，如此的冷漠不同情，甚至斥之爲「意識中的幻影」。只要人人此一內在靈明之心長在，透過人和的道德實踐，是則天時與地利的新局，就會逐步的打開。吾人處在中國數千年來一大變局的今天，怎能不求盡心，託詞人和不濟，而坐待天時地利的到來呢？如此豈非掉在外在決定論的絕望之中麼？抑有進者，人亦不必爭此一生一世，而可志在千古，成就代代相接薪火永傳的歷史生命，怎會「運而未動」呢？

徐訏先生是前輩，個人有感而發，不免情切語激，決不敢稍存狂妄不敬之心。知我罪我，其在是乎？

六十七年六月鵝湖月刊

「鵝湖」心路六年

鵝湖月刊，創刊於六十四年七月，到了今年，已進入第七個年頭了。回顧這六年來的心路歷程，眞是冷暖自知。「鵝湖」的誕生與成長，一直受到前輩師友的關懷，「鵝湖」的存在與奮鬪，也相當程度的反映了當前時代的風氣。我們的挫折不足道，我們的穩立，對學術文化界而言，可以說深具呈現新機的意義。

說起來也是一個偶然，六十二年暑期的一次書展會上，輔仁大學哲學系學生袁保新、潘栢世等，工讀性質也算文化事業的擺了一個攤位，兩人正討論熊十力先生的書及其思想，引起當時站立一旁翻書的師範大學國文系學生廖鍾慶的傾聽注意。基於青年學生論學印證的眞誠，廖鍾慶立卽介入了他們的話題。他們雙方的見解，雖不盡相同，然在彼此的暢談溝通中，很快的英雄相惜了起來。這一番因緣偶合，對新生一代的哲學研討而言，頗有風雲際會之勢。此後，輔大方面牽出了沈淸松、蔡錚雲等人，師大方面拉引了岑溢成、楊祖漢、萬金川等人。輔大傳統素以西方哲學見長，師大學風則向以中國哲學爲優，雙方一碰觸，却發現了一個意外的驚喜：輔仁哲學系的學生，竟讀徧唐君毅先生、牟宗三先生一系列論述中國哲學的大書；而師大國文系的學生，也能深入閱讀德文、法文的西方哲學專著。由是在論學往還中，彼此更多懷了一層敬意，也直接促成了日後鵝湖月刊社的誕生。

這一批青年學生，由於所受之哲學訓練與秉承之生命才情不同，雖能相互欣賞，然一涉及中國哲學的根源問題，如性與天道等觀念時，仍心存歧見，不願相讓。還好大家有相當深厚的感情基礎，在彼此攻伐辯難中，也能付之一笑，釋然於懷。記得，筆者第一次應邀出席鵝湖籌備會，目睹他們會後論學激烈嚴厲之一幕，說到重大關節處，更是互相判對方不及格，甚至站起身來，捲袖相向。這樣討論學問，顯得極有氣力，一步也不放鬆，留給我極爲深刻的印象。就因爲他們在論學的嚴肅上，有如朱、陸，在朋友的相知上，却近似惠、莊，這一羣當代中國哲學的投入與擔負者，才能相交莫逆，在琢磨切磋中，有助於彼此學養與品德的增進。

這一羣朋友，學問各有專長，也各有偏好，籠統的說，有的專研中國哲學，有的攻讀西方哲學，有的苦參印度佛學；有的志在詮釋傳統，有的用心於開發當代：大家聚在一起，自會有說不完的話，難得的是，感情這麼融洽，誠可謂道並行而不相悖，雖殊途而亦同歸。問題在，中國哲學的開展，中國文化的接續，不是少數幾個人所能擔負勝任的，以鵝湖諸君子的相知涵容，彼此論學談心，尙覺會通困難，何況素昧平生的人！若長期隔閡而又心態不同，加上文人相輕的意氣一冒出來，那麼所謂的論學會通，豈非難上加難？故大家有一共同的願望，期盼能開拓一塊學術園地，將這一番論學相知，更客觀更莊嚴的公諸社會，展現「以文會友，以友輔仁」的新領域，讓哲學界的學人，以至於文史專家，都能藉這塊園地播種耕耘，作一精神的結集，或可形成一代學風。而我們這一代正處在中西交會，傳統與現代接合的階段，思想上的開路，觀念上的疏導，乃成爲根本的要件。爲了闡釋傳統，探究西方，遂有創刊哲學性雜誌的構想，也爲了這是中國與西方，傳統與現代接通會合的園地，故以朱、陸會面論學之地的「鵝湖」爲名，一者紀念前賢盛事，二者藉以警惕自勉。

此中值得一提的是，六十三年十一月，牟宗三先生應文化大學之邀來臺講學，給這一羣青年朋友很大的鼓舞，牟先生六十四年一月返回新亞。三、四月間，唐君毅先生也應教育部邀請，客座臺大講學，「鵝湖」就在兩位前輩大師的激勵下，更加積極籌畫，並向新聞局申請登記。五月間第一期稿件已打出來，即送請唐先生過目，唐先生頗爲讚許，七月中旬正式推出創刊號。

鵝湖月刊社成立之初，既未籌募基金，也未有其他可能的收益可資支持，憑藉的只是書生的理想，與青年的熱血。由當時尙在師大國研所博士班研究的曾昭旭，與國文系學生黃漢光、顏承繁等三位各捐出一千五百元，委託會計師融資辦理登記手續。第一任社長袁保新上任視事的時候，鵝湖總財產僅餘一千五百元，其艱苦困窘，不想可知。第一期問世，師大教授戴連璋、教官丁澤農兩位先生，與國文系呂滋露、郭芳娟兩位同學，也捐款支援，加上楊祖漢、萬金川同屆畢業同學近百名登記爲基本訂戶，並先收一萬元訂費應急，鵝湖才有能力支付第一期的打字及印刷費。當時，由輔仁哲學系尉遲淦、紐則誠等幾位同學，把裝上封套並貼好名條的雜誌，從永和文化街步行抱往數百公尺之外的中興街郵局付郵，時值盛夏，又累又渴，據袁保新事後追憶，他一路上考慮要不要請徵召而來的義勇兵，喝一杯甘蔗汁，略表慰勞之意，自己嘀咕一下頗覺心痛，結果還是遣散回家，各自「一瓢飲」去了。

筆者當時剛通過教育部學位論文口試，留在文化大學哲學系任教，並在輔仁大學哲學系兼課，袁保新找上門，邀我加入鵝湖，擔任編審委員。我問了一下籌備情況，當下做聲不得，一者爲他們的文化理想喝采，二者也爲他們的剛猛之氣憂心。多少年來社會上一直流行一句話，你想害誰，就勸他辦雜誌，更何況是學術性的雜誌，且是哲學性的雜誌！當時，我的反應相當保守，而傾向冷淡，總覺得是一羣初生之犢，在辦一場天大的家家酒。雖沒有當面潑他的冷水，也少有參與創業的熱情。不過我還是答應了，不是爲了「鵝湖」具備了客觀開展的條件，而是基於對幾位青年學者才學的賞識與理想的認同。也就是說，我對鵝湖並沒有懷抱多少成功的希望，但我看重這一羣哲學界新起一代的結集。鵝湖成敗或一時難定，然幾位青年學生若能會合順當的走下去，必是未來中國哲學界的前鋒新銳。所以，回想當初，加入鵝湖的用心，竟是彼此「道之以德」之主體生命的感應成分居多，而「齊之以禮」之客觀文化事業的考量反顯得少了。此後，雜誌在經費拮据窘迫中辦了下來，我的想法逐漸改變了，深信「鵝湖」堅強的存在，這一羣有心人才有精神的凝聚處，才不會花果飄零。而且才會引導更多的青年朋友，加入這一行列，相互扶持的走在這一條寂寞艱辛的道途上。

我之外，曾昭旭也應邀加入鵝湖，並一直擔任主編的職務。這對鵝湖日後的「緜緜若存」而言，是個決定性的因素。曾昭旭是我師大國文系的同班同學，他由辭章轉向義理，由學術義理貼近俗世民情，他的文筆能拋開哲學概念系統的包袱，而直透生命當下的存在感受，也就是說由「極高明」的樓臺走下來，而站在十字街頭跟天涯行路者「道中庸」，相當能引起靑年學生的眞切廻響，「鵝湖」訂戶的增加，得力於他「不務正業」的隨筆甚多。爲了「鵝湖」，他的博士學位，晚得了兩年。今天，學術界的師友，說到鵝湖，總說是王邦雄及曾昭旭開創的，實則原始發起人的英雄榜上，不應掛上我們兩人的名字，倡議創刊的是潘栢世與楊祖漢，把規模擴大並客觀化開展出來的是袁保新。袁保新在開辦一年之後，爲了學位論文寫作，辭掉了社長職務，轉由我接任。不過「創業維艱」的階段，是他一肩擔負過來的，我這幾年僅能「守成」，不讓鵝湖在主要成員出國深造，入伍服役，南下就職或攻讀學位的尷尬時期，而告停擺中斷，論起鵝湖創辦之功，還是袁保新第一，而接下工作默默耕耘的，還有萬金川、葉偉平、林士琛、周博裕、林日盛、陳章錫等人，他們接棒式的投入全部的時間心力，擔當鵝湖執行編輯或發行的業務，眞誠可感功不可沒。

「鵝湖」到了今天，已邁入了第七個年頭。六年來撰稿的人沒有稿費，編輯的人沒有報酬，一切都是義務奉獻性質。諸多師友時有惠賜稿件，塡補充實了鵝湖的篇幅內容，尤其唐君毅、牟宗三兩位先生在鵝湖推出之時，一者來信勉勵並賜與稿件，使鵝湖能由「學生」的雜誌，提升爲「學者」的雜誌；二者也因來臺客座講學之便，先後應鵝湖之請，在文化大樓擧辦專題演講，讓學術文化界認識鵝湖，鵝湖訂戶大增，稍緩困窘難繼的壓力。

鵝湖的發行，是這一客觀文化事業最弱的一環。幾個讀書人，僅能寫稿與編校，發行則無心亦無力。也曾有幾家書局，表達與鵝湖合作的興趣與誠意，亟願分擔發行經理的業務，我們憂心生意經會扭曲了原有的文化理想，故一直辭謝任何代理發行的好意。目前我們的發行量，僅有一千八百份，這個數字的維持也相當不易。每年總會有某些訂戶，負荷不了閱讀鵝湖的知識壓力，而不再續訂，還好也總會有文化、輔仁、淡江、東海、中興的在學學生，主動的來訂閱鵝湖，同時我們每年也儘量向師大及高師院卽將畢業的國文系學生，述說我們的抱負，也籲請他們以訂閱鵝湖的方式，來加入我們奮鬪的行列，也做爲他們教學進修的通路。如是，發行量才能維繫而不墜。當然，一千八百份，似乎沒有多大的影響力。不過，我們的讀者，大多是各級學校的教師，他們就是鵝湖的傳播者，把道德生命與文化理想的種子，往全國每一角落去播種生根，這才是這麼多年來，支持我們鼓舞我們奮鬪下去的精神力量。

這六年間，我們有過停刊之議，鵝湖創刊之初，成員大多還在大學與研究所求學，畢業後不是入伍服役，就是再求深造，幾位主力一出國，已感元氣大傷，留在國內的又承受家室子女與學位論文的雙重壓力，頗有疲於奔命兩難兼顧之感。孔子云：「行有餘力，則以學文。」文化事業若有壓迫感，則不能從容中道，反而有害斯文。是以由我首倡暫時停刊之議，等幾位出國成員學成歸國，與留在國內的成員學位有成教職穩定時，再行復刊，屆時再以更美好充實的面貌與讀者見面，再以更熱烈眞切的生命力來推動文化建設。這一不得已的權宜構想，後來在讀者師友的來信慰勉與國內外主要成員的共同協議下，終告打消。我們還是走「細水長流」的路子，不讓雜誌暫停，也不使原有的理想受了挫折。我永遠忘不了當時幾位國內成員在會商停刊之議，自責傷感淚流滿面的情景，我想，我們再也不會有疲累喊停的時候了。

二月十五、十六兩天，我們在師大活動中心五樓會議室，舉辦了第一屆「鵝湖」哲學研討會，宣讀了八篇學術論文，邀請港臺四十多位學者與會，有講評有問難，我們開始扮演更積極的角色，來推動國內哲學的研究風氣，並試圖建立學術的客觀標準。文化建設要由民間擔當，由學人發動，我們已踏出最艱難的第一步。

去年，在一次全國雜誌界座談會上，筆者有幸與新聞局宋局長寒暄晤談，宋先生問我：「鵝湖是那一單位辦的？」我楞了一下，不知如何措辭，我的回答是：「是幾位有心的青年學者，以及所有訂閱鵝湖也爲鵝湖寫稿的讀者師友共同辦的。」鵝湖不是少數幾個人的組合，而是一開放的理想，屬於每一個關心自家文化未來出路的中國人。

今天，我們已不再爲印刷費與郵費憂心，我們也從沒有任何一期是爲了稿件不足而延期出刊，我們的理想呼聲，已漸漸得到社會有心人士的回應。我們盼望，經由各方文化建設的奮力，在不久的未來，中華子弟不必再浪跡天涯，忍看花果飄零異地，也不必再有「田園荒蕪胡不歸」的感懷與遺憾了。

七十一年五月四日及五月五日中副

夢為蝴蝶與鑿破渾沌

——說莊子的蝴蝶之夢與渾沌之死

莊子是哲人大家，也是文豪巨匠，南華經被金聖歎評爲第一才子書，才子善說故事，寓言隱喻哲理，大文豪的生命躍動，背後藏有一顆大哲人的心靈。今請由夢爲蝴蝶與渾沌鑿竅兩則寓言故事，來探索一代巨人深遠高妙的心靈世界。

某年某月某日，一個名叫莊周的人，正寢臥大樹下，兀自徜徉在夏日餘暉裏。這時，莊周化身蝴蝶，臨現在自己的夢境中。身上雙翼，一拍一合，在花叢間隨心適意的飛舞。當下以爲自己就是蝴蝶了，而忘了那個原先名叫莊周的人。不知不覺間，這隻四處飄飛的蝴蝶，又飛回了莊周的意識自我。蝴蝶夢醒，赫然發現自己仍是莊周。

跨過了夢與覺的時空交會點，莊周的生命深處，突然靈光一閃，一個奇妙的問題，穿過他的腦際，正向自己逼問過來：不知是剛剛莊周夢爲蝴蝶呢，還是現在是蝴蝶夢爲莊周呢？物我之間的藩籬，人我之間的武裝，在美妙的夢境中，都一一拆除了。人間的圍城高牆崩落了，閉鎖自封的心靈敞開了，一切眞實的生命，在形而上的自然天地，終將契會而無隔。這一理境的開顯，莊子稱爲「物化」。解消了形軀物累，生命得到解放了，精神還歸自由了，一如那隻由大而化的大鵬鳥，隨時可以奮起高飛，衝上九萬里的高空，作人間世的無待之遊。

再看，在世俗討生活的人們吧！南海的帝王名叫儵，北海的帝王名叫忽，中央的帝王名叫渾沌。人生總是南北奔波，而世事又倏忽幻化，就是貴爲帝王，也不免有身心困頓之苦。南北二帝私下出遊，試圖找尋可以放開自己優遊自得的世外桃源。有一天，他們在中央之帝的渾沌之地，偶會共遊。渾沌之地，就是「無何有之鄕」，「渾沌」心無何有，待南北來客，惟無爲自然而已，儵與忽賓至如歸，每天自由自在的過日子。二帝兩小無猜之餘，突然想起，要如何回報主人的無心之德呢！兩人你看我，我看你，再看那位眞人不露相的渾沌。就說了：「凡人都生有眼耳口鼻七竅，用以視聽食息過活，唯獨渾沌老大沒有，我們就爲他開竅吧！」

兩帝就大刀闊斧的動手砍斲，一天開出一竅，七天開出七竅，七竅鑿成，渾沌已破，渾沌死了。渾沌就是自然，自然是衆生萬有的本根老家，人在自然中，有如魚相忘於江湖，才能恬適自得。鑿開渾沌，硬在自然中開出人文名教，以爲人生可以多釆多姿，有聲有色，然而生命的本眞，却在人文化成中破開失落了。赤子嬰兒，吾人老以大人之心，度娃娃之腹，要他們知善知惡，也迫他們患得患失了，無邪天眞自是一去不復返。這人間社會，多少人苦心焦慮，不過是鑿破渾沌自困自苦罷了！試看過度開發，而生態破壞，良田淨土而今安在？

莊周夢爲蝴蝶，物我無隔，生命自在逍遙；儵忽二帝鑿開渾沌，眞性淨土，就此失落不復有。我們還是多做夢，少開竅吧，別鑿破了自然天眞，還自以爲在飛躍成長呢！

七十年四月二日聯副

材與不材之間

——人生的兩難困局

莊子山木篇，有一段發人深省的故事：

莊子帶着學生走在山道上，看到路邊有一棵枝葉茂盛的大樹，伐木工人站立一旁，一點也沒有動手砍伐的跡象。有人問他爲什麼，他回答說：「樹上根本沒有可用的木材啊！」

莊子當下就點醒學生：「這棵樹是因爲不材無用，才能保有它的天年。」

傍晚時分，莊子帶着學生來到山下，投宿於老朋友的家中。老朋友一高興，就喊來兒子殺鵝（雁）待客。兒子請示說：「我們家有兩隻鵝，一隻能叫，一隻不能叫，請問要殺那一隻？」主人說：「殺不能叫的。」

第二天，學生滿懷困惑的問道：「昨天山中的大樹，是因爲不材無用，保有他的天年，而今日主人家的鵝，却因爲不材無用而被殺，一樣沒有才能用途，其遭遇却一死一生，迥然有異，在這樣的兩難困局中，請問老師，你要如何自處？」

莊子笑着回答：「我將處在材與不材之間。」意思就是說，我可以是材，也可以是不材，隨時因應人生的不同處境。做為山中之木時我無用，做為主人之雁時我能鳴，這樣的話，不就能保全自己了嗎？這個答案當然不是絕對的，僅是莊子幽默的戲言。

實則，在材與不材之間，作一因應，表面上看來，似可因時地制宜，然生命的方向，老是順應外境而轉，就是能避開災難，還是不能免於負累。我們試想：主人若在淩晨時候被鵝的叫聲吵醒，當天可能會轉而殺能叫的那隻，可見因應外境也沒有什麼必然的保證。再說因應的本身，老是要看他人的臉色，窺測別人的意向，一有疏忽就可能大禍臨頭，這不是很大的負累嗎？所以莊子最後說：「我們只有寄身在清淨無爲的鄉土上，沒有執着，也沒有忌諱，放開一切，純任物的自然，不被物欲所羈絆，怎麼會有負擔牽累呢？」

所謂處在材與不材之間，不是要我們陷在有用與無用的相對兩極之中，有如搖擺不定的牆頭草一般，見風轉舵而又無可奈何。一般世俗，總是以功名利祿來衡定一個人的價值分量，顯達富貴就是有用的人，窮愁潦倒就是無用的人。問題是，功名利祿的競逐，要付出相當大的代價，人可能會因而失落了本眞的自我；窮愁潦倒的生活，反而可以無牽無掛，自在自得。所以莊子不掉落在世俗「有用」的模套中，也就可以避開來自「無用」的挫折壓力。

一般人一生汲汲營營，委屈自己去迎合世俗的標準；莊子放開世俗的價值觀，不求有用，而顯生命本身的自在。前者是「有用」之用，後者是「無用」之用，有用之用是成就了社會名利的用，無用之用是存全了自家生命的用。在無用之用的山水田園裏，不以有用的標準自困，也不以有用的要求自苦，沒有人有躊躇滿志的得意，也沒有人因失意而黯然神傷。每一個人都回到眞實的自我，沒有成敗的負累，也沒有因應的困擾，怎麼會有材與不材的兩難困局呢？

莊子逍遙遊另有一段記載：惠施種植大葫蘆瓜成功，結的果實有五石之大，非常壯觀。可惜的是，用做水壺，却因爲太脆弱而提不起來，剖成兩半用做水瓢，也因爲太平淺而盛不了水。惠施失望之餘，一氣就把它擊碎了，莊子聽了就說：「夫子固拙於用大矣。」此一批評，是說惠子執着有用之用，不能順應物的自然。若把平淺脆弱的大葫蘆瓜，繫在身邊，就可以放浪浮游於江湖之上，不是人間很美妙的事麼！爲什麼非用做水壺、水瓢不可？此不僅自己沒來由的生一場悶氣，且連帶的把外物也毀了，這就是缺乏無用之用的智慧，這就是存有「有蓬之心」的障蔽，心裏長滿了野草，就容不下別人異物了。

再看人間世，木頭成材，必引來斧斤，等於砍伐了自己，人材成器，必爲世所用，等於勞累了自己。所以說啊！木頭不求成材，人材不求成器，才是存全自己之道。莊子不禁感慨的說：「世上的人可以知道有用的好處，却沒有人能够知道無用的好處啊！」

人生在世，當大牌醫生，奔馳於各大醫院開刀房之間，當影歌紅星，趕場於各電視臺攝影棚之間，固然是名利雙收，問題是，何嘗有屬於自己的時間，甚至有了錢想花花，恐怕也排不出空檔來了，這樣過一生，豈不是成了名利的奴隸嗎？又那有時間在病理的精研與演技的突破上，求更上層樓的升進呢？人生最大的困局，就在有生必有死，一般人總是往求其「不死」的路上走，莊子却告訴我們，不死的根本之道，就在「不生」。有生才有死，不生卽不死，不以生爲生，就沒有死存在的餘地了。人生自求有用，才會受制於用，不求有用，卽可解開束縛，而突顯自家生命的大用。

就上述而言，一代哲人文豪，給我們當代的啓示是：無用才是有用，不生就能不死，走在人生道上，不管過程多曲折變化，只要我們放開有用的執着，順任生命的自然，每一當下都是眞實而永恆的，又何必把自己困在「材與不材之間」，莫可適從呢？

七十一年五月快樂家庭

「法雖不善，猶愈於無法」析義

司法官特考作文試題，因典試委員記憶深處的一字之差，使出自愼子威德篇的「法雖不善，猶愈於無法」一語，轉成「法之不善，猶愈於無法」，遂引起衆多考生的質疑問難。因前者只能有一種解釋：「法制縱然是不完善的，還是勝過於沒有法制」；而後者則可能有兩種解法，在原有說法之外，還可能被誤導出另一種相反的解釋：「法制的不完善，比起沒有法制來，還更嚴重」。這兩種解法在形式上的同時成立，有它訓詁學上的根據，因「愈」適有二解：一爲「勝過」，二爲「益甚」。

「法雖不善」與「法之不善」，是有區別的。就前者說，法的性格不必是不善，而可能是善的；此僅志在强調法卽使是不善的，對一國之治道而言，也還比無法的情況好。就後者說，法的不善已被肯認確定，而不再是設定的語氣。其次，「法之不善」不能被轉換爲「不善的法」，因前者法的「不善」，係對法的存在，作一本質的認定；而後者僅指涉法之屬於「不善」的部分，除此而外，還承認法另有屬於「善的部分」。故論者將「法之不善，猶愈於無法」，解爲「不善的法，猶愈於無法」是有問題的，且由是推出「惡法亦法」的說法，也不是很恰當的。

凡此皆屬於形式字面的分析，猶未涉及內容意義的探索。依吾人看來，諸多議論不平，問題就出在我們把這一句話從全文的脈絡中切斷腰斬，又純就形式去做一孤立的觀解，在斷章取義之下，當然難見全貌，眞相不明，以致引生正反二義皆可能成立的矛盾。倘若我們把這一句話還原到它原文的上下脈絡，且內在於愼到的思想性格去求得切近的理解，就不會長在外圍的字義上打轉，如此或可解開這一兩可的義理糾結了。愼子云：

「法雖不善，猶愈於無法，所以一人心也。夫投鉤以分財，投策以分馬，非鉤策爲均，使得美者不知所以德，使得惡者不知所以怨，此所以塞願望也。」

此言有了客觀的法制，使得人心有一共同依循的軌道。如同用投鉤來分財，用投策來分馬，不是說鉤策本身就是均平公正的標準，而是藉着鉤策的無心無知，無私無偏的決斷，使分得良馬財多的人，不必感恩於人，也使分得劣馬財寡的人，也無庸抱怨於人。如是就可避免人們在治道賞罰的法規之外，另起人情拉引期求僥倖的願望來。

由這一段話看來，愼子對法本身的善與不善，並未有直接的陳述或判定，而是重在說明有了法制，即使是不完善的，也可以收到一人心，塞願望的效果。足見他最爲關心的問題，是在治國若沒有客觀的法制，可能引生恩怨糾纏的弊端。故針對「法雖不善，猶愈於無法」的眞實意涵，我們可以分成兩個層次去探討：一是有法與無法的治道問題，一才是法本身善與不善的法理問題。前者是政治哲學的範圍，後者則是法律哲學的領域。愼到的思想，一身兼具道家與法家的雙重性格，他正是先秦諸子由道入法 的轉關人物。莊子天下篇對他的道家性格，有深刻傳神的描述，荀子非十二子篇，天論篇與解蔽篇對他的法家性格，則有嚴正過苛的批評。有法總是比無法好的論斷，是他法家性格的表現；而法是不善的反省，則是他道家性格的映顯。他的道家性格，正是他思想系統的根源之地，他的法家性格可以說是由道家性格轉出。故我們理當先探討他的法理問題，再尋求治道問題的可能解釋。

愼到身處戰國亂世，在兵災政變中，人的生命沒有任何保障，人的尊嚴也維繫不住，人生至此眞是天道寧論！是愼子雖屬道家一脈，「道法自然」的理想性，早已破滅，轉成物質性的自然物勢，不僅開不出形而上的新天地，使人的生命有一自由伸展的精神空間，反而以其不可抗力的自然物勢，把人的生命往下壓縮，成了物質般的存在。在人的尊嚴已被沖垮，存在價值也告流失的世代，愼子又失落了老莊道家由心的虛靜涵容所開顯的精神主體，脆弱易感的心，自是承受不住存在面的多重挫折。生命自我既找不到精神飛揚的通路，在身受創痛之際，僅有把自身逼到抛開理想，棄絕心知一途，莊子天下篇說他「棄知去己，而緣不得已」，他的思路是，假如我沒有了自己，不再有心知，就可一如輕揚空中的柳絮蓬草，隨風飄落，完全順任自然物勢的不得已，而不必背起理想的包袱擔負，也不會感受到生命的苦痛迫壓。

就道家性格言，任何人為的造作，都是不善的，清靜無為，返歸自然的素樸，才是美好。故儒家的禮，法家的法，既是人心的定執有爲，對生命的自然來說，都是一枷鎖一束縛，當然都是不好的。由是而觀，「法雖不善」的說法，從形式看，雖是設定的語氣，然究其實質，在道家義理系統的規定下，任何人爲造作的法都是不善的，所以出題委員的一字之差，雖是忙裏出錯，反而更逼近原義了。

再就法家性格言，人有心就有知，有知就有偏，有主觀好惡，卽不免偏私誤斷，故不能成爲平治社會的客觀標準，而求得公正的判決。由是言之，作爲均平的定準，人心有知實不如鉤策無心之物。就治國之道而言，法制是無心無知，也就無私無偏，沒有人情的牽扯，也沒有好惡的偏差，故人治實不如法治，儒家德化禮治的治道，實不如法家賞罰法定的治道。是有法愈於無法的治道問題，根本上是儒法之爭，是法治與人治的權衡。反正針對儒家人治有爲的治道而言，道家與法家的立場可說一致，道家反對人爲造作的干擾自然，法家反對人心有知的難期公正。

綜上言之，愼子「法雖不善，猶愈於無法」之說，實蘊涵兩個不同層次的問題。其一是有法愈於無法，法治勝於人治的治道判定，以法有定準，而人心有偏之故；其二是法是不善，人爲悖離自然的法理反省，以法是人爲定限，反而失落樸質本眞之故。實則，就法治社會而言，法正是一切善與不善的判準，人的行爲合於法則善，不合於法則惡。當我們把法當作一批判對象，說法是不善的時候，已跳開了法的規條軌道，而對法的本身作一超越的反省。故法是不善的認定，是來自他的道家性格，而不是他的法家立場。否則，卽無以解答旣知法是不善，何以仍不修定，而坐視不公正存在的責問。從這一義言之，以「惡法亦法」的純粹法學觀點，說愼到的法家思想，是不盡相應的。我想，這一層次的釐清，或有助於我們對這一問題的理解吧！

六十九年四月九日中副

「中國文化的三條根」評議

墨人先生近作「中國文化的三條根」，先刊登於時報副刊，後又收錄於「海外學人」六十六期。此與其載於聯副之「中國文化的宇宙觀」，可以說是性質相近之作。惟後文已由林鎮國先生發表在鵝湖月刊三十二期之「『中國文化的宇宙觀』評議」一文中，指正其缺失與不當之處。故本文僅討論前文，請墨人先生及同道先進賜教。

墨人先生是位有心人，對五四階段全盤西化論者，「徹底否定了中國文化，彷彿中國文化只是裹小脚、娶小老婆、產生貪官汚吏……此外一無是處」的偏頗之說，痛加抨擊；並對彼等「身在外國却賣弄中國哲學、文學，回到中國又靠洋學者招搖，儼然學術權威」的兩面作風，深表不屑之意。進而對當代「大多數的讀書人都變成了孔子所謂的『德之賊也』的鄉愿，甚至趨炎附勢，因此正氣蕩然。由於眞正的知識分子不肯講話，不敢講話，因此學術投機，政治投機之風變本加厲，起而效尤者頗不乏人。因而在美國便以李白、杜甫唬洋人，在國內又以艾略特、普魯斯特唬自己的同胞，和對自己的文學以及西方文學都缺乏眞知的青年人。因而更助長了崇洋媚外否定中國文化歪風，使我們這些身在中國的中國人，彷彿身在異域」的頑儒習氣，提出嚴正的控訴。

他並自謂，深受十年前方東美先生義正辭嚴之一席話及其一生學人典型的啓發，並激賞青年學者陳曉林先生「不廢江河萬古流」一文中所表露的熱血風骨，與其以印度希伯來的文化特徵爲「冥觀走向」，近代西方的文化特徵爲「實感走向」與中國歷史傳統的文化特徵爲「人文走向」之三大文化類型的本質區分。他的大作，卽順着此說，以言中國文化的三條根。

吾人對墨人先生憂國憂時的語重心長，甚爲同情，對某些學者的立場不明，亦不以爲然。問題是，他對陳先生的三分法，加以援用引申，以說中國文化的今昔流變與前後逆轉，則大大出了問題。吾人不擬對源自梁漱溟先生的文化本質三分，再加批評，只因爲這樣的概括區分，雖嫌粗陋而備受責難，至少爲了討論方便，如此約簡亦屬不得已之事。是以惟願順着墨人先生由此一三分模式，以言中國文化傳統的不對應之處，加以指出，以免廣大讀者滋生了不必要的誤解。

依吾人仔細閱讀該文的印象，墨人先生對吾國易經的思想與道家哲學，可謂情有獨鍾，給與極高的評價；而對居於文化主流地位的儒家，則頗有微辭，少有眞切的了解，他認爲「中國不僅是『人文走向』，而是『冥觀走向』、『實感走向』、『人文走向』三者俱備，而且互爲體用。」此一論斷則來自彼之「中國天、地、人合一的文化淵源於易經，而黃帝是個很好的實行家，老子的道德經又吸收了易經的精髓而出神入化」的預設觀點。並以爲「中國文化自漢武帝以降，『人文走向』一枝獨秀，尤以儒家思想獨占鰲頭」，使得「中國道家『實感走向』思想壓抑太久」，才造成吾人今日「受不住近代西方國家『實感走向』文化的衝擊」。進而再舉吾國傳統消化印度佛教文化爲例：「因爲中國古代知識分子的『陽儒陰道』思想應付印度的『冥觀走向』文化綽有餘裕，因爲道家的境界比印度的『冥觀走向』文化更高，所以佛教入中國則中國之，而不露絲毫形跡（專家學者自然可尋出來龍去脈）。『冥觀走向』文化，除了有一套有系統的理論之外，還涉及修持方法，但這不是玄學，而是科學，所以道家思想也涵蓋了『實感走向』，英人李約瑟的『中國之科技與文明』，就是這樣產生的。當中國人發明黃曆、指南針和火藥時，近代西方國家不少還在茹毛飲血階段，還談不到『實感走向』文化，更別提『人文走向』文化了。」

這段話，對某些陷在民族自卑情結的人說來，誠然讀來甚對胃口，相當可以尋回失落已久的民族自尊。惟墨人先生雖斷言屢下，論證却付之闕如。故這一長串的觀點要能成立的話，尙得通過如下的幾點反省：首先吾人以爲，所謂之易經，雖有其一套實有型態的素樸宇宙觀，却與愛因斯坦的物理學未有任何本質上的關聯。

或許易經可以隱含有電腦二進位與相對論的理論系統，或者僅能說二者在學理上是可以相容而不矛盾的；然邏輯的可能，並不代表事實的可能。更重要的是，兩千年來的象數理，並未開出一如西方近代之科學來。總是在西方科技成果一一出現之後，吾人始迎頭趕上的附會上去，自說自話的以爲易經早已有之。再說，以乾坤爲首，表象自然的易經傳統，透過儒家易傳的詮釋與發揮之後，已轉向人文，所著重的不再是天地變化的客觀情勢如何，而是吾人面對外在自然的格局，當何以自處的自我惕厲上。也就是說，易經本在卦象爻位的陰陽消長處講吉凶，而易傳則「顯諸仁，藏諸用」的落在人德善惡處講盛德大業了。由是言之，易經的哲學，本屬「一陰一陽之謂道」之宇宙論的理路系統，重在表顯天地自然之生成變化的歷程；而其哲理之精深博大，就在易傳「繼之者善，成之者性」的轉化而落實在人的道德生命與精神志業上。故以天地為中心的易經，到了易傳始能說天地人合一，然已是以人文為中心的儒學了。其次，道德經的自然：就「道法自然」而言，乃形上道體之在其自己之超越的自然；就「致虛極守靜篤」的見素抱樸而言，則是透過人心之自覺涵養而展現之價值的自然：二者皆非科學所對之現象的自然。據墨人先生所云「涉及修持方法，且不是玄學，而是科學」，足見彼所謂「涵蓋了實感走向」的道家，實指稱後起的道教。而道教之鍊丹（意指外丹），有如阿拉伯之鍊金術，雖有助於日後化學之興起，然尚在茫昧的摸索中，即使是已有某些科技的成分，亦屬不自覺的，故只能列在前科學，甚或偽科學的領域。其三，把近代以來吾國開不出科學的罪過，一概加在儒者的身上，是很不公平的說法。事實上，吾國學術傳統中，可能開出科學心態的，只有墨家、荀子與程朱等諸家而已！惟墨家的理智心，一者其天尚為宗教之天，二者其用心又落在客觀義道的構作上：雖有其名理方法學的開發，然有「心」而無「物」，科學之門自是無由開出。荀子的認知心，其天雖已轉為現象的自然之天，具備了西方近代心物兩立，能所相對之客觀知識成立的條件；惟其心却跨過外在的自然現象，而直往歷史文化的治道上落，以知類明統，開出百王道貫的禮義之統，故科學的心苗一直未有萌芽出土之機。程朱的格物致知即物窮理之說，仍志在誠意正心，向德性生命作一翻轉升越，並未爲知而知的留下一純知識的獨立領域；加上其心往外求知之說，又爲其後陽明之致吾心之良知於事事物物之說所打散，故科學之心路已開，却又舍之而弗由。綜上言之，可能開出科學心態的，決非易經或道家，而應該是墨經或儒學了。故彼所云「伏羲不但是世界上最偉大的數學家，也是世界上最偉大的天文學家，物理學家，化學家，哲學家」，又說老子是天文學家，是科學先進，完全是情緒語言，對道德經說來，根本是不相應的。

吾人以爲，墨人先生愛國之情可感，其維護傳統之心亦可敬，惟吾國學術文化傳統之根荄，本就在以人文爲中心而展開的，在這一方面吾人有舉世獨步的卓越成就！自不必待攀上「實感走向」的近代科技，始能成立吾人自身之身價與地位。若謂當代西方一切科學新說，二千年前的中國早已有之，此說勿寧是「打倒孔家店」之另一極端的表現，其影響是非常不良的。不僅有礙吾人對自家傳統的重整，亦必打亂了吾人邁向現代化吸收科學新知的步伐。

吾人亦甚贊同墨人先生以爲中國文化當朝向「冥觀」、「實感」、與「人文」三者統合之路奔進，以免「走單行道必然產生文化失調」的現象。問題是，墨人先生既謂三者「互爲體用」，又謂「三線平行」，正如「一隻鼎的三隻脚」，此吾人不知到底何者爲體，何者爲用了！而三條根的平行與各自發展，又如何能統合爲一？此墨人先生亦未有進一步之根源的說明。此當是吾人今天所面對之問題，所當承擔的使命。

此中尚可有一說的是，不管是科學與法治，吾人必得自傳統中轉出，而非全面移植或僅言西化所能爲功。否則，民主與法治，僅成一獨立在歷史長流之外的孤離事件，不僅失其文化源流的根力，甚或引起不必要之文化論戰。當代大哲懷黑德以爲近代西方的科學，源自其所謂之科學的心態，此一新的思維方式，比起任何新的科技成果，都顯得重要。這一觀點實值吾人深思反省。

六十七年八月鵝湖月刊

四、人間縱橫談

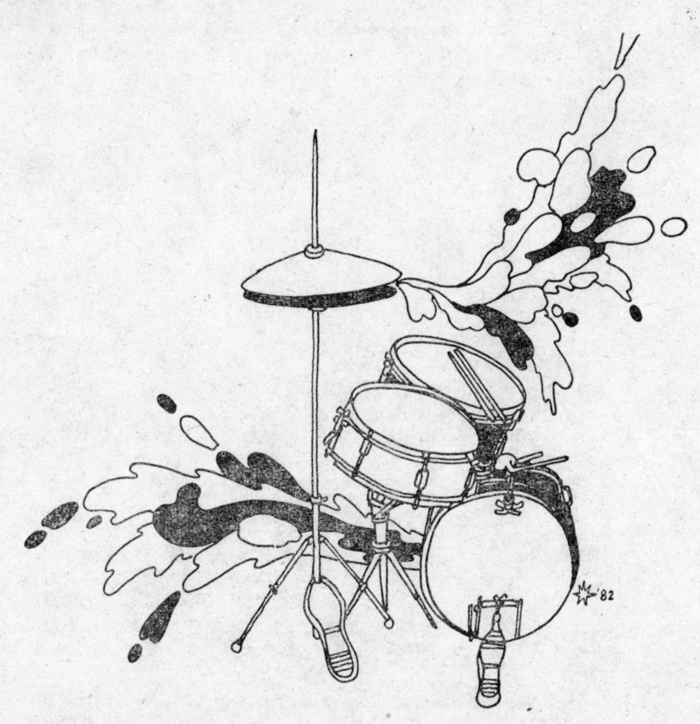

四、人間樂舞篇

中國奧委會何「去」何「從」

國際奧委會執行委員會，對綿延二十八年之久的「中國代表權」問題所作的裁定，在國際奧委會八十九位委員的通訊投票中，已獲多數的支持而成定案。此一裁決定案，要我國以「中國臺北奧委會」的名號，並在更換國旗國歌而爲國際奧委會所批准的條件下，始能參加奧運會。

這一作法，對國際奧委會說來，當然是違背不受政治干預的奧林匹克運動精神，以及「開幕典禮及競賽勝利者，應升起代表該團體的國旗及演奏代表該團體的國歌」的憲章規定；對我們說來，是很不公平，也是很難接受的。

實則，就奧林匹克運動的理想精神而言，是超然在種族膚色與政治國界之上的；然而，奧委會沒有屬於自己的獨立天地，必得寄身於人間。且舉辦奧運會，一定有主辦國；而任何主辦國，都有其政治外交的立場，尤其在某一會員國的脅迫之下，純淨公正的奧運會，就被染上了政治的色彩。故問題的根源，不在奧運會本身，而是在我們自己的中國問題了。是以，奧委會通過這一案例，向現實政治屈服，歧視我們的代表地位，我們當然甚感遺憾；然而，我們實不必與整個奧委會破裂對抗，重要的是，我們當何以自處的因應對策了。也就是說，重點已不在客觀上的是非對錯，而在我們主觀上的去從取捨了。

這一個月來，我國奧委會何以自處的問題，已成擧國上下同聲關注的國家大事，各大報均刊登專訪報導，並闢有讀者投書的園地，讓各界人士表達對國事天下事的關心，各專欄社論也介入討論，甚至國建會也特別召開專題座談會，分析去留正反的情勢，與利害兩間的權衡。因爲，我國奧委會的或去或從，所關涉的已不僅是我們的運動員是否有與各國選手交誼競技，與推展全民體育是否因而受挫的觀摩機會問題，所爭的自然也不僅是在奧運會上我們是否受到公平待遇，能否升起國旗奏出國歌的尊嚴體面問題；實則，所關涉的是今後我們將以何種模式參與全球性學術文化組織的外交國格問題，所爭的是今後我國將以何等姿態出現在國際政治舞臺的政治地位問題。也就是不再是一時的權宜問題，而是永久的原則問題了。在多方議論當中，我們可以發現，凡是站在原則立場發言的人，均主張應卽退出，寧可壯士斷腕，以維護國格尊嚴；而站在權變立場講話的人，均主張不應退出，忍一時而爭千秋，另外尋求法律解決的可能途徑。

依筆者看來，在意氣求「去」與容忍屈「從」之間的決斷，必得通過兩方面的衡定：一是付出了國格受損的重大代價，極盡委屈的留在國際奧委會是否值得？二是我們留下來，保有這一據點，在所謂「奮戰不已」之下，求得平反的機會到底會有多少？前者是應然的價值問題，後者是實然的事實問題，而二者之間是有其不可分的關聯性。假若這一奮戰平反的機會少之又少，甚至是事實的不可能，則委屈求全，忍辱負重的權宜，就失去它存在的價值了。因爲權變所以求通，權變本身不能是目的，它的價值就在求其通達於「道」。倘若在求全不得，負重難能的時候，則所積之屈，所受之辱，就沒有容忍承受的必要了。何況，我們向醜陋的現實妥協，一者讓諸多與我國建交的友邦，立卽陷於外交困境，只因我們接受了不是一主權獨立國家的安排，而僅是一附屬的地區，又怎能有大使館的設置？二者我們存在的理想性一喪失，民心士氣必漸歸散落，此後可能挺立不住，重振難期了。

今天，不管是去是留，我們好像都落在鄧小平的統戰算計之中；我們若悲憤不平，宣告退出，又自行關閉了我們通向世界的另一扇門，此後勢必陷於更嚴重的孤立中，自求生存之路，似乎倍增艱苦；我們若權宜留下，被迫的取消國號，更換國旗國歌，此無異撤除了我們客觀存在的象徵，本有的浩然之氣恐將隨之瓦解。故我們不得不承認已面對去留兩難的挑戰。此中我們可能有的對策有三：

其一是不管屈從留下，或是悲壯退出，不是自貶身價，就是自陷孤立，正好落在中共的算計中，堪稱爲下下之策。

其二是既不退出，又不派隊參加，可避開中共孤立我們的陰謀，與迫使我們更換國歌國旗以貶損我們國格尊嚴的兩難困境，此爲一時自保的中等之策。

其三是不僅不退出，且勇於面對挑戰，派代表隊參加。我們的代表隊員，不可表露悲傷愁苦，反而要以自信堅定的意態，活潑開朗的笑容，出現奧運會場；我們拒絕更換國旗國歌，是唯一沒有升起國旗奏出國歌的隊伍。只是在繞場一周的時候，女子隊拉起了「老子曰道隱無名」的橫幅布條，男子隊也撐開了「孔子曰必也正名乎」的中英文字樣。我們是以超越在當前政治變局之上的身分參加，是以文化的中國，歷史的中國的地位與賽。「道隱無名」，隱涵我們無言的委屈與抗議，老子以爲用任何名號，以指稱「道」的實在，無可避免的「道」的無限性，就會在名言概念的形式界定中，被封閉定着，反而顯發不出其眞實的內容。是一者表明中共的「中國」名號，是假立不實的，二者更表明眞正的道，眞正的中國，就隱藏在沒有名號的這一邊；「必也正名乎」，代表我們奮戰的精神與信念，孔子以爲每一個人立身處世，都落在政治與社會的關係網中，名就是我們的角色身分，正名就是盡此一名號所涵蘊的本分職責，才是名實相副的眞實存在，否則僅是虛名掛空而已！此意在指稱中國應是孔老後裔的中國，而不是馬列徒衆的中國。在全球記者的好奇與注目當中，孔老又是人類學術史上的代表性人物，當爲西方人所耳熟能詳，由是我們要向全世界宣告：請他們認清那一邊才是眞正的中國。這是既不退縮孤立，又積極迎戰，正面以思想與文化，向中共的統戰展開反擊，應屬上上之策。

此外，我們不要忘了在奧運會上，永遠是以成敗論英雄的，我們要以實力做後盾，只有突破體能的極限，締造世界新紀錄，與表現運動的力與美，才能眞正讓我們在奧運會上打一場精采的勝仗。我們要是有十位楊傳廣先生的全能，有十位紀政小姐的飛躍，那時我們的退出，就是國際奧委會的難題與遺憾了！或許，朝這個方向前進，才是我們的根本之路！ 六十八年十二月十二日中副

電動玩具與飛彈遊戲

——世界盃足球賽的聯想

千呼萬喚始上演的福克蘭海空大戰，甫告落幕，而以敍的陸空大戰，又迫不及待的登臺獻藝。敍利亞受挫，以色列的坦克車隊長驅直入黎南，戰機大擧空襲巴游陣地，陸空兩路同時進迫貝魯特，試圖逼迫巴游離境。今在圍城之餘，又切斷貝城往外通路，與水電食物的供應，造成幾萬人的逃難流離，幾千人的生命死傷。我們不想追問，形成以色列與巴勒斯坦人勢不兩立的歷史因素究竟如何？我們也不想探究，擴大加深以色列與巴勒斯坦人仇恨報復的時代背景癥結何在？我們想說的是，這種對抗是非理性的，這種殺傷是反人道的，是歷史的悲劇，也是時代的病痛，我們想問的是，這場悲劇是無可避免要上演的嗎？這分病痛是無可救藥僅能承受的嗎？依當前世局的紛亂而論，人類美好前程的設計與展望，猶恐會在以阿的偏執妄爲中，歸爲幻影假相，而美夢成空，破碎無餘。

以阿之間的背後，是猶太教與回教教義教路歧出錯落的宗教對壘，二者本屬同源，奈何地緣相近毗隣，恩怨糾纏，欲理還亂，由爭奪聖地耶路撒冷，轉爲攻占其國土，否定其存在的生死抗衡。而兩伊之戰，伊拉克與伊朗，同屬阿拉伯回教國家，然由於教派不同，一為順義派，傾向社會主義的親蘇政策，一為希埃派，巴勒維王朝本傾向現代化運動的親美政策，在柯梅尼領導下的伊朗，則轉向重振回教傳統的狂熱化怒潮，既反蘇又反美，既反社會主義，又反資本主義，而以回教教義凌駕在一切世俗政權與法律之上，是最高的眞理標準與指導原則。二者在黨同伐異之中，政治立場亦告分途，甚至演成阿拉伯回教國家的分裂。

此吾人可有兩方面的反省：其一宗教教義的絕對獨尊，導致對抗紛爭之局。某些宗教的教義，為了建立其獨一無二的權威性，妄自尊大，以為自家教派就是唯一眞理，通過信仰，自家可以代表上帝或眞神阿拉說話，判定異己者皆是異端邪說，再往前推進一步，自己就是上帝眞神，不接受此一信仰，不信服此一教義的人，皆是罪人魔鬼，都沒有存在的價値。由是在上帝或眞神的名下，就可以使迫害異教徒的行動，獲致所謂眞理的支持，殺人遂告合理化，此卽孟子所說的「以力假仁者霸」。因為肯定人人皆可成佛，人人皆可為堯舜才是仁德王道，否定他人的存在而說是愛，則屬霸道假仁了。霸道宗教形成霸道文化，政治迫害之餘，加上經濟剝削，宗教信仰的眞誠善意，遂轉成人類社會的災難禍源，宗教的殿堂成為人類犧牲的避難所。其二人為的扭曲沉落，造成宗教的負面作用，在教義獨霸之外的可能因素是，人為汚染了上帝的純淨，人導演了上帝，神轉成工具，野心家與政客，才是幕後的上帝，結合教團控制教區，掌握人間的權力，以未來的天堂麻醉受苦受難的信徒，轉移他們對人間現世的注意力，以永生得救鼓動他們上戰場，作無謂的奉獻犧牲，由是人的有限性拖累了上帝眞神的美善。教義的絕對獨尊，是我執我慢，人爲的扭曲沉落，是貪瞋痴。二者纏結難分，互爲因果。吾人想說的是，宗教信仰必然會形成教義獨霸與人爲汚染的迷執妄爲，並導致戰爭破壞的災難禍果嗎？我們看佛教在中國，歷經一千多年，除了由於本土道教的文化對抗，引發三武之禍而外，並未發生任何宗教的戰爭，只因佛門淸淨，旣不獨霸，又未汚染，由是可見，宗教信仰不必然會走向獨霸汚染，而成爲戰爭的禍源。

當代人對絕對的存在，普徧抱有不滿反抗的情緒，主要的原因是，絕對存在通過人爲執着運用，已成相對的是非。而相對的是非被絕對化，轉爲意識型態，意識型態在政治權力的推波助瀾之下，必逼出勢難兩立之局。加上當前民主與科技，都採取相對是非的立場，教義絕對化是反民主也是反科學的精神，以是之故，屬於傳統禮俗與宗教信仰的絕對觀，已不被接受，因爲人畢竟是人，信仰了上帝，人還是人，人還是會犯錯，非得建立一套權力分立與權力規範的制度，才能使權力在制衡軌道中運作而不致泛濫，此不僅是政治結構當如此，宗教組織也不能例外。此佛家無我，道家無己，老子絕聖棄智，禪宗訶佛罵祖，其意義就在否定外在的權威，取消自我的虛妄，把生命拉回到自己的主體自覺與道德實踐上。

再看，本屆世界盃足球賽在西班牙馬德里舉行，眞是盛況空前，稱霸多年的足球王國巴西、阿根廷分別落敗，未擠入決賽圈，蘇俄、英國等勁旅也相繼被淘汰出局。最後盡是歐洲國家的天下，法國、西德、義大利、波蘭脫穎而出，進入前四名。此中有幸有不幸，巴西隊輸球，舉國痛感，視同國喪，甚至有人因而自殺，法國與西德爭奪決賽權，在延長賽中三比三平手，最後比十二碼球分勝負，吾人看代表主踢的雙方球員，在攻出的球被對方守門員封住撲出的當兒，跪倒在地痛悔流淚的情景，這是舉國榮耀託付一身的足下一踢，踢而不進，就有痛失江山，愧對國人之憾！而義大利與西德的決賽，雙方的愛國球迷，齊集馬德里，西德總理與義大利總理均在場觀戰，只差沒有戰機坦克隨行待命而已！吾人的感想是，設若二次大戰前夕的墨索里尼與希特勒也能把民族榮耀投入球場尋求表現，不是可以化解一場人類史上的空前浩刧嗎？當年希特勒也曾在慕尼黑主持奧運會的揭幕式，親自督陣為德國健兒奮力搶先勇奪金牌而雀躍歡欣，眉飛色舞，何苦發動大戰，僅為證明德國是世界最優秀人種的虛名，而造成全球五千五百萬人死亡的歷史大悲劇！義大利隊以三比一擊敗西德，勇奪世界盃冠軍，全體隊員搭總統專機凱旋歸國，接受英雄式的歡迎，其場面之熱烈，比諸英國福克蘭遠征軍的勝利歸國，只有過之而決無遜色。球場上的英雄，球場上的榮耀，一樣的屬於整個國家與全體民族所共有所共享，又何必要飛彈漫天飛舞，坦克橫衝直撞才算英雄，才有榮耀呢？

而在臺北舉行的世界盃女壘賽，有二十三國代表隊前來參加，除了日本隊受制於中共之外，能派得出隊伍的會員國都來了，這是世界女壘賽前所未有的大場面。中華隊在天時地利與人和的條件之下，過關斬將，每戰皆捷，直逼冠軍后座。惜乎最後一天連賽四場，將老兵疲，在冠亞軍決賽時敗給紐西蘭，屈居亞軍。不過，已帶給我們國人精神的振奮與士氣的高昂，失落已久的民族榮耀，在運動場上的揚眉吐氣，得到補償抒發。吾人以爲，運動場上公平競爭，沒有殺傷，而充滿了力與美的表現，眞如孔子所說的「其爭也君子」，這才是競逐國家榮耀與民族優越的正途。設若英阿之間福克蘭的爭端，能以足球場上的足下一踢，以定江山誰屬，總比潛艇與轟炸機的爆破燒殺，要文明可愛多了吧！

今天的戰爭已失去舊日熱血豪情與智慧謀略的美感，有的僅是爲了維護尊嚴保存顏面而不惜一戰。在國際法猶未建立其權威發生維持國際秩序的作用之先，國與國之間的糾紛，若雙方不能自制又不接受第三國調停，唯一可走的路，就是訴諸戰爭解決。吾人要說的是，何以不經由運動場上的龍爭虎鬪，來作一勝負誰屬的最後判定！有什麼理由可以支持，一定要殺傷生命，炸毀住家，破壞工廠，逼得對方經濟崩潰，交通癱瘓，根本活不下去而屈辱投降，才算是勝利榮耀呢？這不是讓怨怒加深，更難化解，讓人類背負更多的苦難包袱嗎？戰爭的非理性與反人道，是沒有人可以懷疑的，戰爭導致仇恨、悲痛與毀滅，也是沒有人可以否定的，何以宣告人定勝天的人類，卻無以克制自己，爲人類前程打開和平之門呢？

卽以英、阿與以、敍之間的海空與陸空的大戰而言，人爲已減至最少的成分，而機器的比例大增，甚至機器電腦才是主宰，人變成工具，戰爭不過是按電鈕的科技競賽，是一場火箭對火箭，飛彈對飛彈的遊戲，福克蘭海域與戈蘭高地有如一大型的電動玩具場，雙方有如青少年正做按電鈕的對壘遊戲，我們以爲，假如戰爭是不可避免的，何不以球賽進行，或經由電動玩具解決呢？當然根本之道，在消解教義絕對獨尊的我執我慢，並根絕人爲扭曲錯落的貪瞋痴，如是宗教的眞誠善意，才不會反而成爲戰亂禍源。而且經由球場爭雄與電子按鈕遊戲的轉移，戰爭再無可奈何，也可以避開殺傷的悲劇，我們這一反省的角度，似乎不免過於單純天眞，但恐怕是保障人類前程的唯一通路吧！

七十一年十月鵝湖月刊

華勒沙與沙卡洛夫

這一年來，世界風雲人物的英雄榜，幾度易主，屬於比金與沙達特的時代，已經過去了，沙達特被刺，而比金坐在輪椅上。利比亞強人格達費，一躍而爲中東老大，他是繼古巴總統卡斯楚之後，唯一敢與美國直接對抗的梟雄悍將，傳聞已派出暗殺小組進入美國，迫使雷根總統下令保護白宮高級僚屬。而比金總理也非甘於寂寞的人物，日前出人意表的提出兼併戈蘭高地的法案，並經國會通過，此無異向敍利亞宣戰，阿拉伯地區從此進入多事之秋矣。

在擧世滔滔之際，論天下英雄，惟華勒沙與沙卡洛夫耳。前者是波蘭團結工聯的領袖，溫和派的改革者；後者是號稱氫彈之父的蘇俄物理學家，諾貝爾和平獎金的得主。他們兩位皆身在共黨國家，且是堅忍不屈的人權鬪士。他們的理想操守，他們的道德勇氣，正是人類未來希望之所寄。

華勒沙領導獨立團結工聯，與波共政府週旋十八個月之久，以整體而全面的罷工行動，逐步的迫使波共政府讓步，前波共頭子卡尼亞因而下臺，而獨立團結農會也受到承認，這在共黨國家尙是首開先例的成就。團結工聯在節節勝利之後，激進派的勢力漸告擡頭，要求分享權力，或由人民投票複決共產制度，甚至準備接管政權。這一發展，迫使本來尙稱溫和的波蘭總理賈里塞斯基攤牌，採取鎭壓的激烈反應，逮捕工會領袖，宣布緊急戒嚴，實施軍事統治，坦克車開上街頭，一年半以來的民主化運動，頓成泡影。

沙卡洛夫爲了抗議蘇俄政府禁止他的兒媳出境，絕食了十七天，得到全球性輿論的關切聲援，迫使蘇俄政府退讓，同意簽證，允許他的媳婦前往美國，與他的兒子團聚。沙卡洛夫已被緊急送往醫院救護，正療養康復中。

不管是華勒沙模式，或沙卡洛夫模式，都是穩健溫和的表現，也都能在談判抗議中，達到改革的目的。然而，團結工聯由社會改革運動，轉向或升高爲政治權力對抗，已走離華勒沙的路線，因而釀成一場難以化解的內亂悲劇。如今，波蘭各地工會正號召全國性總罷工，來對抗波共政府的鐵血高壓，儘管敎宗呼籲波蘭人民節制容忍，避開流血，然依雙方情勢看來，眞是前程難卜，殊難樂觀。

世界上有幾個國家，擁有第一流的學者專家，却仍是第三流的國家，此包括印度、以色列與波蘭。這一年來，波蘭工潮的表現，眞是波瀾壯濶，有聲有色，讓吾人對波蘭的評價改觀，尤其波共政府的退讓容忍，更讓吾人敬重佩服。未料，共黨國家集權專制的本質依舊，到了最後關頭他們還是不退讓不能容忍，民主化運動落爲軍事統治，看來波蘭還是三流國家。

沙卡洛夫在康復中，華勒沙則行踪不明。政治改革要靠道德勇氣，也有待政治智慧，才能解決問題。不管成敗如何，至少證明了共產主義的理論是可以批判的，制度是可以修正的，或許這是當世兩位英雄人物，給未來的人類社會所帶來的一線曙光吧！

七十年十二月鵝湖月刊

由學術文化的建設談民族主義的出路

美國與中共建交，並與我們中止外交承認的關係，此一重大挫折，已掀起了吾國上下的痛切自覺，在壯大的抗議行列，嚇走了美國來華談判的代表團而外，並引發了黨內黨外大團結的嚴正呼聲。某些黨外人士在競選期間，幾乎造成無明風潮的過激言論，已不爲老百姓所接受而漸告平息。不管是爲了抗外或安內，在突萌的狂熱激情消逝之後，吾人似乎當平心靜氣的討論在團結之外，還能做些甚麼的問題了。此卽本刊上期社論，「消化激情，導入正軌」的主題所在。

在這一自救救國的浪潮中，顯然的是抒情感性者多，論事理性者少，氣雖壯而理猶未安，尤其防衞臺海安全似乎成了當前吾人全面的目標，並有要求美國作一堅定之承諾，以求得保證者。此幾近苟安一隅的心態，是旣可憂又可懼者。吾人試想，三十年的協防條約，已可片面撕毀，而投入越南戰場的五十萬大軍也可一時撤走，是則美國國會的立法，又有何足恃之處！吾人以爲，維護臺海安全，雖屬一千八百萬同胞的切身問題，自是不容忽視。然若僅爲了保障臺灣的安全與繁榮，而忘掉了吾人對大陸應有的關注與責任，則不免犯了所見者小的心胸狹隘之病。且美國國會試圖透過立法的手段，以補救卡特政府對臺灣安全的輕忽，然此並非表示他們的道義擔當，而是自水門案以來，美國決策的重心已由白宮移向國會，卡特總統未經國會同意，卽宣布與我斷交，故引起白宮與國會的權力之爭。蓋對美國而言，不管是白宮或國會，爲了美國利益，旣可立法於先，亦可撤銷於後。是以吾國不在根本上求自保之道，而僅寄望美國國會議員的順「水」人情，或依恃臺灣的戰略地位，不管是爲了美國利益，或是維繫世局均勢，美國都不可能放棄臺灣，凡此皆不免落於外在決定的論調，如是吾人的存在卽無必然性，而成爲可有可無的偶然之有。故不僅爲可憂可懼，且是可懼可危者。

自求生存之道，除了團結之外，吾人必先得在學校教育與社會風氣上，有所變革，表現一新興的氣象。不要讓我們的青少年，在人生感受力最敏銳，生命力最充沛的階段，投身在升學的窄門中，竟日與考題爲伍，死讀惡補僅求六選一得，這是豪情壯志早銷磨之事。另外，在社會風氣上，奢靡頹廢首當去除，別的不說，至少變相的色情交易，不可再坐視其氾濫，歌臺舞榭也不宜再低調狂歡，而電視電影的鏡頭，也不能再畸戀打殺下去了。凡此皆是不必等待國際情勢的轉移，卽可超拔自立而奮力有功者。

進而言之，吾人在政治上力求民主法治的充分實現，經濟上保持穩定的成長，與軍事上發展精密的防衞武器，這三方面的突破有成，都是今後維護臺海安全的必要條件。舍此根本要圖而外，吾人面對的最大困境，當在中共和談統戰的挑戰。從當前世局動變作一估量，吾人未來的憂患，仍在內而不在外，此卽民族主義有無正大出路的問題。而這一問題，正是中共統戰的攻堅地帶。

吾人以爲，吾國儒學傳統有兩大支柱，一是人之所以爲人，二是中國之所以爲中國，前者爲道德生命，後者爲文化理想，前者爲人禽之辨，後者爲夷夏之防。中山先生之民族主義，亦重在恢復民族固有的道德與知能，足見仍是「文化的民族主義」。今中共的統戰，要求海外的中國人回歸認同，其號召力就在民族主義，中共政權三十年賴以不倒者，也在民族主義。問題是，中共實不能言文化的民族主義，故轉在軍事强權與外交縱橫上，另求開展。此中有一危機，卽可能迫使中國大陸成爲核子戰場。

今日吾人僅求政治的安定自由，經濟的繁榮富足，與軍事的堅强壯大，實不足以滿足人人天生而有之民族主義的自覺要求。吾人要問，在中共反蘇修，反美帝，以爭世界霸權的時候，在中共以强硬姿態，爲海外中國人爭回一點民族光榮的時候，在臺灣的我們到底能爲當代的中國做些什麼，能對歷史傳統有何擔當？不管中共爭逐這一世界霸權可能會付出多慘痛的代價，也不管取得這一民族光榮是何等的虛妄不實，至少證明一點，人的存在不僅爲了活着享受而已，總還要有人的尊嚴與民族的光榮。

在民族主義的出路上，吾人當前不願意也不可能走中共軍事强權的路子，而應當也僅能走學術文化的路子。這一條路，狀似玄遠，實爲正途大道。臺灣雖小，若在學術文化的發展建設上，能有承先啓後，挺立當今的成果，亦能成其文化學術之大。如是，吾人才是不可輕侮，普受尊重的必然存在，也才能成爲每一個中國人歸心的長城。

近幾年來，不論是文學藝術，音樂舞蹈與哲學宗教等，已逐步回歸鄉土，以求返本開新，這就是文化的民族主義的表現。此一巨流，當引入正途，使其激揚有路，以免鬱積歧出，反成社會的負擔。此當由政府官方的公司機關，總持其事，以學術文化的建設，實非個人獨力專精所能擔負。此是無形的國防，也是政治安定與經濟繁榮的根本，故爲吾人首當盡力爲之，責求有成者。

六十八年二月鵝湖月刊

教宗過門不入與博士回國省親

天主教教宗若望保祿二世，此次遠東之行，首站飛抵亞洲的天主教國家菲律賓，第二站飛往孤立在太平洋一角的關島，第三站折回東方的經濟大國日本。此後即北上阿拉斯加，一路直飛羅馬，說是圓滿的完成了這一次宣慰教徒信衆的飛行訪問。

教宗是天主教人間王國的領袖，由全球各教區樞機主教的相互推選中產生。在宗教的殿堂裏，本來是沒有國界、膚色之分的，也沒有階級、身分之別的，宗教的究極在天國，對人間政治僅能懷抱超然的立場，而不能直接介入黨派陣線的對抗中。此一如國際奧林匹克運動委員會的組織，其基本精神是不滯陷在種族的歧視與政治的困擾中。然教宗的地位是政教合一的，就政治一端說來，羅馬教廷是以獨立主權國家的姿態出現，與世界各國建有外交使節的關係，其另一端宗「教」的超然立場，在「政」治的相對拉引中，不可免的會失落了。此番遠東之行，曲曲折折顧忌頗多，此由菲律賓迂迴關島，再飛日本的行程，已可見這一安排的苦衷。據國內報載，三十多萬的國內教徒，對教宗的過門而不入，甚感失望。教宗避開了臺北飛航區，可能是爲了避開拍電向我們政府首長致意問候的外交禮節，以免引起北平的緊張不滿。是教宗此行，由於政教的難以兼顧，總是給吾人以不免有憾焉的感受。而傳言已久的教廷與北平的試探接觸，恐非我們單方面的多慮，最近教廷外交部長與廣州教區總主教在香港的會面，更加深了我們對這一問題的關切與猜測。雖然教廷發表談話，說是探病，並保證與中華民國的關係不變，反正外交場上的聲明，經常是「正言若反」的叫人捉摸不定，依吾人看來，就是教廷眞能維繫與我們的外交關係，若仍停留在「有若無，實若虛」的形式承認，而缺乏實質的呼應，對我們說來，也構不成精神支持的力量。

教宗在菲國，還是接見了前往致敬的臺北主教團，通過主教團，教宗傳佈了對臺北教區教徒信衆的關切，並在一篇文字聲明中，表達對中國文化的敬重，以爲傳播教義應尊重各地區本土文化的傳統。凡此從「教」的這一端看來，教宗誠然是有愛心有智慧的宗教領袖，吾人所不得已於言者，是教宗代表宗教在人間世界的價值取向，儘管日本與美國的政府已與中共和解建交，惟教宗現身說法，豈能沒有「我獨醒」「我獨淸」的超絕表現？若教廷在國際關係，也可有可無的隨世局浮動，則人間正義的精神堡壘，亦將流失不見。是則宗教的莊嚴與神聖，又從何挺立得見？當然教宗對中國大陸更多的教友負有支援的責任，教宗也可超然在臺北與北平之間，問題是，設若中共仍迫害人權，而教宗僅爲了傳教，就試圖與之建交，此已失去宗教維護人間正義的根本立場。實則，卽使教宗前往北平我們也不會反對，就如他飛回波蘭一樣，問題是，他的遠東之行，何以避開臺北？由是更顯得荷蘭政府不惜與中共破裂，而仍堅持售給我們核子潛艇的難能可貴了。

再看，我國旅美的物理學家丁肇中博士，前些日子回國，電視記者訪問，問專程回國所爲者何，博士答曰回國省親，記者追問有無其他的目的，博士頗爲不耐，搖頭曰莫有，再問是否願意回國主持研究工作，博士遲疑片刻，作答曰假如有機會，記者續追問能否年內定期歸國，博士冷漠答曰不定（記者追問不休，且似有預定答案，對學人大不敬）。除了在臺灣大學舉行一場學術演講之外，再無博士的消息。得了諾貝爾物理學獎之後，此是博士第一度返國，千呼萬喚始歸來，他給我們的是超然的學術立場，他吝於給我們一點道義的認同，與感情的溫暖，在實驗室之外的非物理現象，對他說來，是不可說的了。臺灣的奮鬪與建設，對他說來，想必也是價值中立不予置評的了。他去國二十年，回到成長的鄉土，可以冷靜如恆，未見有欣喜之情，此吾人始知他之所以成爲「物理」學家了，因爲能割捨鄉土之情的人，畢竟不多見（想想，教宗是如何親和的吻了波蘭的土地）。做一個學者，本分在學術工作，而學術也應當獨立在政治之外，去樹立自身的莊嚴。不過，我們相信博士在回國省親之際，向國人問好祝福，應該不會有損於他身爲世界性學人的獨立莊嚴吧！難道肇中先生也有不得已的苦衷麼？

宗教是超然的，學術是獨立的，然宗教植根人間，學者立身斯世，人間有是非，斯世有鄉土，有是非就不能不有是非標準，有鄉土就不該割捨鄉土之情，故教宗繞道不來臺北，丁肇中回國僅志在省親，可能存有對另一邊的顧慮，如是，又那能獨立，何嘗超然？

我們實不必悲苦自憐，人家不來宣慰支持，我們就傷感，人家來了而不認同歸宗，我們就悲痛，此人情冷暖，吾人當然會有感受，惟大可不必無語問蒼天了。我們並非有待於教廷的特殊恩寵，才能撐持自己，也不必有待於學人的海外回歸，才能壯大自己，我們要問的是，可以爲了中共，而輕忽或疏離了臺北嗎？不問是非，不辨善惡，已非立身處世之道，更何況作一相反的取舍！

吾人以爲，宗教求神聖，學術重眞理，二者是人類理想性的根源，也是世界往前推進的動力，故面對暴力邪惡，什麼都可以退讓妥協，唯獨宗教不能退讓，學術不能妥協。我們尊崇教宗，也禮敬丁博士，故寄望教宗能在未來的國際關係上，會有政教如一的合理安排，並期盼丁博士他日回國之時，也能體貼做爲一個當代中國人的苦難感受。我們無意責備賢者，但求自我惕厲：中國人當自立自強，我們自身挺得住，我們就有莊嚴，他力又何有於我哉！

七十年二月鵝湖月刊

道德批判與宗教承擔

——評邢光祖事件

時下社會風氣，日漸敗壞，經濟成長而教化不行，男女關係亦趨向開放，甚至大學學園已有不讓出口加工區之勢。吾人不知所謂試婚的文明戲，到底有何莊嚴的意義，若長此隨便下去，恐家庭亦將爲之解體。且此一混亂雜多，即博學望重的教授亦自不免，這才是吾人深感憂懼難安之事。

邢光祖先生，不僅是位名教授，更是一位已超過耳順之年的名教授，竟被學生投書，揭發其對女弟子諸多無禮失態的行爲。此一事件，當然是既浪漫又刺激的熱門新聞。所以，很快的由雜誌，而上了報紙社會版，而由報紙社會版，而上了電視頭條新聞。所報導的內容，亦由數說當前再深入翻出昔日的傳聞，眞是越描越黑，不堪入目了。邢先生是文學先進，以率先發難圍剿師大國文系所，與拉開新「文藝」與舊「文學」之論戰的序幕，而名噪一時，見重當世。此一事件更是把他推上了新聞的尖端，此時就是有意內斂自守，亦有所不能了。

在這一由大衆傳播媒體說開渲染的事件中，邢先生始而沈默避謠，繼則接受記者訪問，終而上螢光幕現身說法，頗有言人之所不敢言，爲人之所不能爲的名士之風。就由於他勇於站出來發言，話不得體，結果群情譁然。一時之間，口誅筆伐之聲，此起彼落，男教授與女學生之間的純正關係，亦無端受累，若再被歪曲下去，是有點正常化不起來了。

當然，此一事件涉及了事實問題與價值問題。師生雙方各說各話，報紙電視向以知名度爲重，自然開放更多的篇幅，或頭條新聞時間，讓邢教授可以自我辯白，嫁禍學生，不免有偏袒老教授之嫌。然邢教授雖占了先發制人的便宜，女學生也有同學會的聲援支持，吾人見其膽敢投書自訴，並聲言尚有諸多女同學隨時可以出面作證，情勢發展至此，雖事實問題未經刑警大隊與調查單位作最後的求證判定，其間的眞相似可推斷出來了。尤其，當某些舊案被翻出之後，已很少有人會以爲寃枉了邢教授，而侮蔑了其人格清白。以是之故，剩下來的純是價值問題了。邢教授在被撤職之後，提出嚴重抗議，以爲此一事件僅訴諸輿論判決，而未經司法審訊，是不公平的。依吾人觀之，這一個抗議亦未有很大意義，因爲不管是出乎脅迫，或來自心慕的事實認定，究竟如何，以其身爲師長之尊，又如是之老而不修，總是難逃何以爲人師表的價值判斷。至若某些報紙，大字標題曰「黃昏之戀」，或以爲是「我愛博士」的翻版，此皆眞相未明而故加渲染，只因爲此一事件實不足以與言「愛」與「情」。

邢教授在描述其過去進行式之時，并自行講評，以為此情此景，「任何一個正常的男人都會有如此的反應」，并堅定的宣稱「這就是人性」。此邢先生的意圖，就在將此一事件，由師生的關係，轉為男女的關係，求以避開吾國師道傳統的倫常規範，而落在純西方式的所謂「私生活」，如是閒雜人等自是無權過問了。至於「這就是人性」的見證，也救不了他自身，一者此人性顯然是告子的，而不是孟子的，二者他不僅是一個人，而且是一位老師，這一個身分，無論如何他是漂白不了的。惟這一句話要是有其意義，那就在指陳一個事實：人性落在男女的關係中，很容易突破宗教、禮俗、道德與法律的規約，而有越軌歧出的可能。

吾人以為，僅以嚴正的道德批判把一個人判死是容易的，問題是就宗教的情懷而言，吾人尚得悲天憫人的去同情與承擔人們的墮落與罪惡。此正是孔夫子由五十而知天命，再進至六十而耳順的聖道工夫。以是之故，吾人在聲討審判邢教授之餘，必得正視人性可能沈落的事實，是以儒門教義，特重教化修持。抑有進者，吾人還要進一步探討，何以會有此一事件發生？至少吾人當知，文人一方面是最能敏銳的感受到時代問題的迫壓，而有較深切的苦痛與窒息之感；另一方面文人也最能放縱自己，落於名為浪漫，實為墮落的虛無情調之中。吾國傳統文人，不是有儒家的道德生命，就是有道家的精神涵養，是以雖縱浪大化，放情人間，尚能把持得住中心有主，今日的文人若反傳統，不免生命涼薄而文人無行了。

人生在世，雖「飲食男女，人之大欲存焉」，然此等形軀生命的官能欲求，終究是求之在外，且有時而窮，不能無限開展的，故君子不以之爲性，而直以爲人的定限。是飲食男女，自當納入倫常禮教的軌道中，以免人欲橫流。是吾人須先立乎其大，官能小體固不能奪，而可欲亦善，以道德本心自作生命主宰之故。故吾人不能僅判邢教授的師道有虧，而忽略了當前工商社會中，人心放失，精神無所歸屬的事實。不然的話，色情與暴力，已相當氾濫，吾人僅以其身爲教授，即痛加撻伐，不留餘地，恐非持平允當之論。由是言之，歸本於儒家自操自存的德性修養，與道家自致自守的虛靜明照，才是對應當前時代問題的治本妙方。

六十八年四月鵝湖月刊

文評書評與學術風氣

一個國家學術風氣的好壞，固然跟這個國家的政治人物與社會領導階層對學術的尊重程度有關；而學術界本身，若能通過文評書評的自我批判，學術著作的水準必可相對的提高，也較能贏得政治家或社會人士對學術的尊重。

自胡適之先生喊出「十年學術獨立計畫」以來，歲月匆匆，至今已越過好幾個十年了；然國內的學術研究風氣，一直開展不出來，更別說獨立自主了。此中可能的因素很多，值得我們正視的是：文評書評的尺度與權威性，一直還沒有在學術界建立起來。就因爲缺乏客觀嚴正的批判精神，是以出版業很容易墮入浮華氾濫的場面。

試看，這十年來國內的出版業，堪稱盛況空前，甚至有了通「貨」膨脹過度景氣的現象。充斥在各大書局櫥架上的是：粗率搶先的翻譯，世俗化與趣味性的藝文小品，國故翻版與西學盜印的廉價書，升學輔導與考試必知的風潰書。……在出版商的眼中，「書」僅僅是一件商品。既把出書視同商業行爲，當然不會有什麼文化的理想與學術使命的自覺。是以書商者流，只問銷路而不重品質，也就十分正常了。出版商競趕時麾，讀者閒極無聊，專家學者又不甘寂寞，三方面的大混合，漫話戲談與翻案文章也就應時的列隊而出，滿足了等著看熱鬧的人心。於是對目前說來，最沒有學術價值的政論性雜誌，最沒有認知意義的娛樂性刊物，竟成了當前廣大讀者的寵兒，大部頭有分量的學術專著，總是圖書館必備而苦沒有人問津開封。基於商業性要求，宣傳術成了第一，打開知名度當然是絕對必要，而譁衆取寵也是難以避免的了。

在我國的學術傳統中，儒家是道德良知的自安自足，道家是虛靜明照的自在自得，佛家是般若觀空的自證自了，學問著作不過是生命的緒餘粗迹。故仁人志士的交往過從，著重的是性情相投與生命相照，就是文人雅士的詩文唱和，也志在情意的溝通，與存在的感應，可以說很少落在文字著述上，基於學問認知，採取客觀嚴格的立場，去研析批判。因此，著述立說，雖是「經國之大業，不朽之盛事」，然而「文章千古事，得失寸心知」，他人的文評書評，總覺得是「吹皺一池春水，干卿底事」，對原作者來說，是多餘而不相應的。

這一傳統心態，到了今天一直沒有多大的轉變。除了別有用心，奇兵突起的人而外，都不願對他人的著作，從事公開的討論。於是造成當今學術界的怪現象：一方面是過於冷漠，一本著作問世，可以毫無反應，幾年間不見有任何評介的文字出現；另一方面，又過於熱絡，不是相互聲援，就是自我標榜，沒有專家的評價，得不到客觀的認定，只好互通聲氣，自己請人鼓吹捧場了，再不就是黨同伐異，借題發揮，出以人身攻擊。不管如何，其共同的特色是出於非認知反學識的觀點，僅僅是應答酬唱或附和高調的文字。由是文評書評，頓失去它的莊嚴性，大家付之一笑，不爲讀者所接受，也不爲學術界所重視。

在毫無批判與評價之下，出版業也就粗製濫造，尤其文史哲更是漫無標準。吾人老見一本本花花綠綠的新書，擺在書展的攤位上，似乎只要是念過中國書的人，都可以大寫孔孟，細說老莊。易經與老子二書，更是百家注，千家批，此一讀本，彼一新釋，皆湊成一個體系，也算是一家之言了。由是，出版業欣欣向榮，而學術水準反見低落，甚至流於混亂雜染的景象。眞正的專家學者，習慣於閉門讀書，不輕易下筆，難得寫成一篇論文；而跑江湖的，或半路出家的，却無拘無束，隨手拈來都是文章，可以著作等身。既無客觀評量的標準尺度，又乏嚴正敬業的批判精神，以量取勝的人，自然知名度往上竄升，當下也就是專家了。這一是非不明，眞假難分，眞造成讀者很大的困擾與不便。一走進書局，同門同類的書，各種版本並列，諸多異說雜陳。且每一本著作，不管是因襲前人或雜湊衆說，總有名人題字或專家寫序。一個初學者置身在學海無涯間，幾不知入門何處，更談不上去判定那一家的說法較眞切圓成了。

目前，我們的出版界已相繼的出現了「愛書人」、「書評書目」、「出版與研究」等書評的專門性雜誌，但它們畢竟多是書局的相關企業，難免爲自家出版的書，多作一點較爲詳盡的廣告。再說批評的尺度在學理上既未建立，故相對的，它的權威性也就不被普遍承認了。故文評書評，僅能泛泛而談，不免是應酬與攻伐而已。我們以爲，如何使批評的尺度在學理上確定，並培植專業的評論家，心無旁騖的認眞研討，才能逐步的建立其權威性，幷要能拋開由於論學所可能引起的情緒反應與敵對態度，才能使這個權威性，受到普遍的尊重。只要文評書評一上軌道，就能對每一家的出版商，與每一位的專家學者，都有一督導責求的力量，我們的學術研究風氣，才能逐步打開，而有助於整個學術水準的提高，我們的讀者才不會被引入歧途，而空自摸索了。

六十八年七月八日臺灣時報副刊

向消費者文教基金會致敬並獻議

消費者文教基金會，是一民間的組織，爲維護消費者的利益而成立，近數月來秉持其學術良知，與道德勇氣，「雖千萬人，吾往矣」的勇往直闖，且「予豈好辯哉，予不得已也」的直言無諱，對化妝品、清潔劑、洗髮精、衞生紙的品質與價格，作了客觀的評論，也對擺列在各百貨公司超級市場的各色食品罐頭，是否超過出廠的安全期限，作了追踪的調查，這些結果與數字，在記者招待會上被公告出來，促成了一直在沈睡中的消費者覺醒，也迫使以誰奈我何自豪的各家廠商警惕，屬於開發中國家商品市場浮濫混亂的惡形惡狀，在「基金會」的照妖鏡底下一一現身，無所遁形。對各家廠商的生產運銷而言，「基金會」的存在，果眞是「無適而非君，無所逃于天地之間」了。此「君」無所不在，讓各家廠商的品格無所逃，我們謹向「吹皺一湖春水，干卿底事」的「基金會」，致無上的敬意。

近日來，由於蝦米螢光劑反應的事件，「基金會」宣稱蝦米有螢光劑反應，含致癌物質，此語一出社會驚恐，造成蝦米滯銷，致漁民利益蒙受重大損失。而衞生署的官方檢驗，却持相反的觀點，事實只有一個，而兩說對立，消費者一時也不知何所適從了。未料，閉關自守的中研院，突然挺身而出，介入兩造爭執之中，最後判定蝦米雖有螢光反應，却未含螢光劑，當然不會帶有致癌的物質，此一熱門論戰才告平息。這一場檢驗官司，官方衞生署獲勝，民間「基金會」落敗，「基金會」在這一事件中，處理程序不當，受到某些責難，氣勢大挫，似乎有點消聲匿跡了。

我們以爲，「基金會」受挫，當然反映在檢驗技術層次上發生錯誤，而未經專門學術研究單位的證實支持，迅卽發布結果，是處理程序的不當。問題是，檢驗技術的錯誤，與處理程序的不當，是可以改進的，民間組織的設備與人才，當然受到籌募基金的限制，這一方面只要能有所突破，擴充設備與拉引人才並進，原有的用心與理想，仍然值得全國消費者的喝采與肯定，且隨著社會的開放前進，價值觀念會逐步的轉換提升，那時就會得到更更多合理的支持與尊重。我們期望「基金會」能再挺立自己，鼓舞自己，堅持原有的理想，壯大成長的氣勢，向廣大的消費市場進軍，所有的消費大衆都會是「基金會」的精神後盾。

在蝦米螢光劑反應的事件中，雖說中研院的檢驗結果，判定衞生署的觀點正確無誤，然「基金會」大可不必傷感氣餒，至少已迫使官方衞生署宣布成立「服務中心」，爲社會大衆服務，想必「基金會」的表現，先聲奪人，頗讓主管衞生的行政單位慚愧難安吧！一個民間組織成立了幾個月，就造成如斯氣勢，衞生署多少年來到底爲消費大衆的健康做了些什麼，還不值得大大反省麼？據云「服務中心」僅是文件收發單位，根本不能做什麼，決不能取代「基金會」的功能，且官方單位多顧慮多忌諱，老擔心「大水沖倒了龍王廟」，故不敢勇往直闖，也不敢直言無諱，還是「基金會」的當前形相，較能放開自己，無牽無掛，可以本著學術良知與道德勇氣，做出一些官方單位放不開做不來的事。

我們除了向「基金會」致敬慰勉之外，還想獻議數言。「基金會」數月來的檢驗對象，僅限在民生日用品。當然在作業的起點上，「基金會」把握得恰到好處，立卽引起社會大衆的反省注目，相當達到自我宣傳的效果，當眞是一炮而紅，一下子形相就打出來了。不過，當前我們的社會正向提高生活品質的目標推進，此固不離民生日用品的基本，然不能老停於民生日用品的層次，而要往更高的精神理念的層次升越。

處在現代化過程中的社會，多有眞假混合，是非不明的現象，此是學術尊嚴一直還樹立不起來的緣故。而學術尊嚴的樹立，要靠學術界本身的自我撐持。問題是，學術界離不開教育行政，離不開校長、院長、系主任，在門戶成見與人情拉引的障蔽下，迫使學術尊嚴大受傷損，不是專家也可開課，甚至專擅辭章考據的可以開義理課程，研究西洋哲學的學者，可以教中國哲學專題，從不精讀中國經典的學者，也有勇氣寫中國哲學的專題研究，大學的課程已失去應有的學術尊嚴，出版的著作也沒有客觀的評審標準，直接的受害者是繼起一代的大學生，被愚弄的可憐蟲是一般好學的社會大衆。這種誰都可以開課，誰都可以寫書的大混亂，是當代教育學術的大危機。官僚政客混跡大學學園，假貨膺品充斥學術市場，使青年學生與社會大衆，藐視大學，看破學術；學術沒有標準，尊嚴當然立不住，社會現象也就沒有眞假是非可言。這樣的社會永遠不能開放自己，不能批判自己，　永遠不能現代化。

我們呼籲，進大學求學，上書局買書的人，是更可貴更可愛的消費者，他們的權益應受到合理的保護，這一方面的評鑑，一者客觀的標準難立，二者嚴正的態度難行，不過學術是一切是非標準的根源，教育是一切興革建設的動力，若教育與學術不能挺立自身的標準與尊嚴，則「基金會」的學術良知與道德勇氣，立即失去它的活水源頭，而我們對世俗大衆，對廠商百貨，根本什麼也不能說了。將來「基金會」可以調查學生的反應，可以評論出版的著作，幷對外公佈，使學術行情穩立，使出版品質提高，如是，或許更名實相副的合乎「文教」基金會的本來面貌，更能充分實現「文教」基金會的眞實理想。

七十年八月廿五日民衆日報副刊

談台視「論語」播出的時位問題

台視「論語」節目，在週日晚八時至九時的黃金時段播出了兩季有餘。邁入了第三季之後，或許是承受不了廣告業績的壓力，已被藉故暫停了四次，如今儘管節目的製作已漸拋開綜藝的雜碎，而走上歌舞純淨的道路，還是難逃被調開時段的命運。當前「論語」全體製作及演藝人員，正積極進取的向各大學校園進軍，對大學生訹說他們懷抱的理想，展示他們製作演藝的過程，試圖說服知識分子對高水準的節目給與支持聲援。然而台視節目部並不想留給他們有扭轉乾坤的機會，已把播出時段緊急處理，調至週六下午五點到六點的「無限好」時間。

當然，「近黃昏」的時段，也沒有什麼不好，何況又值週末假期，不是更可以讓觀衆放下一切，敞開心懷的走入「論語」的世界嗎？問題在，倘若今天的重新調整是對的，那麼昔日的刻意安排就是過於輕率的決定，因爲任何節目都可以搶風光試鋒頭，也可以說做就做，喊停就停，惟獨「論語」不能，此番衝刺於前，卻無力堅持於後，徒使聖賢書蒙塵落難，實在是罪過。

猶記去年暑期，台視節目部在製作小組歷經數月的籌劃成熟之後，正式邀請各大學的專家學者，舉行座談會，並同時向新聞界宣告製作「論語」節目的構想。當時本刊同仁也應邀與會，一方面對商業性的電視台，竟能排出「論語」的淨化文敎節目，深致一介書生的感動崇敬之情，另一方面也向台視節目部表達戒愼恐懼，三思而後行的保守看法。只因爲「論語」是我國數千年歷史文化的精神根源，我們的世界觀與價値觀，由此開出，我們的政治格局與人生取向，也由此拓展，它才是名副其實的屬於每一個中國人的聖經。西潮東漸，傳統派有立孔敎爲國敎之說，西化派則以國敎派與保皇黨老是牽扯不淸，在激情狂熱的對抗之下，喊出「打倒孔家店」之說，使當代中國人失落了我們安身立命的世界，形成價値的迷失錯亂，政治與人生也因而動盪不安，無家可歸。吾人以爲，製作「論語」，眞可說是「任重而道遠」，就電視台的立場而言，可以不作；假如想作就得決心作好，還要有擇善固執的勇氣。在經歷了五四的浪漫狂潮冲擊之後，「論語」實在經不起另一場的輕慢挫折了。而電視節目的推出，惟一的特質就是身不由己，完全看廣告客戶是否支持而定；而廣告客戶本身也是不能自主，完全根據收視率作選擇，如是豈不是把「論語」的未來安放在商業性的浮動中了麼？

何況以當前觀衆的欣賞眼光而言，「論語」製作的型態，不管如何的格調淸新，如何的活潑趣味，總是打不過以千百數的綜藝節目，這是憑誰也可以預見的冷酷事實。何以台視節目部當初擺出不計成敗的姿態，滿懷理想的推出「論語」，而今又無奈的向現實低頭，把時段讓出，當眞是何苦來哉！此吾人思之再三，只有一個令人傷感的理由，那就是在綜藝處於劣勢而呈現空檔之時，打出「論語」的文化理想，試圖殺出一條血路，此未免誤打誤撞，錯把聖人當俠客了。就在這一用心之下，「論語」被誤置拋落在黃金檔的商業區，既對抗綜藝笑鬧，又碰上「楚留香」旋風，眞應了一句孔夫子的慨歎：「道之不行，命也。」

由是而言，把「論語」調開流俗鬧劇，與英雄俠女混合交會的時段，正是台視節目部的明智之舉，讓論語回歸文化區的本有分位。問題是，在週末下午五時至六時之間，會是詮釋「論語」，與聖人作一存在呼應的恰當時機嗎？吾人以爲，把「論語」安排在週日晚的八點到九點，固不得其正；調至週末下午五點到六點，也非恰當。「論語」是不宜出現在西門鬧區，而流放到「兒童樂園」，對聖人來說就未免大不敬了。因爲週末五點到六點之間，一般說來是屬於卡通片區，此時人們大多在夕陽餘暉中漫步，或在山林原野間奔馳，似乎不是觀賞電視節目，做一心靈之旅的恰當時刻。記得中視的「維也納時間」，本來也排在週日晚的八點到九點，在曲高和寡、藝術無價之下，幾乎被迫停播，後來得到觀衆的聲援，轉移至週一的八點到九點播出，命脈不斷。這一時段的調整，顯然較爲高明合理。「論語」不必擠在西門町，也不能流落到圓山，最恰如其分的時位，當在週六與週日晚九點半到十點半之間，此有如重慶南路的書局區，旣悠閒又有內涵。適時一家人倦遊歸來，綜藝功夫之餘，理應有一段淨化生命陶養性靈的時間。退而求其次，週一至週五間晚上九點半至十點半，亦無不可，惟一的缺憾，是小朋友都已就寢入夢，不能跟彎彎一道學「論語」的道理了。

吾人以爲，台視節目部在黃金檔時段撐持了兩季有餘，已屬難能可貴，惜乎觀衆對「論語」，未有較爲親切熱烈的廻響，而文復會、孔孟學會、文建會等單位，也未能積極的輔助支援，讓「論語」孤軍奮戰，實在令有心人士空自扼腕。試看，基督教的佈道大會，佛教的信心門，都已打入無遠弗屆的電視畫面中，跟全國觀衆佈道說法，惟獨儒學儒教，未見有買下時段，作闡揚學理教義之擧，就是在台視「論語」製作小組，本其理想豪情，製作出「游於藝」的節目，且搶在黃金時段播出之後，也沒有進一步的支持行動。此「論語」製作小組在作「校園秀」時透露他們的心聲：「我們能同情公司調開時段的立場，惟獨對觀衆的冷漠，深感難過。」

儒家講內聖外王，傳統知識分子的困局，就在行道天下的理想，非得通過現實政治的管道不可。今天，外王事業的通路，已普遍打開，尤其電視傳播網，最直接而親切，我們文化建設的外王推展，若不能通過電視傳播網，就是有心亦顯無力。台視旣已播出「論語」，可謂慧眼獨具，剩下來的問題是，我們的社會大衆要如何去廻應去聲援了！

七十一年六月鵝湖月刊

談體罰的行廢之爭

有關各級學校教育，是否容許體罰存在的老問題，近日又被提出討論。教育部朱部長發表嚴正的聲明：學校敎師不得體罰學生；臺灣省政府林主席却在省議會答覆省政質詢云：體罰適度合理，是可以容許存在的。兩位政府首長，面對同樣的問題，看法如斯相左，足見體罰究竟當存抑該廢，仍停留在見仁見智的階段，還有爭議商榷的餘地。

朱部長的嚴正立場，是站在教育決策者的理想層發言的，一個敎師到校任敎，總是會碰上愚頑的學生，愚者不可敎，頑者不受敎，這時敎師更當本其愛心去開導他們。敎師旣志願投身敎職，當然有獻身教育的理想性，若學生不能擧一反三，不能知過必改，卽訴諸敎鞭的權威，打罵學生出氣，這是敎師對自家理想最大的否定。教育的功能，就在敎化學生，使頑夫廉，懦夫有立志，若普天之下的學生，盡是「雖無文王猶興」的豪傑之士，又何必「有敎無類」與「因材施敎」的人師呢！好爲人師的人，若不能擔負「人文化成」的師道使命，大可轉業，以另謀高就，何苦留身杏壇，自怨自艾又誤人子弟，大傷感情呢！學生不可敎，不能完全歸咎於學生的資質愚魯，而當反省教材是否缺乏趣味性，敎法是否有欠生動？學生不受敎，也不能完全怪罪於學生的個性頑劣，而應檢討自己到底關心他們多少，可曾體貼他們的感受？故教師在學生不可教中要使其可教，不受教中要令其受教，不能在鞭策嚇阻上著力，而應在教材教法上用心。教育部當然不承認體罰是合法的，因體罰是傷害他人的行爲，而人權是應當受到法律的保障，若輕易授教師以鞭笞撻伐之權，是則學生何辜，竟連公開受審，上訴平反的機會也被剝奪，這恐怕不是一個重人權講法治的國家所能容許的現象。何況，體罰最大之害，不在形軀生理的痛楚難忍，而在心理精神的壓力不安？

林主席的放寬作法，是站在基層工作者的實際需要發言的，教育是第一線上的工作，此中現實的諸多困難，并非談理想卽可抹掉的，有些學生眞是冥頑不靈，不僅自己不受教，還要帶壞牽累同學，不出當頭棒喝，浪子恐難回頭。不過，說容許體罰存在，是就情理說，不會是就法規言，而且特別强調是在適度合理的條件下才被容許。合理是基於愛心，適度是不能過分，也就是說體罰僅志在喚醒學生夕惕若厲，而不能讓他們的身心，受到有形或無形的傷害。問題是，合理適度，標準要定在何處？洋港先生一向敢說敢當，從當前國小國中的教學現況來看，甚至包括某些高中高職在內，體罰仍是普遍存在的事實，僅聲明決不容許，并不能解決問題。不如面對事實，就如何合理適度，作一理性的檢討，與法令的規定，以免因避諱不談，反而滋生問題，如家長怒告教師傷害，或學生氣憤不平走向極端等。

依據國立師範大學教育系所的研究報告，認爲合理適度的體罰，對當前的教育來說，仍是有必要的。實則，體罰行廢的考量，一如「道之以德，齊之以禮」與「道之以政，齊之以刑」的治道論衡，關鍵就在「有恥且格」與「民免而無恥」的價值估評上。教育的功能，在變化人的氣質之性，并開展人的義理之性，故不能安於民免而無恥的秩序齊平上，而應止於有恥且格的生命創發上。老子云：「太上，下知有之；其次，親而譽之；其次，畏之；其次，侮之。信不足焉，有不信焉！」不體罰有兩種情況：一是「下知有之」，學生言行自然和諧，一是「親而譽之」，老師重身教感化。問題是，若不忍心體罰，而至放任無節，則不如「畏之」的適度體罰了；再說，若體罰不得其當，必由「畏之」而落爲「侮之」，如是會造成師生關係的緊張與破裂。故教師的信不足，就有學生的有不信，是則體罰僅成傷害，失去輔助教育的正面作用。

最無謂的是，在教育座談會上，有教師提出孔子畫像中佩帶的是木劍，還是教鞭的疑問？以爲若是教鞭的話，就可以證明孔子有體罰學生的可能，是則體罰就有存在的理由。此一論理不能成立，至爲顯然。孔子畫像是唐吳道子的作品，純是畫家「想當然耳」的美感意象之作，怎能視爲孔子是否施行體罰的依據？孔子師生教學相得的情景，具見於論語一書，吾人自可體會省察，何必援畫立論！孔子並非國中國小的教師，追隨他的都是當時的有志之士，他們師生的結集，是爲了實現修己安人的理想，問孔子是否體罰學生，等於問中央研究院的院長是否體罰院士一樣的幼稚可笑。退後一步說，即使孔子體罰學生眞有其事，也不能作爲今天決定體罰行廢的判準，因爲孔子是聖之時者也，禮當因時制宜，吾人豈可一味考古因循而不知反躬自省！此事還勞動故宮博物院副院長李霖燦先生站出來澄清，以為在孔子的時代，儒者的服飾當是青銅短劍，而不該是長條的木劍，吳道子筆下的孔子畫像，已沾上唐朝的時代色彩，故問孔子是否佩帶教鞭，有無實施體罰的問題，已不值識者一笑。

我們以為，體罰行廢的判定，不能以朱部長的口頭聲明與林主席的卽席答覆為基準，而應以教育法規為依憑。教師體罰學生而造成傷害，依法當負刑責，這是法律問題，教師體罰學生雖未造成傷害，却使學生心理緊張或恐懼，此是無形之害，則屬道德問題。體罰行廢，不僅是法律問題，本質上應是道德問題。身為教師而缺乏理想，無愛心耐心，就是不體罰，也不會是好教師。如當前國中在升學主義下，有所謂「放牛班」的歧視，視同放逐，根本放棄管教的責任。此其害猶恐不在體罰之下，或許更值得教育部與省政府多用心思，去嚴加督導吧！

七十年一月十八日青年戰士報

由學生械鬪・談教育問題

據報導，這一個月來，中國海事專科學校的學生，與台北市幾所私立高職高中的學生，已發生了數度的武鬥對壘，由少數人的爭鋒逞强，擴大爲集體的持械尋仇，地點也由私人舞會會場，蔓延到西門鬧區，拉開的架勢不可謂不大，爆發的轟動也不能算小，幸好在警方的事先戒備下，未釀成大禍。今大規模的陣仗已轉爲零星對抗，且不分正主是誰，也不論何時何地，反正狹路相逢，碰上有穿著對方校服標幟的，縱使相逢應不識，也要揍幾拳爲同學出口怨氣。此已無關是非，純是無理鬧事，走離好漢行徑了！

此外，公立國中，也破獲有無異是竊盗集團的組織，甚至某些公私立高中成立類似黑社會活動的不良幫會，平素身懷利器，以老大自居，一有衝突，即拔刀相向，校園喋血的案件也偶有所聞。間或有老師管教太緊，偶爾違禁出手，也難逃快刀回報之危，此已非血氣方剛的校外雄霸，而是惡形惡狀的校內横行，一派流氓作風，同學與師生之間的情誼兩皆無存，簡直算不上人物一條了。故其嚴重性，比諸前者，只有過之而無不及。

再看，一般大學學園，走在時代尖端的前進分子，誰不是一邊搞貿易創業，一邊又應酬文憑的，自行刪除了四年大學教育的專業成長歷程，又缺乏一分「學歷無用論」的豪氣，既拿不起又放不下，是以投機討好，天下何事不可爲?此等憂貧謀食之人，實不足與議亦無可道。還有的是槁木死灰的頽廢分子，遊手好閒，以家長的血汗錢，來支持醉生夢死的生活情調，揮霍生命才情，却自以爲是名士風流。自己雖不讀書，却不忘嘲弄他人死抱書本放不開，閒來也會把鄉土文學與社會改革，當作消遣的故作驚人語，理想何其廉價，似乎在偶興聊聊「蓋」兩句話的當下，已盡了知識分子對家國天下的責任。另有學書不成，學劍亦不成，又不能學萬人敵的浪蕩分子，生命豪情僅能湊上三缺一的一角，以自摸的不可知，當作人生的挑戰，有誰會管人生是白板，還是東西南北!甚至男女同居，說是情到深處，却也不敢去公證註册，一副我倆沒有明天的衰世落魄相，若輸慘逼急，也會臨時起意，來個業餘作案，令警方無前科可查，而自身已急流勇退矣。此一嚴重性，比諸上述二者之械鬥武打，更加深了一層。此輩人士，士的風格沒有了，人的骨氣也散落不見，在人海中游離飄流，理想性固維繫不住，又不願落實紮下根來，反以頽廢浪蕩突顯放開不拘無執無迷的美感，儼然成了校園中的清流名士與俠情豪客。這一假立不實的空架子，會動搖了大學教育的根本，這一價值的錯覺歧向，也會腐蝕了青年學生的生命。

大中學生的爭鋒械鬥，固出於青年人的血氣方剛，盲撞硬闖，而學校教育的沒有方向，缺乏疏導，也是原因。人生走入青年期，一者生命力蓬勃，隨時會迸現出來，二者帶有強烈的浪漫性格與流血傾向，故如何把青年的蓬勃生命力引上正途，或把流血傾向的浪漫性格，化入生命價值的追尋，與人間使命的擔負，遂成為中上教育的大目標大難題。純就體力過剩而言，若能引上「其爭也君子」的體能競技活動，既鍾鍊意志，又表現力與美，血性豪情可以帶進為國爭光，締造世界新紀錄的大方向，就不會落在幫派對抗中；再就浪漫性格而言，若在生命價值觀上穩不住，人生方向定不了，生命沒有寄託歸屬，精神沒有通路上達，僅憑依形式教條的說教灌輸，是無能為力的，學生聽話守規矩，是不能有任何保證的，學生死背忙聯考，也不能有究竟的解決。此僅一時緩衝之計，終會暴裂泛濫。當前的訓導工作已落在僵化老套中，既無人格的穿透力，亦乏理性的說服力，也激揚不起情意的感染力，是完全對治不了中上學生的生命困境。此吾人以為，加強中國文化史，中國文化基本教材，公民與道德的教學，才是固本清源之道。由是而言，師大與師院的國文系，非義理獨立一組，或加重義理課程的分量不可。否則，僅以辭章考據，是承擔不了引導生命熱血，消化浪漫激情的責任。

青少年及青年的階段，在人生里程中，被視為黃金時代，不僅是為了這個時節有一顆多愁善感的心，幾乎每一時刻，世界總是以全新而美好的姿態展露在他的眼前，眞可說是日日是好日了。更重要的是大中學生的生命，是乾乾淨淨，未有人間雜染，純然是滿腔熱血，一身豪情。不管是讀書論學，不管是社團聯誼，總是發自生命深處的至性眞情。雖說，有時候不免傻勁衝動，也不免閒愁癡情，總是沒有曲折委屈，當下直感化解，縱使偶有一時缺憾，也終究會過而不留。

問題是，當前來自工商社會的習氣歪風，已過早的吹進大中學的校園。對中學生的感受說，落單的好人易受惡勢力的欺迫，投靠幫會才能保護自己，何况其中又能存全現代社會失落已久之患難與共的豪氣眞情，是以幫派結盟會拉引住某些青年學生。對大學生的感受說，大學階段要爲自己的前程舖路，且基於方法與目的之一致性的要求，而方法又被價值中立，是以過程的是否悖離道德原則，已被忽略，反正效率與成功，淹沒了一切是非。是以學生時代，就用盡心機去講人情，拉關係，爲了取得高分，也可以不擇手段。

吾人以爲，各級學校的校園，是唯一不被名利財貨與權勢汚染的乾淨土，不在現實利害中，不在派系分立中，生命是光潔純淨，又滿懷著愛心理想，此正是代表社會的良知，與國家的希望。是杜威「學校卽社會，教育卽生活」的名言，應有其限制，學校不能自外於社會，教育也不能遠離於生活，然學校敎育決不可帶進社會生活的現實與腐化，那就顯不出學校的獨立莊嚴，與教育的傳道使命了。人在社會上，從事某一行業，或擔任某一角色，就有他分內的職責；人要成就自己，要養家活口，立身處世就不免有自我特定的立場，與現實利害的牽扯。譬如說，工作一定有報酬，投資一定講求利潤等等，不大能無條件的奉獻，或沒有自己，只爲別人的擔負。是以吾人於電視社教節目中，看到大中學生在寒暑假中，能組隊深入落後偏僻的農村山地，去從事醫療衞生的社會服務工作，也看到他們利用課閒餘暇，分批到缺乏溫暖的育幼院養老院，去敎唱歌舞付出愛心。這種不計酬，無利潤，沒有自己，只爲別人的無條件奉獻，會讓我們好感動，久久不能自已。大中學校存全這一分純淨愛心，維護這一分生命理想，就可以爲社會上每一個在現實利害中打滾的人，帶來破除自我私心的良知反省，就可以成爲社會淨化的根源動力。吾人以爲，大中學校的教育，就當引導青年學生的生命力與浪漫情懷，朝這個大方向推進，這才是發展學校教育的積極正途，也才能顯現青年學生的純正本色。

六十九年七月十二日臺灣時報副刊

剪不斷，理還亂

——評中學生的護髮問題

中學生的處境最爲尷尬，可以說是不大不小，小不能小到幼稚園小學的男女不分，大也不能大到大專研究所的雌雄莫辨，既不是昨日的小可愛，又還不是明日的大丈夫，是以中學生的今日，正處在過渡期，日子難過不說，他們的頭髮分位，更是相當難定，只好來個不上不下，當然它的樣子會極爲尷尬令人難堪了。雖說中學生的髮型，沒有任何的硬性規定，然髮長已限死在男生三公分，女生齊耳根的界線上，根本就沒有留下任何講究髮型的餘地，自然不必多用心思去設計修剪，也毋庸付出時間金錢去洗作吹燙了。這樣的淸一色，看起來是整齊畫一，很淸爽，也能表現年輕人的活力，然而就差了那麼一點屬於每一個人特有的風格。

男學生的光頭禿禿，與女學生的西瓜皮青青，二、三十年來，一直是中學生耿耿於懷的事，也是訓導人員與學生竟日追逐計較的焦點。中學生的年齡，正是生理急速成長與心理尋求適應的尷尬階段。他們立身處世，不管是家庭生活與學校生活，諸多人際關係的反應，恆以自我爲中心，有獨立人格的要求，發之於外則爲反抗不馴。此時最迫切需要的是同情的了解，與眞切的輔導，而不是管制懲罰。加上，青春成長期的少男少女，已有以服飾或其他特殊表現促引異性注目的內在渴望，髮長限制的過嚴要求，對他們說來，是一大打擊與挫折，甚至項上人頭的髮型，已成爲其人格尊嚴的表徵，有的學生爲了護髮，可以長年不參加升降旗，以避開訓導人員的追查，甚至可以逃課，流蕩在外，以滿足其象徵性的英雄心理。性情較爲剛猛的學生，是寧可記過退學，也決不屈服受剪。如此這般堅持下去，爲了這三千煩惱絲而誤入歧途的，一定不在少數。若學校逼得太緊，必產生相當不良而意義被誇大的反效果。

尤其軍訓教官一直站在生活管理的最前線，在學生的心目中，本來就是專找痲煩而不受歡迎的角色，若一有執行偏差或不知權變求通的情況出現，留給學生的會是挑剔整人的感受。再說，現在的中學生，隨著社會風氣的丕變，已不大懂得尊師重道的規矩了，教官在學校，又沒擔任各門課程的教職，在聯考之外的軍訓課，引不起學生們的注意，一直就有被忽視的鬱結存於心底，於是檢查服裝頭髮，往往成爲其建立自我地位的唯一門徑，不免有權威誤用的傾向。而男生三公分與女生齊耳根的明文規定，在合格與否的檢驗中，很難避開主觀情感的介入，一者對學生平時的言行，已有先入爲主的印象，二者剪刀邊緣的判定，殊難把握得當。於是，一己的好惡摻雜其中，學生不服氣，而有抗辯的行爲，則「侮慢師長」的罪名立即成立，不記個大過是不好下臺了。像這樣由於處置失當而事態擴大的個案，不僅存在於一般學校，就是一流學生群集的明星學校，亦屢見不鮮。由是，學生的髮長問題，就變得相當複雜，教官的權威藉此抬頭，學生的尊嚴亦在此挺立，一不肯退讓，一有意反抗，此一硬撐強制的鬱積，已在學生與教師之間，造成緊張對立的情勢，甚至是關係破裂的癥結所在。

吾人以爲，中學生髮型的特殊規定，其正面的意義首在男女分明，決不會在人格發展的型塑階段，產生性別認同的錯亂；其次修剪手續簡便明快，兩三下就清潔溜溜，極合乎衞生與經濟原則，既乾淨又節約能源，更顯得雄姿英發；其三不必分心在髮型上去爭奇鬥艷，可以把心思集中在課業上一較短長，這是價值上的有效轉移。問題是，由小學跨入國中，不過是一年之差，何以要有那麼嚴重的劇變，讓小朋友心理不能適應！兩條天眞擺動的長辮子被剪落一地，滿頭活潑自在的長髮被削成平頭，留下來的是一千個不解，一萬個疑惑，爲什麼上國中，就要付出這樣大的代價，從教育的觀點看，既不是出家修行，也不是上成功嶺受訓，實在沒有必要落髮受戒；從心理發展的階段看，正好又沖上他們最敏感，最具反抗性，又最想引起注意的年齡，若强制執行，必引起「身體髮膚，受之父母，不敢毀傷」的强烈反應。吾人要問：果眞一刀在手，就能把三千煩惱絲一刀兩斷麼？猶恐是「剪不斷，理還亂」吧！

再進一步言之，高中生與五專生，身心發展處在同一階段，何以一留難，一放行，而有完全不同的待遇，若高中生要專心讀書，五專生就可以分心旁騖麼？從高三躍上大一，也不過差在聯考一線，何以一自由開放，一嚴格管制，此中那有客觀必然的理由存在！若高三要乾淨清爽，大一就可以油滑混成麼？大學生髮飾服飾，完全聽任自我抉擇，除了少數特別科系的豪門公子與大家千金而外，不都是既平頭又牛仔裝的很樸素自然麼？也不見得他們就會好虛榮不用功，就會「燈籠」在身，「鳥窩」上頭！

由上言之，中學生的護髮問題，所爭的不止在髮長多少，髮型如何，而教育訓導的尺度，也得衡量學生們身心的發展與感受。或許，規定一放寬，中學生一發現原來也沒有什麼好爭的，就不會「爲賦新詞强說愁」，反而能回到做爲一個學生，就應該好好讀書的本分正軌上去了。此正是老子所謂的「無爲而無不爲」的道理，取消人爲造作，這一切不就復歸到自然的樸素天眞麼？

六十八年九月五日臺灣時報副刊

是棒球爭霸還是國民外交

從民國五十八年我國金龍少棒隊贏得世界錦標凱旋歸來，到了今天已有十一個年頭了，除了七虎隊敗給尼加拉瓜隊，榮工隊在遠東區選拔賽中敗給日本隊，與美國禁止外隊參加比賽的三年外，中華隊已勇奪八次冠軍。此後棒球好手的階梯形成，六十一年開始參加了世界青少棒賽，六十三年開始又參加了世界青棒賽，都是年年得第一。某些人士開始喊了，以爲這是人家夏令營調劑身心的餘興節目，我們却視同世界大賽的傾全力以赴，似乎有小題大作之嫌。甚至以爲我們形同職業性的嚴格訓練，傷害了小朋友的身心健康，反而縮短了他們的棒球生命。如風靡一時的魔手陳智源，由於猛投變化球，扭曲了成長中的臂肌，到了青少棒階段，已不能再揮棒投球了。基於以上理由，有人主張我們還是以國民外交爲重，別老把爲國爭光的重擔，加在小朋友的身上，也不要再痛宰美國的球隊，打擊人家的尊嚴。這樣的話，不僅沒有光采可言，反而應該感到慚愧。我們覺得這些流行的說法，似是而非，實有加以辨正的必要。

我們先看看今年的戰況，少棒隊在決賽之戰，落後五局，最後僅在延長賽中以二A比一險勝美西隊。青少棒與青棒兩支球隊，開戰之初，即已分別落入敗部；在敗部復活的賽程中，均是先敗而後險勝，如青少棒在冠亞軍決賽的第一戰中，一直落後六局，到第七局才反敗爲勝，以四A比三擊敗美南；青棒在敗部冠軍爭奪戰中，到第七局也僅以二比一領先美南，後因違反投手隔天隔場之規定，被美南在大局將定之前，提出抗議而告淘汰。設若美南不提抗議，我們能否擊敗勝部冠軍美東隊，也在未定之天。由上述之戰績而論，美國球隊早就不把世界錦標賽視爲夏令營的休閒活動，如美西隊經理在輸給中華隊之後，就聲稱那場少棒爭霸戰是兩個超級球隊所進行的超級球賽。我們從電視鏡頭看中華隊出賽投球，總有美國觀衆發出噓聲干擾投手的情況，若碰上中華隊失誤或美國隊安打得分，更是群起揮動雙臂，不僅欣喜若狂的叫好，也呼喊叫囂的示威，他們又何嘗能視同兒戲！

很可悲的，我們還殘存一些民族自卑感，外國的月亮總是圓些，更嚴重的是，凡是我們好的都覺得有問題，或者認爲是不正常。把打敗仗視爲當然，難得打場勝仗，自己都不敢相信，甚至還懷疑苦練是不正當的，實力强是對不起朋友，應該感到慚愧。我們的少年、青少年打棒球，會是戕害身心嗎？世界女子體操的冠軍是十四、五歲的少年，迭破世界游泳紀錄的是十六、七歲的青少年，甚至我們國內的桌球網球高手，也開始有國小國中的少年冒出來了。本來就英雄豪傑出少年，我們把孩子關在温室裏，嬌生慣養，他們打棒球，受嚴格訓練，就以爲是殘忍，難道一天到晚補習背書，造成近亂視，就不是殘忍嗎？我認爲當贏得勝利的那一刹那，每一個小朋友，都是值得我們爲他們感到驕傲的英雄好漢，怎能說是戕害？至於魔手陳智源誠然「魔」難未去，而郭源治可是長治久安啊，此爲運動生理的問題，也是教練水準亟待提高的證明。

多少年來，我們的運動代表隊，出國遠征應戰，儘管戰績不佳，且頗爲難堪，然回歸國門時，不管是領隊、教練與隊員，總是大言不慚的同聲宣稱，我們志在參加，已赢得國際友誼，似乎此行被打敗的非常成功。今天已有人把這種論調帶進棒球圈，以爲國民外交重於角逐錦標。事實上，在運動場上，永遠歌頌勝利的强者，而不會同情失敗的弱者，沒有光榮的勝利，就不能有成功的國民外交，只有過關斬將，人家才會敬重我們。否則，每戰必敗，中國人不過如此而已，那還有國民外交可交言。別忘了卡特的日本之行，在一場歡迎國宴中，他拋開政要名流，首先找到王貞治就聊了起來。故以目前情勢而論，我們更要擊敗美國隊，不然的話，我們的國旗就進不了威廉波特的球場。只要我們永遠維持世界第一流的水準，就是不講國民外交，他們仍得尊重我們。若中華隊不參加，整個賽事必將黯然失色，那以後就不會有人能以政治理由，排擠我們身爲會員國的合法地位。如此次美東隊雖擊敗美南，奪得青棒冠軍，却深感遺憾，因爲他們未與蟬聯五屆冠軍的中華隊對壘，在主觀感受上似乎只是美國冠軍，而不是世界第一。

又有人對中華青棒隊在被判違規淘汰時，引起了我們國人不少激動的反應，以爲這是輸不起的心態。問題是，又有那一家輸得起！我們要問的是，輸得合不合理。我們認爲中國隊最輸得起，任何國際性的運動競賽，只要人家邀請，我們一定參加，每賽必輸，甚至輸得不成體統，還是年年派隊前往；而美國隊只輸了少棒，就禁止外隊與賽，請問那一邊輸不起。我們固然不喜歡中華隊一輸球，就選手哭成一團，記者哭，僑胞哭，國內的觀衆也同聲一哭。我們以爲，輸了球明年再來，要哭回國時再哭個痛快吧！同時也不能爲了表現泱泱大國的風度，輸了球還心安理得，不痛不癢，甚至美其名爲國民外交，以贏得友誼自慰，那才是値得我們國人大哭一場呢！

太强調國民外交，太重視美國人的友誼，使我們的經理教練，委屈求全，應該抗議的時候，也不敢挺身出來。我們以爲，擺出這樣的低姿態，在場的僑胞會作何感想，美國朋友還會看得起不問是非的朋友嗎？

棒球運動，無關國計民生，也不是學術文化的大端所在，說是「雕蟲小技，大丈夫不爲」亦無不可。然而，由棒球運動所激發出來的民族自信與愛國情操，就不再是小孩子的玩意了。我們期盼，成棒能接下棒來，早日打開僵局，那時一切的疑慮與責難，就會不掃而空，也才是我們十幾年全力發展棒運的正途。

六十八年九月十一日臺灣時報副刊

滄海叢刊已刊行書目 (四)

書名	作者	類別
陶淵明評論	李辰冬	中國文學
文學新論	李辰冬	中國文學
分析文學	陳啓佑	中國文學
離騷九歌九章淺釋	繆天華	中國文學
苕華詞與人間詞話述評	王宗樂	中國文學
杜甫作品繫年	李辰冬	中國文學
元曲六大家	應裕康 王忠林	中國文學
詩經研讀指導	裴普賢	中國文學
莊子及其文學	黃錦鋐	中國文學
歐陽修詩本義研究	裴普賢	中國文學
清眞詞研究	王支洪	中國文學
宋儒風範	董金裕	中國文學
紅樓夢的文學價值	羅盤	中國文學
中國文學鑑賞舉隅	黃慶萱 許家鶯	中國文學
浮士德研究	李辰冬譯	西洋文學
蘇忍尼辛選集	劉安雲譯	西洋文學
印度文學歷代名著選	糜文開	西洋文學
文學欣賞的靈魂	劉述先	西洋文學
西洋兒童文學史	葉詠琍	西洋文學
現代藝術哲學	孫旗	藝術
音樂人生	黃友棣	音樂
音樂與我	趙琴	音樂
音樂伴我遊	趙琴	音樂
爐邊閒話	李抱忱	音樂
琴臺碎語	黃友棣	音樂
音樂隨筆	趙琴	音樂
樂林蓽露	黃友棣	音樂
樂谷鳴泉	黃友棣	音樂
樂韻飄香	黃友棣	音樂
水彩技巧與創作	劉其偉	美術
繪畫隨筆	陳景容	美術
素描的技法	陳景容	美術
人體工學與安全	劉其偉	美術
立體造形基本設計	張長傑	美術
工藝材料	李鈞棫	美術
都市計劃概論	王紀鯤	建築
建築設計方法	陳政雄	建築
建築基本畫	陳榮美 楊麗黛	建築
中國的建築藝術	張紹載	建築
現代工藝概論	張長傑	雕刻
藤竹工	張長傑	雕刻
戲劇藝術之發展及其原理	趙如琳	戲劇
戲劇編寫法	方寸	戲劇

滄海叢刊已刊行書目(三)

書名	作者	類別
中西文學關係研究	王潤華	文學
文開隨筆	糜文開	文學
知識之劍	陳鼎環	文學
野草詞	韋瀚章	文學
現代散文欣賞	鄭明娳	文學
現代文學評論	亞青	文學
藍天白雲集	梁容若	文學
寫作是藝術	張秀亞	文學
孟武自選文集	薩孟武	文學
歷史圈外	朱桂	文學
小說創作論	羅盤	文學
往日旋律	幼柏	文學
現實的探索	陳銘磻編	文學
金排附	鍾延豪	文學
放鷹	吳錦發	文學
黃巢殺人八百萬	宋澤萊	文學
燈下燈	蕭蕭	文學
陽關千唱	陳煌	文學
種籽	向陽	文學
泥土的香味	彭瑞金	文學
無緣廟	陳艷秋	文學
鄉事	林清玄	文學
余忠雄的春天	鍾鐵民	文學
卡薩爾斯之琴	葉石濤	文學
青囊夜燈	許振江	文學
我永遠年輕	唐文標	文學
思想起	陌上塵	文學
心酸記	李喬	文學
離訣	林蒼鬱	文學
孤獨園	林蒼鬱	文學
托塔少年	林文欽編	文學
北美情逅	卜貴美	文學
女兵自傳	謝冰瑩	文學
抗戰日記	謝冰瑩	文學
給青年朋友的信	謝冰瑩	文學
孤寂中的廻響	洛夫	文學
火天使	趙衛民	文學
無塵的鏡子	張默	文學
大漢心聲	張起鈞	文學
回首叫雲飛起	羊令野	文學
文學邊緣	周玉山	文學
累盧聲氣集	姜超嶽	文學
實用文纂	姜超嶽	文學
林下生涯	姜超嶽	文學
比較詩學	葉維廉	文學
結構主義與中國文學	周英雄	文學
韓非子析論	謝雲飛	中國文學

滄海叢刊已刊行書目(二)

書名	作者	類別
世界局勢與中國文化	錢穆	社會
國家論	薩孟武譯	社會
紅樓夢與中國舊家庭	薩孟武	社會
社會學與中國研究	蔡文輝	社會
我國社會的變遷與發展	朱岑樓主編	社會
開放的多元社會	楊國樞	社會
財經文存	王作榮	經濟
財經時論	楊道淮	經濟
中國歷代政治得失	錢穆	政治
周禮的政治思想	周世輔 周文湘	政治
儒家政論衍義	薩孟武	政治
先秦政治思想史	梁啓超原著 賈馥茗標點	政治
憲法論集	林紀東	法律
憲法論叢	鄭彥棻	法律
師友風義	鄭彥棻	歷史
黃帝	錢穆	歷史
歷史與人物	吳相湘	歷史
歷史與文化論叢	錢穆	歷史
中國人的故事	夏雨人	歷史
老臺灣	陳冠學	歷史
古史地理論叢	錢穆	歷史
我這半生	毛振翔	歷史
弘一大師傳	陳慧劍	傳記
孤兒心影錄	張國柱	傳記
精忠岳飛傳	李安	傳記
師友雜憶合刊 八十憶雙親	錢穆	傳記
中國歷史精神	錢穆	史學
國史新論	錢穆	史學
與西方史家論中國史學	杜維運	史學
中國文字學	潘重規	語言
中國聲韻學	潘重規 陳紹棠	語言
文學與音律	謝雲飛	語言
還鄉夢的幻滅	賴景瑚	文學
葫蘆·再見	鄭明娳	文學
大地之歌	大地詩社	文學
青春	葉蟬貞	文學
比較文學的墾拓在臺灣	古添洪 陳慧樺	文學
從比較神話到文學	古添洪 陳慧樺	文學
牧場的情思	張媛媛	文學
萍踪憶語	賴景瑚	文學
讀書與生活	琦君	文學

滄海叢刊已刊行書目 (一)

書名	作者	類別
中國學術思想史論叢 (一)(二)(三)(四)(五)(六)(七)(八)	錢穆	國學
國父道德言論類輯	陳立夫	國父遺敎
兩漢經學今古文平議	錢穆	國學
先秦諸子論叢	唐端正	國學
湖上閒思錄	錢穆	哲學
人生十論	錢穆	哲學
中西兩百位哲學家	黎建球 鄔昆如	哲學
比較哲學與文化(一)(二)	吳森	哲學
文化哲學講錄(一)(二)	鄔昆如	哲學
哲學淺論	張康	哲學
哲學十大問題	鄔昆如	哲學
哲學智慧的尋求	何秀煌	哲學
內心悅樂之源泉	吳經熊	哲學
愛的哲學	蘇昌美	哲學
是與非	張身華譯	哲學
語言哲學	劉福增	哲學
邏輯與設基法	劉福增	哲學
中國管理哲學	曾仕強	哲學
老子的哲學	王邦雄	中國哲學
孔學漫談	余家菊	中國哲學
中庸誠的哲學	吳怡	中國哲學
哲學演講錄	吳怡	中國哲學
墨家的哲學方法	鐘友聯	中國哲學
韓非子哲學	王邦雄	中國哲學
墨家哲學	蔡仁厚	中國哲學
中國哲學的生命和方法	吳怡	中國哲學
希臘哲學趣談	鄔昆如	西洋哲學
中世哲學趣談	鄔昆如	西洋哲學
近代哲學趣談	鄔昆如	西洋哲學
現代哲學趣談	鄔昆如	西洋哲學
佛學研究	周中一	佛學
佛學論著	周中一	佛學
禪話	周中一	佛學
天人之際	李杏邨	佛學
公案禪語	吳怡	佛學
佛敎思想新論	楊惠南	佛學
不疑不懼	王洪鈞	敎育
文化與敎育	錢穆	敎育
敎育叢談	上官業佑	敎育
印度文化十八篇	糜文開	社會
清代科舉	劉兆璸	社會